PRÍNCIPE PARTIDO

erin watt

PRÍNCIPE PARTIDO

SÉRIE THE ROYALS – LIVRO 2

Tradução
Regiane Winarski

essência

Copyright © Erin Watt, 2016
Copyright © Editora Planeta do Brasil, 2017
Todos os direitos reservados.
Título original: *Broken Prince*

Preparação: Laura Folgueira
Revisão: Elisa Nogueira e Valquíria Della Pozza
Diagramação: Futura
Capa: Adaptada do projeto gráfico original de Meljean Brook

CIP-BRASIL. CATALOGAÇÃO NA PUBLICAÇÃO
SINDICATO NACIONAL DOS EDITORES DE LIVROS, RJ

W157p
  Watt, Erin
    Príncipe partido / Erin Watt ; tradução Regiane Winarski. – 1. ed. –
São Paulo: Planeta, 2017.

    352 p.; 21 cm. (The Royals, 2)
    Tradução de: Broken prince
    Sequência de: Princesa de papel
    ISBN 978-85-422-1079-8

    1. Ficção americana. I. Winarski, Regiane. II. Título.

17-42694   CDD: 813
                                          CDU: 821.111(73)-3

2021
Todos os direitos desta edição reservados à
EDITORA PLANETA DO BRASIL LTDA.
Rua Bela Cintra, 986 – 4º andar
01415-002 – Consolação – São Paulo-SP
www.planetadelivros.com.br
faleconosco@editoraplaneta.com.br

Para os fãs que amam esta série tanto quanto nós.

Agradecimentos

Como sempre, nós não poderíamos ter escrito, terminado nem sobrevivido a esse projeto sem a ajuda de algumas pessoas muito incríveis.

As leitoras-beta Margo, Jessica Clare, Meljean Brook, Natasha Leskiw e Michelle Kannan, que nos deram sugestões valiosas, nos encorajaram a ir em frente e leram o livro duas vezes!

Nossa agente de publicidade, Nina, que trabalha incansavelmente por nós e faz tudo parecer fácil.

Meljean Brook, pelo projeto de capa maravilhoso.

Nic e Tash, por todo o trabalho nos bastidores.

Os amigos autores Jo, Kylie, Meghan, Rachel, Sam, Vi e outros, pelo apoio e entusiasmo pelos Royal.

Todos os blogueiros e críticos que sempre apoiam a série e falam sobre ela.

Finalmente, ficamos maravilhadas com os leitores que se apaixonaram por *Princesa de papel* e espalharam a notícia pelo mundo. As artes feitas por fãs são lindíssimas. Leitores compilaram playlists e gastaram seu tempo escrevendo e postando críticas. Os membros da página The Royal Palace no Facebook nos divertem diariamente. Vocês dão vida à série, e não temos como agradecer por isso!

Capítulo 1

REED

A casa está escura e silenciosa quando entro no cômodo ao lado da cozinha. Quase mil metros quadrados e não tem ninguém em casa. Um sorriso se abre no meu rosto. Com meus irmãos na rua, a empregada fora e meu pai sabe-se lá onde, eu e minha namorada teremos a mansão dos Royal só para nós.

Que maravilha.

Dou uma corridinha para atravessar a cozinha e subo a escada dos fundos. Com sorte, Ella vai estar me esperando lá em cima, na cama, toda linda e sexy em uma das minhas camisetas velhas que ela passou a usar para dormir. Seria ainda melhor se ela estivesse usando *só* isso… Acelero, passo direto pelo meu quarto, pelo de Easton e pelo de Gid, e paro na porta do quarto de Ella, decepcionantemente fechada. Uma batida rápida não gera resposta nenhuma. Franzindo a testa, tiro o celular do bolso de trás e mando uma mensagem de texto.

Onde vc tá, gata?

Ela não responde. Bato o celular na perna. Ela deve ter saído com a amiga Valerie, o que até é bom, porque um banho cairia bem antes de a gente se ver. Os caras fumaram uma tonelada de maconha na casa do Wade hoje, e não quero deixar o quarto da Ella fedendo.

Novo plano. Banho, fazer a barba e procurar minha namorada. Tiro a camiseta, enrolo-a na mão e abro a porta do quarto. Sem nem acender a luz, tiro os sapatos e atravesso o cômodo até meu banheiro.

Sinto o cheiro antes de vê-la.

Mas que...?

Com o aroma enjoativo de rosas nas narinas, eu me viro para a cama.

— Ah, não! — rosno quando identifico a pessoa no colchão.

Com uma onda de irritação subindo pelo meu corpo, ando até a porta e acendo a luz. Na mesma hora me arrependo, porque o brilho amarelo e pálido que enche o quarto revela as curvas nuas de uma mulher com quem não quero nada.

— Que *porra* você está fazendo aqui? — pergunto com rispidez à ex-namorada do meu pai.

Brooke Davison dá um sorriso malicioso.

— Eu senti sua falta.

Meu queixo cai. Ela está falando sério? Viro a cabeça para o corredor para ter certeza de que Ella ainda não chegou. Em seguida, vou direto até a cama.

— Fora — ordeno, segurando um dos pulsos dela para tirá-la de lá. Merda, agora vou ter que trocar o lençol, porque se tem uma coisa que fede mais do que cerveja choca e maconha, essa coisa é Brooke Davidson.

— Por quê? Você nunca reclamou. — Ela lambe os lábios vermelhos de uma forma que tenho certeza de que devia parecer sexy, mas que acho repugnante. Tem muitas coisas em meu passado sobre as quais Ella não sabe. Muitas coisas que poderiam provocar nojo nela. E a mulher à minha frente é uma delas.

— Eu me lembro claramente de ter dito que nunca mais queria tocar na sua bunda de vadia de novo.

O sorriso arrogante de Brooke fraqueja.

— E eu disse pra você não falar assim comigo.

— Eu falo com você como eu quiser — digo. Lanço outro olhar para a porta. O desespero está começando a me fazer suar. Brooke não pode estar aqui quando Ella chegar.

Como eu poderia começar a explicar aquilo? Meu olhar pousa nas roupas de Brooke espalhadas no chão: o minivestido minúsculo, a lingerie de renda, um par de saltos-agulha.

Meus sapatos por acaso caíram ao lado dos dela. A cena toda é uma confusão terrível.

Eu pego os sapatos de Brooke no chão e os jogo na cama.

— O que quer que você esteja vendendo, eu não quero comprar. Cai fora, porra.

Ela joga os sapatos de volta. Um dos saltos arranha meu peito antes de cair no chão.

— Me obrigue.

Eu aperto minha nuca. Além de pegá-la no colo à força e jogá-la para fora, não sei quais são as minhas opções. O que eu diria agora se Ella me pegasse tirando Brooke do meu quarto?

"Ei, gata, só estou tirando o lixo. Sabe, eu transei com a namorada do meu pai algumas vezes e, agora que eles terminaram, acho que ela quer tirar uma casquinha de novo. Isso não é doentio nem nada, né?" Seguido de uma risadinha constrangida?

Aperto os punhos ao lado do corpo. Gideon sempre me disse que sou autodestrutivo, mas, cara, isto é autodestruição elevada a outro nível. *Eu* fiz isso. Tinha deixado a raiva que sinto pelo meu pai me levar para a cama com aquela vadia. Tinha dito para mim mesmo que, depois do que havia feito com minha mãe, ele merecia que eu trepasse com a namorada dele pelas costas.

Bom, fui eu que me ferrei no fim.

— Coloque suas roupas — sussurro. — Esta conversa acabou. — Eu paro ao ouvir passos no corredor.

Ouço meu nome.

Brooke inclina a cabeça. Ela também ouviu.

Ah, porra. Ah, porra. Ah, *porra*.

A voz de Ella soa do lado de fora da minha porta.

— Ah, que bom, Ella chegou — diz Brooke, enquanto meu sangue bombeia irregularmente nos ouvidos. — Tenho novidades pra contar pra vocês dois.

Acho que é a coisa mais burra que eu poderia fazer, mas o único pensamento na minha mente é *dar um jeito nisso*. Eu preciso que essa mulher *suma*.

Assim, largo tudo e avanço. Seguro o braço de Brooke para tirá-la do colchão, mas a vaca me puxa para baixo. Tento evitar contato com o corpo nu dela, mas acabo perdendo o equilíbrio. Ela tira vantagem e se encosta nas minhas costas. Uma gargalhada baixa soa no meu ouvido e os peitos artificiais queimam minha pele.

Vejo, em pânico, a maçaneta girar.

Brooke sussurra:

— Estou grávida, e o bebê é seu.

O quê?

Meu mundo todo para de repente.

A porta se abre. O rosto lindo de Ella observa o meu. Vejo a expressão dela mudar de alegria para puro choque.

— Reed?

Estou paralisado, mas meu cérebro está trabalhando a toda velocidade, tentando calcular freneticamente a última vez que Brooke e eu transamos. Foi no dia de Saint Patrick. Gid e eu estávamos na piscina. Ele ficou bêbado. Eu fiquei bêbado. Ele estava chateado com alguma coisa. Papai, Sav, Dinah, Steve. Eu não entendi tudo.

Registro vagamente o riso de Brooke. Vejo o rosto de Ella, mas não estou enxergando nada. Eu devia dizer alguma coisa, mas não digo. Estou ocupado. Ocupado entrando em pânico. Ocupado pensando.

O dia de Saint Patrick… Eu tinha cambaleado para o andar de cima e apagado, e fui acordado por uma sucção úmida e quente no meu pau. Eu sabia que não era Abby porque já tinha terminado com ela, e ela não era do tipo que entraria sorrateiramente no meu quarto. Mas quem era eu para recusar um boquete de graça?

A boca de Ella se abre, e ela diz alguma coisa. Não consigo ouvir. Estou preso em uma paranoia de culpa e repulsa por mim mesmo, da qual não consigo sair. Só consigo ficar olhando para ela. A minha namorada. A garota mais bonita que já vi. Não consigo afastar o olhar daquele cabelo dourado, dos olhos grandes e azuis me implorando uma explicação.

Diga alguma coisa, eu ordeno às minhas cordas vocais, que não colaboram. Meus lábios não se movem. Sinto um toque frio no pescoço e me encolho. *Diga alguma coisa, droga. Não deixe que ela vá embora…*

Tarde demais. Ella sai voando pelo corredor.

A batida forte da porta me tira do transe. Mais ou menos. Ainda não consigo me mover. Mal consigo respirar.

O dia de Saint Patrick… Isso foi mais de seis meses atrás. Não sei muito sobre grávidas, mas a barriga de Brooke quase não está aparecendo. Não tem como.

Não tem como.

Não tem como esse bebê ser meu.

Pulo da cama, ignorando o tremor louco das mãos enquanto corro para a porta.

— Sério? — diz Brooke, com a voz carregada de diversão. — Você vai atrás dela? Como vai explicar isso para ela, querido?

Eu me viro, furioso.

— Juro por Deus, mulher, se você não sumir do meu quarto, eu vou jogar você pra fora. — Papai sempre me disse que um homem que ergue a mão para uma mulher se coloca abaixo dos pés dela. Eu nunca bati em uma mulher. Nunca tive vontade até conhecer Brooke Davidson.

Ela ignora a ameaça. Continua a me provocar, usando todos os meus medos.

— Que mentiras você vai contar pra ela? Que nunca tocou em mim? Que nunca me quis? Como você acha que aquela garota vai reagir quando descobrir que você trepou com a namorada do seu pai? Acha que ela ainda vai querer você?

Eu olho para a porta agora vazia. Consigo ouvir sons abafados vindos do quarto de Ella. Quero sair correndo pelo corredor, mas não posso. Não com Brooke ainda na nossa casa. E se ela sair correndo do quarto, ainda pelada, dizendo que está grávida de um filho meu? Como vou explicar para Ella? Como farei com que ela acredite em mim? Brooke precisa sumir antes de eu enfrentar Ella.

— *Sai.* — Eu despejo todas as minhas frustrações em Brooke.

— Você não quer saber o sexo do bebê?

— Não. Não quero. — Observo o corpo magro e nu e noto uma leve proeminência na barriga. Minha boca se enche de bile. Brooke não é do tipo que se permite engordar. A beleza é sua única arma. Então a vaca não está mentindo sobre estar grávida.

Mas o filho não é meu.

Pode ser do meu pai, mas com certeza absoluta *não* é meu.

Eu abro a porta e saio correndo.

— Ella! — chamo. Não sei o que vou dizer, mas qualquer coisa é melhor do que não dizer nada. Ainda estou me xingando por ter ficado paralisado daquele jeito quando ela entrou no quarto. Deus, que merda eu sou.

Paro na porta do quarto dela. Uma olhada rápida não me diz nada. Nessa hora, eu escuto o som baixo e rouco do motor de um carro esportivo sendo acelerado. Com uma explosão de pânico, eu corro pela escada enquanto Brooke ri atrás de mim como uma bruxa no Halloween.

Vou até a porta da frente da casa, esquecendo que está trancada, e quando consigo abrir, não há sinal de Ella lá fora. Ela deve ter disparado pela saída na velocidade do som. Merda.

As pedras sob meus pés me lembram que estou usando calça jeans e mais nada. Dou meia-volta, subo três degraus de cada vez, mas paro de repente, quando Brooke surge no patamar.

— Não tem como esse bebê ser meu — rosno. Se fosse mesmo meu, Brooke já teria usado essa cartada muito tempo atrás em vez de guardá-la até agora. — E duvido que seja do meu pai. Se fosse, você não estaria tirando a roupa como uma prostituta barata no meu quarto.

— É de quem eu disser que é — diz ela friamente.

— Onde estão as provas?

— Eu não preciso de provas. É a minha palavra contra a sua e, quando qualquer teste de paternidade puder ser feito, eu já terei uma aliança no dedo.

— Boa sorte.

Ela segura meu braço quando tento passar por ela.

— Não preciso de sorte. Eu tenho você.

—- Não. Você nunca me teve. — Eu me solto dela. — Estou indo procurar Ella. Fique o tempo que quiser, Brooke. Cansei dos seus jogos.

A voz gelada me faz parar antes de chegar ao meu quarto.

— Se você convencer Callum a me pedir em casamento, direi a todo mundo que o filho é dele. Se você não me ajudar, todo mundo vai acreditar que o filho é seu.

Eu paro na entrada do quarto.

— Os exames de DNA vão mostrar que não é meu.

— Talvez — diz ela —, mas vão mostrar que é de um Royal. Esses testes nem sempre conseguem diferenciar parentes, particularmente pais e filhos. Vai ser o suficiente para plantar a dúvida na mente de Ella. Então, o que eu estou perguntando, Reed, é se você quer que eu conte para o mundo, que eu conte para *Ella*, que você vai ser papai. Porque eu vou contar. Ou você pode aceitar minha proposta e ninguém vai saber de nada.

Hesito.

— Temos um acordo?

Trinco os dentes.

— Se eu fizer isso, se vender essa... essa... — Tenho dificuldade para encontrar a palavra certa. — Essa ideia para o meu pai, você vai deixar Ella em paz?

— O que isso quer dizer?

Eu me viro lentamente.

— Quer dizer, sua puta, que nenhuma das merdas que você apronta vai chegar perto de Ella. Você não vai falar com ela, nem pra explicar isso... — Eu balanço a mão na direção do corpo dela, agora vestido. — Você vai sorrir, dizer oi, mas nada de conversinha.

Eu não confio nessa mulher, mas, se puder negociar por Ella, e, sim, por mim, então tudo bem. Meu pai é responsável pelos seus próprios podres. Pode muito bem voltar à imundice de Brooke de novo.

— Combinado. Você convence seu pai, e você e Ella poderão ter seu "felizes para sempre". — Brooke ri enquanto se inclina para pegar os sapatos. — *Se* você conseguir conquistá-la de volta.

Capítulo 2

Duas horas depois, eu estou surtando. Já é madrugada, e Ella ainda não voltou.

Ela não pode voltar logo para casa e gritar comigo? Preciso que ela me diga que sou um babaca que não merece o tempo dela. Preciso dela na minha frente, cuspindo fogo. Preciso que ela grite comigo, me chute, me bata.

Eu preciso dela, porra.

Olho o celular. Ela saiu há horas. Ligo para o número dela, mas só toca sem parar.

Mando uma mensagem de texto: *Cadê vc?*

Não há resposta.

Meu pai tá preocupado.

Digito essa mentira torcendo para ter uma resposta, mas meu celular continua em silêncio. Será que ela bloqueou meu número? Esse pensamento dói, mas não é absurdo, então entro correndo em casa, indo para o quarto do meu irmão. Ella não pode ter bloqueado todos nós.

Easton está dormindo, mas seu celular está carregando na mesa de cabeceira. Eu digito outra mensagem pelo celular dele. Ela gosta do Easton. Pagou a dívida dele. Ela responderia ao Easton, não?

Oi. Reed me disse que aconteceu alguma coisa. Vc tá bem?
Nada.

Será que ela deixou o carro na estrada e foi andar na praia? Coloco o celular do meu irmão no bolso, para o caso de Ella decidir fazer contato com ele, e desço correndo para os fundos da casa.

A praia está completamente vazia. Corro até a propriedade dos Worthington, quatro casas depois da nossa. Ela também não está lá.

Olho em volta, pelas pedras, pelo mar, e não vejo nada. Ninguém. Nenhuma marca na areia. Nada.

A frustração abre espaço para o pânico. Corro de volta para casa e entro no meu Range Rover. Com o dedo no botão de ligar, bato o punho várias vezes no painel. Pense. Pense. *Pense.*

Valerie. Ela deve estar na casa da Valerie.

Em menos de dez minutos, estou parado em frente à casa da Val, mas não há sinal do conversível azul de Ella na rua. Deixo o motor do carro ligado e corro até a garagem. O carro de Ella também não está lá.

Olho novamente para o celular. Não chegou nenhuma mensagem. Nem no de Easton. A tela me mostra que tenho treino de futebol americano em vinte minutos, o que quer dizer que Ella deveria estar na confeitaria onde trabalha. Nós normalmente vamos juntos para lá. Mesmo depois que ela ganhou o carro, presente do meu pai, nós íamos juntos.

Ella dizia que ia comigo porque não gostava de dirigir. Eu dizia que a levava porque era perigoso dirigir de madrugada. Nós contávamos mentiras um para o outro. Mentíamos para nós mesmos porque não estávamos dispostos a admitir a verdade: não conseguíamos resistir um ao outro. Pelo menos, era assim comigo. A partir do momento em que ela passou pela porta, com aqueles olhos grandes e desconfiada, eu não consegui ficar longe.

Meus instintos gritaram que ela seria um problema. Meus instintos estavam enganados. Ela não seria um problema. Eu seria. Ainda sou.

Reed, o destruidor.

Seria um apelido legal, se não fosse a minha vida, e a dela, que eu estivesse destruindo.

O estacionamento da confeitaria está vazio quando eu chego. Depois de cinco minutos batendo na porta sem parar, a dona, acho que se chama Lucy, aparece, irritada e com a testa franzida.

— Só abrimos em uma hora — informa ela.

— Eu me chamo Reed Royal. Conheço a Ella. — O que eu sou dela? Namorado? Irmão adotivo? O quê? — Sou amigo dela. — Droga, não sou nem isso. — Ela está aqui? Aconteceu uma emergência familiar.

— Não, ela não apareceu. — A testa de Lucy se franze ainda mais de preocupação. — Eu liguei, mas ela não atendeu. Ela é uma funcionária tão boa. Achei que pudesse estar doente.

Meu coração despenca. Ella nunca faltou ao trabalho na confeitaria, apesar de ter de acordar com o nascer do sol e trabalhar quase três horas antes da aula.

— Ah, tudo bem. Ela deve estar em casa — murmuro, recuando.

— Espere um minuto — diz Lucy quando me viro de costas. — O que está acontecendo? Seu pai sabe que ela sumiu?

— Ela não sumiu, senhora — respondo, já na metade do caminho até o carro. — Está em casa. Como você falou, está doente. Na cama.

Entro no carro e ligo para o treinador.

— Não vou conseguir ir ao treino. Tive uma emergência familiar — explico.

Ignoro os gritos do treinador Lewis. Ele sossega depois de alguns minutos.

— Tudo bem, garoto. Mas espero você amanhã, e bem cedo.

— Sim, senhor.

Quando chego em casa, descubro que a governanta, Sandra, já chegou e está começando a fazer o café da manhã.

— Você viu Ella? — pergunto à morena gordinha.

— Não vi. — Sandra olha para o relógio. — A esta hora ela normalmente já saiu. Você também, na verdade. O que está acontecendo? Você não tem treino?

— O treinador teve uma emergência familiar — minto. Sou muito bom nisso. Mentir se torna quase natural quando você esconde a verdade todas as horas do dia.

Sandra faz um ruído de reprovação.

— Espero que não seja nada sério.

— Eu também — respondo. — Eu também.

No andar de cima, entro no quarto que devia ter checado antes de sair correndo. Ela podia ter voltado quando eu estava tentando encontrá-la. Mas o quarto de Ella está em um silêncio mortal. A cama ainda está feita. A mesa está impecável.

Olho o banheiro, que parece intocado. O armário também. Todas as coisas dela estão penduradas em cabides de madeira. Os sapatos estão enfileirados no chão. Há caixas e sacolas fechadas, ainda cheias de coisas que Brooke deve ter escolhido para ela.

Obrigando-me a não me sentir mal por estar invadindo a privacidade dela, eu reviro a mesa de cabeceira, mas está vazia. Revistei o quarto dela antes, quando ainda não confiava nela, e ela tinha um livro de poesia e um relógio masculino na mesa de cabeceira. O relógio era uma réplica exata do relógio do meu pai. O dela tinha pertencido ao melhor amigo do meu pai, Steve, o pai biológico de Ella.

Paro no meio do quarto e olho ao redor. Não tem nada que indique sua presença. Nem o celular. Nem o livro. Nem a... Ah, droga, a mochila dela sumiu.

Saio do quarto dela e vou até o de Easton.

— East, acorda. East! — digo com rispidez.

— O quê? — Ele geme. — Está na hora de acordar? — Ele abre os olhos e os aperta. — Ah, merda, estou atrasado para o treino. Por que você não foi?

Ele pula da cama, mas eu seguro seu braço antes que ele possa sair correndo.

— Nós não vamos para o treino. O treinador sabe.

— O quê? Por quê?

— Esqueça isso agora. De quanto era a sua dívida?

— Minha o quê?

— Quanto você devia ao agenciador de apostas?

Ele olha para mim sem entender.

— Oito mil. Por quê?

Faço uma conta rápida.

— Isso quer dizer que Ella tem uns dois mil agora, não é?

— Ella? — Ele franze a testa. — O que tem Ella?

— Eu acho que ela fugiu.

— Fugiu pra onde?

— Fugiu de vez. Foi embora — explico. Eu me afasto da cama e ando até a janela. — Papai pagou para ela ficar aqui. Deu dez mil a ela. Pense, Easton. Ele teve de pagar dez mil dólares a uma órfã que fazia strip para sobreviver para ela vir morar com a gente. E acho que ia pagar isso todos os meses.

— Por que ela iria embora? — pergunta ele, ainda confuso e meio dormindo.

Eu continuo a olhar pela janela. Quando o atordoamento passar, ele vai entender.

— O que você fez?

Pronto, aí vamos nós.

O piso estala quando ele anda pelo quarto. Atrás de mim, ele murmura palavrões enquanto se veste.

— Não importa — digo com impaciência. Virando-me, listo para ele os lugares aonde já fui. — Onde você acha que ela está?

— Ela tem dinheiro suficiente para uma passagem de avião.

— Mas ela é cuidadosa com dinheiro. Não gastou quase nada desde que chegou aqui.

Easton assente, pensativo. Nos olhamos e falamos ao mesmo tempo, quase como se fôssemos nós os gêmeos Royal, não nossos irmãos Sawyer e Sebastian.

— GPS.

Nós ligamos para o serviço de GPS da Atlantic Aviation, que meu pai instala em todos os carros que compra. A atendente, solícita, nos diz que o novo Audi S5 está estacionado na rodoviária.

Saímos correndo antes mesmo que ela comece a dizer o endereço.

— Ela tem dezessete anos. Desta altura mais ou menos. — Coloco a mão embaixo do queixo enquanto descrevo Ella para a vendedora de passagens. — Cabelo louro. Olhos azuis. — *Olhos como o Atlântico. Cinza-tempestade e, então, um azul calmo, incrivelmente profundos. Eu me perdi naquele olhar mais de uma vez.* — Ela esqueceu o celular. — Eu mostro o meu. — Nós precisamos entregar para ela.

A vendedora estala a língua.

— Ah, claro. Ela estava com pressa. Comprou passagem para Gainesville. A avó dela morreu, sabe...

Eu e East fazemos que sim.

— Que horas o ônibus saiu?

— Ah, horas atrás. Ela já deve estar lá. — A vendedora de passagens balança a cabeça com consternação. — Estava chorando tanto... Não se vê mais isso, adolescentes que gostam de pessoas idosas assim. Foi fofo. Me senti péssima por ela.

East aperta os punhos ao meu lado. Uma raiva irradia dele em ondas. Se estivéssemos sozinhos, um daqueles punhos estaria na minha cara.

— Obrigado, senhora.

— Não foi nada, meu querido. — Ela nos dispensa com um aceno.

Nós saímos do prédio e paramos diante do carro de Ella. Eu estico a mão, e Easton me dá a chave reserva.

Lá dentro, encontro o chaveiro eletrônico no compartimento central do painel, junto com o livro de poesia e o que parece ser o documento do carro, enfiado no meio das páginas. No porta-luvas, está o celular, com todas as minhas mensagens não lidas.

Ela deixou tudo para trás. Tudo relacionado aos Royal.

— Nós temos que ir para Gainesville — diz Easton secamente.

— Eu sei.

— Vamos contar para papai?

Informar Callum Royal nos permitiria usar o avião dele. Estaríamos lá em uma hora. Se não fizermos isso, teremos uma viagem de carro de seis horas e meia pela frente.

— Não sei. — A urgência de encontrá-la diminuiu. Eu sei onde ela está agora. Posso chegar a ela. Só preciso descobrir que abordagem usar.

— O que você fez? — Meu irmão pergunta de novo.

Não estou pronto para a onda de ódio que ele vai lançar sobre mim, então fico quieto.

— Reed.

— Ela me pegou com Brooke — digo com a voz rouca.

O queixo dele cai.

— Brooke? Brooke do papai?

— Sim. — Eu me obrigo a olhar para ele.

— Mas que *porra* é essa? Quantas vezes você ficou com a Brooke?

— Algumas vezes — admito. — Mas não recentemente. E definitivamente não ontem à noite. Eu nem toquei nela, East.

Ele contrai o maxilar. Está doido para bater em mim, mas não vai fazer isso. Não em público. Ele já tinha ouvido as mesmas coisas de mamãe. *Não sujem o nome da família, garotos. É fácil destruir um nome, mas é muito difícil reconstruí-lo.*

— Você devia ser pendurado pelas bolas e esquecido nessa posição. — Ele cospe perto dos meus pés. — Se você não encontrar Ella e a trouxer para casa, vou ser o primeiro na fila a fazer isso com você.

— Tudo bem. — Eu tento ficar calmo. Não adianta me aborrecer. Não adianta virar o carro. Não adianta rugir, apesar de eu estar doido para abrir a boca e soltar toda a raiva e o ódio que sinto de mim mesmo.

— Tudo bem? — Ele dá uma risada de repugnância. — Então, você está cagando que Ella esteja agora em uma cidade universitária, sendo apalpada por bêbados?

— Ela é forte. Tenho certeza de que está bem. — Minhas palavras soam tão ridículas que quase vomito quando as digo. Ella é uma garota linda e está totalmente sozinha. Não dá para saber o que poderia acontecer com ela. — Você quer levar o carro dela para casa antes de irmos para Gainesville?

Easton me olha, boquiaberto.

— Quer ou não quer? — pergunto com impaciência.

— Claro. Por que não? — Ele arranca o chaveiro eletrônico da minha mão. — Quem se importaria com uma garota gostosa de dezessete anos carregando quase dois mil em dinheiro vivo? — Meus dedos se fecham, apertados. — Nenhum viciado doidão vai olhar pra ela e pensar "essa aí é um alvo fácil, uma garotinha de pouco mais de um metro e meio, que pesa menos que a minha perna e não vai reagir…". — Está ficando difícil respirar. — E tenho certeza de que todos os caras que ela encontrar vão ter boas intenções. Nenhum deles vai arrastá-la para um beco escuro e mandar ver até ela…

— Cala essa merda dessa boca! — berro.

— Finalmente. — Easton levanta as mãos.

— O que você quer dizer?! — Eu estou praticamente ofegando de fúria. As imagens que Easton descreveu me fazem querer virar o Hulk e correr para Gainesville, destruindo tudo no caminho até encontrá-la.

— Você estava agindo como se ela não fosse nada para você. Você pode ser feito de pedra, mas eu gosto da Ella. Ela… ela foi boa para a gente. — A dor dele é quase tangível.

— Eu sei. — As palavras são arrancadas de mim. — Eu sei, droga. — Minha garganta se aperta ao ponto de causar dor. — Mas… *nós* não fomos bons para ela.

Gideon, nosso irmão mais velho, tentou me dizer isso desde o começo. *Fique longe dela. Ela não precisa do nosso drama. Não a destrua como eu destruí…*

— O que isso quer dizer?

— Exatamente o que quer dizer. Nós somos como veneno, East. Todos nós. Eu transei com a namorada do papai para me vingar dele por ter sido escroto com a mamãe. Os gêmeos estão metidos em merdas das quais não quero nem saber. Seu vício em apostas está fora de controle. Gideon está… — Eu paro. Gid está vivendo seu próprio inferno agora, mas isso não é algo que Easton precise saber. — Nós somos fodidos, cara. Talvez ela esteja melhor sem a gente.

— Isso não é verdade.

Mas eu acho que pode ser. Nós não somos bons para ela. Ella sempre quis uma vida normal, comum. Não poderá ter isso na casa dos Royal.

Se eu não fosse completamente egoísta, pularia fora. Convenceria East de que a melhor coisa para Ella é estar o mais longe possível de nós.

Mas fico quieto e penso no que vou dizer para ela quando a encontrarmos.

— Vamos. Eu tenho uma ideia. — Eu me viro e sigo novamente para a entrada da rodoviária.

— Eu achei que a gente ia para Gainesville — murmura East, vindo atrás de mim.

— Isso vai nos poupar a viagem.

Vamos à sala de segurança, onde, depois de receber cem dólares, o guarda nos mostra as imagens das câmeras de vigilância de Gainesville. O cara volta a gravação até o momento em que o ônibus de Bayview chega, e meu coração se aperta enquanto vejo os passageiros descerem. Mas logo ele se parte quando percebo que nenhum desses passageiros é Ella.

— Mas que caralho! — diz East quando saímos da rodoviária dez minutos depois. — A moça das passagens disse que Ella pegou aquele ônibus.

Meu maxilar está tão contraído que mal consigo dizer uma palavra.

— Talvez ela tenha descido em outra parada.

Nós voltamos para o Rover.

— E agora? — pergunta ele com os olhos apertados, olhando para mim de forma ameaçadora.

Eu passo a mão pelo cabelo. Nós poderíamos parar em todas as estações do caminho, mas desconfio que isso seria como procurar uma agulha num palheiro. Ella é inteligente e está acostumada a fugir, acostumada a sumir de uma cidade e criar uma nova vida em outra. Ela aprendeu com a mãe.

Outro sentimento ruim revira minhas entranhas quando um pensamento me ocorre. Ela vai arrumar emprego em outro clube de striptease? Sei que vai fazer o que for preciso para sobreviver, mas só de imaginá-la tirando as roupas para um bando de pervertidos, meu sangue ferve.

Eu tenho que encontrá-la. Se acontecer alguma coisa com ela porque eu a afastei da nossa casa, não vou conseguir mais me olhar no espelho.

— Nós vamos pra casa — anuncio.

Meu irmão parece assustado.

— Por quê?

— Papai tem um investigador de plantão. Ele vai conseguir encontrá-la bem mais rápido do que nós.

— Papai vai ficar puto.

Vai mesmo. E vou lidar com a situação da melhor maneira possível, mas, no momento, encontrar Ella é mais importante do que qualquer outra coisa.

Capítulo 3

Como Easton previu, papai fica furioso quando contamos para ele que Ella havia sumido. Eu não durmo há vinte e quatro horas e estou exausto, cansado demais para brigar com ele.

— Por que vocês não me ligaram mais cedo? — explode meu pai. Ele está andando pela enorme sala de estar da mansão, batendo com força os sapatos de mil dólares no piso de madeira encerado.

— Nós achamos que a encontraríamos — digo bruscamente.

— Eu sou o guardião legal dela! Devia ter sido informado! — A respiração dele fica pesada. — O que você fez, Reed?

Seu olhar furioso se vira para mim. Ele não está olhando para East nem para os gêmeos, que estão no sofá e têm expressões idênticas de preocupação. Não estou surpreso por ele ter decidido jogar a culpa nas minhas costas. Ele sabe que meus irmãos apenas seguem as minhas ordens, que o único Royal que podia ter feito Ella ir embora era eu.

Engulo em seco. Merda. Não quero que ele saiba que Ella e eu nos envolvemos debaixo do nariz dele. Quero que ele se concentre em encontrá-la, não que se distraia com a notícia de que seu filho está ficando com sua nova tutelada.

— Não foi Reed.

A confissão em voz baixa de Easton me deixa chocado. Eu olho para o meu irmão, mas ele está observando meu pai.

— Foi por minha causa que ela foi embora. Eu tive um bate-boca com meu agenciador de apostas uma noite dessas, eu devia uma grana pra ele, e Ella ficou assustada. O cara não é muito simpático, se é que você me entende.

A veia na testa de papai parece prestes a explodir.

— Seu *agenciador de apostas*? Você está metido nessa merda de novo?

— Desculpa. — Easton dá de ombros.

— Você está pedindo desculpa? Você arrastou Ella para uma das suas confusões e a assustou tanto que ela fugiu!

Papai parte para cima do meu irmão, e eu entro na frente na mesma hora.

— East cometeu um erro — digo com firmeza, evitando o olhar do meu irmão. Vou agradecer-lhe mais tarde por ter assumido a culpa. Agora, nós precisamos acalmar o coroa. — Mas já está feito, então já era, né? A gente precisa se concentrar em encontrar Ella.

Os ombros de papai murcham.

— Você está certo. — Ele faz que sim, com a expressão mais dura. — Vou ligar para o meu detetive particular.

Ele sai da sala sem dizer mais nada, e os passos pesados ecoam no corredor. Um momento depois, ouvimos a porta do escritório ser fechada.

— East — eu digo.

Ele se vira para mim com um olhar mortal.

— Não fiz isso por você. Fiz por ela.

Minha garganta se aperta.

— Eu sei.

— Se papai soubesse sobre... — Ele para de falar e olha com cautela para os gêmeos, que não haviam dito nada durante toda a conversa. — Isso desviaria a atenção dele.

— Vocês acham que o detetive vai encontrar Ella? — pergunta Sawyer.

— Vai — respondo com uma convicção que não corresponde ao que eu sinto.

— Se ela usar a identidade da mãe, com certeza conseguiremos achá-la — diz East, com segurança, para nosso irmão mais novo. — Se ela descobrir como conseguir uma identidade falsa... — Os ombros dele caem em derrota. — Não sei.

— Ela não pode se esconder para sempre — diz Seb, querendo ajudar.

Pode, sim. Ela é a pessoa mais criativa que já conheci. Se quiser ficar escondida, ninguém vai encontrá-la.

Meu celular vibra no bolso. Pego-o com ansiedade, mas a mensagem não é de quem eu espero. Sinto minha bile subir até a garganta quando vejo o nome de Brooke.

Um passarinho me contou que sua princesa desapareceu.

— É ela? — pergunta East, cheio de esperança.

— Brooke. — O nome queima minha língua.

— O que ela quer?

— Nada — murmuro enquanto outra mensagem chega.

Callum deve estar maluco. Pobrezinho. É provável que precise de alguém que o console.

Eu trinco os dentes. Ela certamente não é sutil.

Em nossa busca louca por Ella, eu ainda não tinha parado para pensar sobre a gravidez de Brooke e o acordo que fiz com ela. Agora, não posso mais ignorar isso, porque as mensagens não param de chegar.

Você tem um trabalho a fazer, Reed.

Você prometeu.
Responde, seu escrotinho!
Está querendo um drama com a mamãe e o bebê? É isso?
Jesus. Eu não precisava disso agora. Eu sufoco a raiva e me obrigo a responder.
Relaxa, sua puta. Vou falar com ele.
— O que ela quer? — repete Easton com raiva.
— Nada — digo de novo. Eu o deixo na sala, com os gêmeos, e me arrasto para o escritório do meu pai.
Não quero fazer isso. Não quero mesmo fazer isso.
Bato na porta.
— O que foi, Reed?
— Como você sabia que era eu? — pergunto quando abro a porta.
— Agora que Gideon não está aqui, você é o líder da sua gangue feliz de irmãos. — Papai vira um copo de uísque enquanto estica a outra mão para pegar a garrafa. E eu me pergunto por que não consigo fazer East parar de beber...
Respiro fundo.
— Acho que você devia ligar pra Brooke.
Ele para imediatamente, enquanto fecha a garrafa de uísque.
É, você me ouviu, coroa. E acredite, estou tão chocado quanto você.
Como ele não responde, eu me obrigo a seguir em frente.
— Quando você trouxer Ella de volta, nós vamos precisar de ajuda, de alguém que acalme as coisas. — Tenho ânsia diante das palavras seguintes. — Uma mulher. Ella era muito próxima da mãe. Talvez, se Brooke estivesse mais presente antes, ela não tivesse ido embora.
Meu pai me olha com a testa franzida.
— Eu achava que você odiava Brooke.

— Quantas vezes você quer que eu diga que sou um idiota? — Eu abro um sorriso sofrido.

Ele ainda não está convencido.

— Ela quer casar, e eu ainda não estou pronto para isso.

Graças a Deus. Acho que o álcool não destruiu *todo* o bom senso dele.

— Você não precisa casar com ela. Só... — Passo a língua nos lábios. Isso é difícil, mas insisto porque fiz um acordo. Não quero que Brooke diga às pessoas que aquele filhote de demônio é meu. — Só quero que saiba que não terá problemas se trouxer ela de volta. Eu entendo. Nós precisamos de pessoas de quem gostar. E que gostem de nós.

Isso é verdade, pelo menos. O amor de Ella tinha me mostrado que eu podia ser uma pessoa melhor.

— Isso é generoso da sua parte — diz meu pai secamente. — E vai saber? Pode ser que você esteja certo. — Ele passa o dedo pelo copo cheio. — Nós vamos encontrar Ella, Reed.

— Espero que sim.

Ele me dá um sorriso tenso, e eu saio da sala. Quando estou fechando a porta, eu o ouço pegar o telefone e dizer:

— Brooke, é Callum. Tem um minuto?

Mando rapidamente uma mensagem de texto para ela.

Pronto. Não conte sobre o bebê. Isso vai distrair ele.

Ela me responde com um *emoji* de positivo. A capa fina de metal machuca meus dedos quando aperto o celular com força, lutando contra a vontade de jogá-lo na parede.

Capítulo 4

— Reed. — Valerie Carrington me alcança nos fundos da escola. Seu cabelo na altura do queixo voa no vento frio de outubro. — Espere.

Paro com relutância, me viro e encontro um par de olhos escuros ardentes. Val é pequena, mas é forte e poderosa. Uma pessoa com esse jeito de trator seria útil na linha ofensiva do meu time.

— Estou atrasado para o treino — murmuro.

— Não estou nem aí. — Ela cruza os braços. — Você precisa parar com esses seus joguinhos. Se não me contar o que está acontecendo com Ella, juro por Deus que vou ligar para a polícia.

Faz dois dias que Ella viajou, e ainda não tivemos notícia do detetive. Meu pai nos obriga a ir à escola como se tudo estivesse bem. Ele disse ao diretor que Ella está doente, que é a mesma coisa que digo para Val agora.

— Ela está doente.

— Duvido.

— Mas ela está.

— Então, por que não posso vê-la? Por que ela não me manda mensagem nem retorna minhas ligações? Ela não está com cólera nem nada! É *gripe*, e existe vacina pra isso. E ela devia poder ver os amigos.

— Callum decidiu colocá-la em quarentena — minto.

— Não acredito em você — diz ela secamente. — Acho que tem alguma coisa errada, muito errada, e, se você não me disser o que é, vou te dar um chute no saco, Reed Royal.

— Ela está em casa. Está doente — repito. — Com gripe.

Valerie abre a boca. E fecha. Abre de novo e solta um grito irritado.

— Você é tão mentiroso!

Ela cumpre a ameaça e me dá uma joelhada nas bolas.

Uma dor agonizante se espalha por mim.

— *Filha da puta.* — Meus olhos se enchem de água enquanto coloco a mão no saco.

Valerie sai andando sem dizer nada.

Uma risada alta soa atrás de mim. Ainda segurando minhas bolas doídas, solto um gemido quando Wade Carlisle para ao meu lado.

— O que você fez para merecer isso? — pergunta com um sorriso. — Deu um fora nela?

— Mais ou menos.

Ele passa a mão pelo cabelo louro desgrenhado.

— Você consegue me acompanhar ou teremos que arrumar gelo primeiro?

— Eu consigo acompanhar, babaca.

Seguimos para o ginásio; eu vou mancando, e Wade ri como uma velha. O local é reservado para o time de futebol americano das três às seis, o que me dá três horas para treinar até meu corpo e minha mente apagarem completamente.

E é exatamente o que eu faço. Levanto peso até meus braços doerem, me forçando a um estado de pura exaustão.

Mais tarde, em casa, entro no quarto de Ella e me deito na cama. O cheiro da pele dela está mais fraco cada vez que entro ali. Sei que isso é culpa minha também. East colocou a cabeça pela porta ontem à noite e disse que o quarto fedia a mim.

A casa está fedendo mesmo. Brooke apareceu todas as noites desde que Ella fugiu, botando as mãos no meu pai e os olhos em mim. De tempos em tempos, passa a mão na barriga, como aviso de que, se eu sair da linha, ela vai jogar a bomba da gravidez. O bebê deve ser do meu pai, o que quer dizer que é meu meio-irmão ou minha meia-irmã, mas não sei o que fazer com isso nem como absorver essa informação além do fato de que Brooke está aqui, e Ella não, e isso simboliza perfeitamente tudo o que está errado no meu mundo.

O dia seguinte é mais do mesmo.

Sigo a rotina. Assisto às aulas sem ouvir uma palavra do que os professores dizem e vou para o treino à tarde. Infelizmente, só tenho treino tático, sem a oportunidade de bater em ninguém.

Hoje teremos um jogo contra o time da Devlin High, que tem um ataque tão fácil de quebrar quanto um brinquedo barato. Vou poder bater no *quarterback* deles. Vou jogar até ficar entorpecido. E, quando chegar em casa, com alguma sorte vou estar exausto demais para ficar pensando em Ella.

Ella me perguntou, uma vez, se eu brigava por dinheiro. Não. Eu brigo porque gosto. Gosto da sensação do meu punho na cara de uma pessoa. Nem ligo para a dor que surge quando o outro me acerta um soco. A sensação é real. Mas eu nunca precisei disso. Nunca precisei realmente de nada antes de ela aparecer. Agora, estou tendo dificuldade para respirar sem ela ao meu lado.

Chego à entrada dos fundos do colégio na hora em que um grupo de caras está saindo. Um deles esbarra no meu ombro e reclama:

— Olhe por onde anda, Royal.

Fico tenso quando encaro Daniel Delacorte, o cretino que drogou Ella numa festa no mês passado.

— É bom ver você, Delacorte — digo. — Estou surpreso por um estuprador como você ainda estar na Astor Park.

— Não devia estar. — Ele faz uma expressão de desprezo. — Afinal, eles aceitam todo tipo de escória.

Não sei se ele está se referindo a mim ou a Ella.

Antes que eu possa responder, uma garota passa por nós, cobrindo o rosto com as mãos. Um choro alto e engasgado nos distrai por um momento, e a vemos correr até um Passat branco parado no estacionamento dos alunos.

Ele se vira para mim com um sorrisinho.

— Não é a namorada dos gêmeos? O que aconteceu? Eles decidiram que estavam cansados da fachada?

Eu me viro e olho novamente para a garota, mas não é Lauren Donovan. A garota é loura e alta. Lauren é ruiva e pequenininha.

Eu olho para Daniel com desprezo.

— Não sei do que você está falando. — O relacionamento dos gêmeos com Lauren é esquisito, mas isso é da conta deles, e não vou dar a Delacorte munição contra os meus irmãos.

— Claro que não sabe. — Ele curva o lábio. — Vocês, Royal, são doentes. Os gêmeos compartilham. Easton parte pra cima de qualquer coisa que se mexe. Você e seu pai molham o pau na mesma fonte. Vocês dois comparam observações sobre Ella? Aposto que sim.

Aperto os punhos nas laterais do corpo. Deixar esse babaca inconsciente seria bom, mas o pai dele é juiz, e desconfio que eu teria dificuldade de me safar de uma acusação de agressão feita pelos Delacorte.

Na última vez que me meti em uma briga na Astor, meu pai ameaçou mandar os gêmeos para uma escola militar. Nós conseguimos dar um jeito na situação porque alguns outros garotos estavam dispostos a jurar que o outro cara deu o primeiro soco. Não lembro se deu ou não. Só me lembro de ele ter dito que minha mãe era uma prostituta drogada que se matou para se afastar de mim e dos meus irmãos. Depois disso, só vi vermelho na minha frente.

— Ah, e eu ouvi dizer que seu pai engravidou a pequena órfã Ella — diz Daniel, empolgado agora. — Callum Royal, o pedófilo. Aposto que o comitê de diretores da Atlantic Aviation vai adorar ouvir isso.

— É melhor você calar a boca — aviso.

Eu vou na direção dele, mas Wade aparece de repente ao meu lado e me puxa para trás.

— O que você vai fazer, me bater? — provoca Daniel. — Meu pai é juiz, esqueceu? Você vai ser jogado num reformatório tão rápido que vai ficar tonto.

— Seu pai sabe que você só arruma mulher drogando elas? Wade empurra Daniel para trás.

— Se manda, Delacorte. Ninguém quer você por aqui.

Daniel é burro como uma porta e não escuta.

— Você acha que ele não sabe? Ele já comprou garotas. Sua Ella só não fala porque está com a boca em um pau dos Royal.

Wade estica os braços para barrar meu ataque. Se fosse só Wade, eu teria conseguido me soltar, mas dois outros caras do time aparecem e seguram Daniel. Mesmo quando está sendo arrastado para longe, ele não cala a boca.

— Seu controle sobre essa escola está acabando, Royal! Você não vai ser rei por muito tempo.

Como se eu desse algum valor a isso.

— Bote a cabeça no lugar — avisa Wade. — Nós temos um jogo hoje.

Eu me solto das mãos dele.

— Aquele merda tentou estuprar minha namorada.

Wade pisca.

— Sua namorada...? Espere, você está falando da sua irmã? — O queixo dele cai. — Ah, cara, você está pegando sua *irmã*?

— Ela não é minha irmã — resmungo. — Nós não temos parentesco nenhum.

Empurro Wade e aperto os olhos enquanto Daniel entra no carro. Acho que o babaca não aprendeu a lição dada por Ella e duas amigas, que o deixaram pelado e o amarraram como vingança pelo que ele fez com ela.

Mas, na próxima vez que nossos caminhos se cruzarem, ele não vai escapar com tanta facilidade.

Enquanto o treinador repassa algumas mudanças de última hora com Wade, nosso *quarterback*, eu enrolo metodicamente uma das mãos com esparadrapo, e depois faço o mesmo com a outra. Meu ritual pré-jogo é o mesmo desde que eu jogava na categoria infantil, e, em geral, a rotina me ajuda na concentração, limita meu foco ao que está acontecendo no campo.

Botar a roupa, enrolar o esparadrapo, ouvir música. Hoje é 2 Chainz e Yeey, me pedindo para enterrá-los junto de suas gatas.

Esta noite, o ritual não funciona. Só consigo pensar em Ella. Sozinha. Com fome. Aterrorizada diante de homens em um clube de *strip* ou na rua. As cenas que Easton descreveu na rodoviária se repetem sem parar. Ella violada. Ella chorando. Ella precisando de ajuda, sem ninguém ao seu lado.

— Ainda está na Terra, Royal? — Uma risada alta chama minha atenção, e olho para a cara irritada do treinador.

Na minha frente, East faz um gesto de pressa. Hora de terminar de enrolar a mão com o esparadrapo e ir.

— Sim, senhor.

Nós corremos pelo túnel curto e entramos no campo atrás de Gale Hardesty, jogador de polo, e seu cavalo. É um milagre nenhum de nós ter pisado em bosta de cavalo durante essa apresentação de circo.

Eu bato um punho coberto de esparadrapo contra o outro. Easton se junta a mim.

— Vamos matar esses filhos da puta.

— Vamos!

Estamos totalmente de acordo. Não podemos descontar nosso instinto agressivo um no outro, mas e no jogo e numa briga depois? Talvez nós dois possamos chegar a um estado em que consigamos sobreviver.

O time da Devlin High vence no cara ou coroa e escolhe ceder o chute inicial. Easton e eu batemos capacetes e corremos na defesa.

— Quanto vocês pagaram aos juízes hoje? — pergunta o *tight end* quando paro na frente dele. Ele é um babaca bocudo. Não consigo me lembrar do nome dele. Betme. Bettinski. Bettman? Sei lá. Vou olhar na camisa dele depois que o derrubar na grama quando estiver indo atrás do *quarterback*.

A bola é lançada, e Easton e eu voamos pelo campo. O *tight end* mal toca em mim, e East e eu já estamos lá para cumprimentar o *running back* quando ele recebe a bola. Eu baixo a cabeça e bato com o ombro na barriga dele. A bola cai das mãos dele, e a plateia solta um grito alto que se prolonga por tempo suficiente para eu saber que alguém da Astor Park está chegando nela.

Um colega de time me segura pelas ombreiras e me levanta enquanto Easton cruza a linha do gol.

Eu olho para o *running back* no chão e ofereço a mão.

— Cara, fica ligado. East e eu estamos com um péssimo humor e vamos descontar em vocês. Talvez você queira espalhar a informação.

Os olhos do cara se arregalam em alarme.

Bettman chega perto e abre caminho com os ombros.

— Foi sorte. Na próxima vez, vai ser sua bunda na grama.

Eu mostro os dentes.

— Pode vir com tudo.

Se eu bater muito, pode ser que esqueça Ella por mais de cinco segundos.

Wade bate no meu capacete.

— Mandou bem, Royal. — Ele comemora quando East volta para o campo. — Vai deixar o ataque jogar, Easton?

— Pra quê? Nós podemos fazer tudo hoje. Além do mais, ouvi dizer que você distendeu a virilha com aquela líder de torcida da North High.

Wade sorri.

— Ela é ginasta, não líder de torcida. Mas, se você estiver a fim de marcar mais, por mim tudo bem.

Por cima do ombro dele, vejo Liam Hunter, que nos olha com uma expressão mortal. Ele quer o máximo de participação no jogo. Está no último ano e precisa dessa exposição.

Normalmente, não tenho problemas com Hunter, mas o jeito como ele está me olhando agora me dá vontade de acertar seu queixo quadrado. Droga. Preciso brigar.

Eu bato com o capacete na mão. No campo, Bettman fala sem parar; a boca está trabalhando, já que os bloqueios não funcionam. Parto para cima dele depois de uma jogada, mas Easton me puxa para longe.

— Guarda pra depois.

Quando chega o intervalo, estamos na frente por quatro *touchdowns*, mais um da defesa e os outros dois do ataque. Hunter teve alguns bons momentos para se exibir para os olheiros da faculdade depois de derrubar uns caras da defesa. Nós todos devíamos estar animados.

O treinador não faz um discurso de motivação. Ele só anda entre nós, dá alguns tapinhas amistosos e se esconde na sala dele para pensar na escalação perfeita de seu time de fantasia, fumar ou se masturbar.

Quando os caras do time começam a conversar sobre a festa pós-jogo e sobre qual boceta vão destruir, eu pego o celular.

Briga hj?, digito.

Olho para East e pergunto com movimentos labiais: *Está dentro?*

Ele assente com ênfase. Eu jogo o celular de uma mão para a outra enquanto espero resposta.

Briga às 11h. Na doca às 10h. E. vem?

E. tb vai.

O treinador sai da sala e avisa que o intervalo acabou. Depois que o ataque marca de novo, somos informados que a próxima vai ser a última jogada de todo mundo que está em campo desde o começo no jogo, o que quer dizer que tenho de passar o resto do terceiro e todo o quarto tempo no banco. Que saco!

Quando paro na frente de Bettman, falta muito pouco para eu perder a cabeça. Enfio a mão na grama artificial e testo o impulso das pernas.

— Eu soube que sua nova irmã é tão larga que precisa de dois Royal pra encher o buraco dela.

Eu surto. Minha visão fica vermelha, e pulo em cima daquele filho da puta antes que ele possa tirar a mão do chão. Arranco o capacete dele e bato com o punho direito. A cartilagem e o osso do nariz cedem. Bettman grita. Eu dou outro soco. Um monte de mãos me arrasta para longe antes que eu consiga acertar de novo.

O juiz apita na minha cara e faz sinal com o polegar por cima do ombro.

— Você está fora! — grita ele, com o rosto mais vermelho do que uma lagosta fervendo.

O treinador grita na lateral do campo:

— Onde você está com a cabeça, Royal? Onde você está com a cabeça?

Minha cabeça está presa em cima dos ombros. Ninguém fala da Ella assim.

No vestiário vazio, tiro a roupa e fico só com o suporte atlético. Sento-me com a bunda exposta em uma toalha em frente ao armário. Percebo meu erro em segundos. Sem o jogo para me distrair, tudo o que posso fazer é ficar obcecado por Ella de novo.

Tento afastar os pensamentos me concentrando nos apitos distantes e nos gritos vindos do campo, mas imagens dela acabam voltando até piscarem em frente aos meus olhos como um trailer.

Ella chegando à nossa casa, mais sexy do que qualquer garota tinha o direito de ser.

Ella descendo a escada para ir à festa de Jordan, usando uma roupa de boa menina que me deu vontade de arrancar todas as peças e colocá-la de costas para mim no corrimão.

Ella dançando. Caramba, ela dançando.

Eu fico de pé e vou até o chuveiro. Com raiva e desejo percorrendo meu corpo, giro a torneira de água fria e coloco a cabeça embaixo do fluxo gelado.

Mas não adianta nada.

A necessidade é implacável. E, porra, qual é o sentido de lutar contra ela?

Seguro meu membro e fecho os olhos, fingindo que estou na casa de Jordan Carrington, vendo Ella dançar. O corpo dela é um pecado. Pernas compridas, cintura fina e uma bunda perfeita. A música baixa da televisão virava uma canção provocante quando ela movia os quadris e os braços.

Eu aperto o pau com mais força. A imagem muda da casa dos Carrington para o quarto dela. Eu me lembro do gosto dela na minha língua. Como ela era doce. Como a boca formou um círculo perfeito e penetrável quando ela gozou pela primeira vez.

Não demoro muito depois disso. A tensão formiga na base da minha coluna, e eu a imagino embaixo de mim, o cabelo brilhante e da cor do sol na minha pele, os olhos me observando com um desejo faminto.

Quando meu corpo se acalma, a repulsa volta com tudo. Eu olho para minha mão segurando o pau no meio do vestiário. Se afundasse mais, estaria quase na China.

O gozo me deixa vazio. Abro a torneira de água quente e me lavo, mas não me sinto limpo.

Espero que o cara com quem vou lutar hoje seja o maior e o mais escroto que já conheci e que me faça sentir dor, do jeito que Ella devia, mas não está aqui para fazer.

Capítulo 5

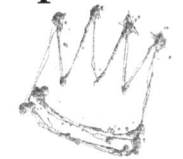

East e eu não vamos à festa depois do jogo e voltamos para casa para matar o tempo antes da briga. Vou recuperar o controle e a perspectiva quando estiver quebrando a cara de alguém.

— Preciso ligar para Claire — murmura East quando entramos em casa. — Quero ver se ela vem mais tarde.

— Claire? — Eu franzo a testa. — Não sabia que você estava pegando ela de novo.

— Ah, bom, e eu não sabia que você estava trepando com a Brooke. Acho que estamos quites.

Ele leva o celular ao ouvido e me dispensa.

O comportamento dele me machuca. East está distante desde que Ella fugiu.

Quando subo, a porta do meu quarto está entreaberta, e uma sensação horrível de *déjà-vu* toma conta de mim. De repente, sou transportado para a noite de segunda, quando encontrei Brooke na minha cama.

Eu juro por Deus que vou perder a cabeça se aquela vaca estiver de brincadeira comigo de novo.

Mas é Gideon quem encontro no meu quarto. Ele está deitado na minha cama, digitando no celular. Quando entro, ele me cumprimenta com um olhar obscuro.

— Não sabia que você vinha para casa este fim de semana — falo com cuidado. Eu tinha mandado uma mensagem para ele na terça para avisar que Ella havia ido embora, mas apertei o botão de ignorar todas as vezes que ele tentou me ligar esta semana. Eu não estava com saco para lidar com os surtos de culpa de Gid.

— Você teria gostado se eu não viesse, né?

— Não sei do que você está falando. — Evitando o olhar dele, tiro a camiseta e coloco uma regata.

— Mentira. Você está evitando conversar comigo desde que Ella pulou fora. — Gideon se levanta da cama e se aproxima de mim. — Não dá mais pra evitar, irmãozinho.

— Olha, não é nada de mais, tá? Ella e eu estamos... — Estávamos? — Juntos. E daí?

— Se não é nada de mais, por que escondeu isso de mim? Por que tive que descobrir por East? E o que você estava pensando ao ficar com ela? Não precisamos arrastar mais ninguém para a nossa confusão...

— Sua confusão — interrompo, mas me arrependo na mesma hora, porque ele se encolhe como se eu tivesse batido nele.

— Certo — murmura ele. — *Minha* confusão. Acho que foi burrice minha achar que meu irmão estaria do meu lado.

— Eu estou do seu lado. Você sabe que sim. Mas Ella não tem nada a ver com isso. — A sensação de não poder fazer nada trava minha garganta. — Nosso relacionamento é...

Ele me interrompe com uma gargalhada cruel.

— Relacionamento? Bom, sorte sua. Deve ser legal. Eu já tive um.

Eu engulo uma resposta irritada. Entendo que ele está infeliz, mas não fui eu que o coloquei na situação em que ele está. Ele fez isso sozinho.

— E sabe o que eu tenho agora? Absolutamente nada. — Gideon parece prestes a arrancar os próprios cabelos enquanto anda pelo meu quarto.

— Sinto muito. — É totalmente inadequado, mas é o que posso dizer.

— Deve sentir mesmo. Você precisa ficar longe de Ella. Ela é uma boa garota, e você está fazendo mal a ela.

A verdade das palavras dele arde mais do que o olhar crítico. A culpa pesa na minha garganta.

— Talvez — digo com a voz rouca —, mas não posso deixá-la ir embora.

— Não pode? Ou não quer? — O rosto de Gideon fica vermelho. — Esqueça Ella.

Isso é impossível.

— Você é um babaca egoísta — sibila meu irmão quando vê a recusa nos meus olhos.

— Gid...

— Eu já tive uma Ella. Tive uma garota com quem via um futuro, mas a magoei. É isso que você quer pra Ella? Quer ser nosso pai? Fazer alguém se matar de tão infeliz que é?

— Há-há...

Nós dois nos viramos e encontramos Easton parado na porta. Seus olhos azuis cautelosos vão de mim até Gid.

— Não vou nem perguntar se estou interrompendo — diz ele. — Estou vendo que sim. Mas também não vou pedir desculpa.

O maxilar de Gideon se contrai.

— Só um minuto, East. Isso não tem a ver com você.

As bochechas do nosso irmão mais novo ficam vermelhas. Ele entra no quarto e fecha a porta.

— De jeito nenhum. Vocês não vão mais me isolar. — East coloca o dedo no meio do peito de Gideon. — Estou de saco cheio dos seus segredos e das suas conversas sussurradas. Vou adivinhar, Gid. Você sabia que Reed estava comendo Brooke.

Gid dá de ombros.

O olhar amargo de East se vira para mim.

— O que foi? Eu não era importante o bastante para estar na jogada?

Eu trinco os dentes de frustração.

— Não tem jogada. Foi um erro idiota, tá? E desde quando você precisa saber de todas as garotas com quem eu fico? Está tentando viver pelo meu pau, por acaso?

Isso faz East me dar um soco no estômago.

Eu cambaleio para trás e bato o ombro na beirada de uma cômoda. Mas não bato de volta. East está praticamente espumando pela boca. Eu nunca o vi tão puto. Na última vez que ele me deu um soco, nós éramos crianças. Brigamos por causa de um videogame, eu acho.

— Acho que eu devia ligar pra Brooke — diz East, furioso. — Né? Porque comer a namorada do papai é obviamente alguma exigência doentia para entrar para seu grupinho secreto. Se eu baixar a calça pra ela, vocês vão ter que me deixar entrar, né?

Gideon responde com um silêncio pétreo.

Eu também não falo nada. Não tem sentido falar, não quando East está assim.

Passando as duas mãos pelo cabelo, ele rosna de frustração.

— Quer saber? Que se danem vocês dois. Fiquem com seus segredos e levem eles para o inferno com vocês. Só não venham atrás de mim quando precisarem apagar o incêndio.

Ele sai do quarto e bate a porta com tanta força que até a sacode. O silêncio quando ele sai é ensurdecedor. Gideon parece exausto. Eu estou ligado. Preciso brigar. Preciso liberar essa violência em mim antes que machuque alguém dentro de casa.

Capítulo 6

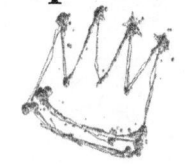

Eu me arrasto da cama na manhã seguinte, e o corpo todo protesta contra um simples movimento. Não estava exatamente na minha melhor forma ontem à noite. É, tinha uma fúria cega do meu lado, mas não tive resistência suficiente. Tomei algumas porradas que estão me fazendo sofrer já na luz do dia.

O hematoma na lateral das minhas costelas está roxo e verde. Procuro uma camiseta frouxa para esconder o machucado e visto uma calça de moletom.

No andar de baixo, na cozinha, encontro Brooke empoleirada no colo do meu pai. São só nove e meia, e ele já está com seu usual copo de uísque na mão. Acho que se eu estivesse trepando com Brooke, também beberia o dia inteiro, mas, caramba, por que ele não vê o que ela realmente é?

— Alguma notícia do detetive? — pergunto ao meu pai.

Ele balança a cabeça brevemente.

— Ainda não.

— Estou arrasada com tudo isso — geme Brooke. — Aquela pobre garota sozinha por aí. — Ela toca na bochecha do meu pai. — Querido, você precisa conversar com Easton sobre apostar. Imagine quanto aquele agente de apostas devia ser apavorante para assustar Ella assim.

Brooke me olha por cima da cabeça do meu pai e pisca para mim.

Que pesadelo. Eu me ocupo com meu café da manhã. Sandra tinha acordado cedo e já havia uma pilha de *french toasts* esperando para serem devoradas, junto com outra pilha de bacon. Eu encho o prato e me encosto na bancada, sem querer me sentar à mesa com a diaba e meu pai, que ainda estão fazendo as pazes.

Meu pai repara em mim e coloca Brooke na cadeira ao lado.

— Venha se sentar, Reed. Nós não somos animais.

Eu olho de cara feia para ele.

— Está usando as frases da mamãe contra mim? Que baixo — murmuro, mas me arrependo quando vejo a boca dele se contrair mostrando sua dor. Brooke também não parece muito feliz, mas isso é só porque ela gosta de fingir que Maria Royal nunca existiu.

— Sobrou *french toast*? — A voz de Sebastian na porta da cozinha interrompe o que Brooke ia dizer.

— Sobrou. Vou fazer um prato pra você — ofereço. — Sawyer está descendo?

— Ainda não. Ele está no telefone.

Um sorrisinho surge no canto da boca de Seb. Sawyer deve estar trocando mensagens de sexo com Lauren, a namorada dos gêmeos.

As provocações de Daniel surgem de repente na minha mente.

— Vocês estão tomando cuidado? — pergunto em um murmúrio baixo quando entrego o prato a Seb.

Ele faz uma expressão de desdém.

— E desde quando você liga?

— Estão rolando uns boatos na escola, só isso. Não quero ninguém correndo até papai com fofocas que colocarão vocês num colégio interno.

— Porque você nunca faz besteira, né? — debocha Seb.

Reparo em Brooke observando nossa conversa sussurrada com grande interesse, então viro as costas e baixo a voz.

— Olha, eu gosto de vocês e não quero ver nada ruim acontecendo, mas o troca-troca que estão fazendo não está enganando ninguém.

— Cuide da porra da sua vida. Pelo menos, nós conseguimos manter nossa garota perto de nós em vez de fazer com que ela fuja. — O choque deve ter sido evidente no meu rosto, porque Seb ri. — É, nós sabemos que a culpa foi sua, e não do East. Não somos *tão* burros. E também sabemos sobre ela. — Ele inclina a cabeça discretamente na direção de Brooke. — Então, guarde as suas opiniões idiotas. Você é tão doente quanto nós.

Com raiva, Seb pega o prato e sai da cozinha.

— O que aconteceu? — pergunta meu pai.

— Garotos são assim — diz Brooke. O sorriso no rosto dela é verdadeiro. Ela gosta de nos ver brigar. Ela *quer* que a gente brigue.

Engulo um pouco das *french toasts*, apesar de meu estômago parecer estar cheio de chumbo. Não sei se essa família jamais conseguirá se recuperar da morte da minha mãe. A cena dela caída na cama, com o rosto mole e os olhos frios e cegos, está sempre na minha mente. Com Ella, toda a confusão que existe na minha cabeça tinha sossegado.

Agora, tudo está desmoronando.

A casa está silenciosa. Não vejo Seb novamente, nem Sawyer, na verdade. Não quero nem pensar onde Gid pode estar agora. E East está me evitando; não respondeu a nenhuma das minhas mensagens, nem retornou minhas ligações. Tenho a sensação de que ele só voltará a falar comigo quando Ella aparecer.

Por volta das nove, Wade manda uma mensagem sobre uma festa na casa de Deacon Mills. Não estou com vontade de encher a cara nem de ficar cercado de bêbados, então recuso o convite, mas envio uma mensagem em seguida.

Me avisa se E. aparecer. Não consigo encontrá-lo.

Por volta das onze, Wade manda uma mensagem.

Seu mano tá aqui. Tá bêbado.

Merda.

Enfio os pés em um par de tênis e coloco uma camiseta de mangas compridas. O ar litorâneo está ficando gelado agora que o outono chegou. Queria saber como Ella está. Será que está aquecida? Dormindo bem? Comendo? Segura?

Quando chego à casa do Mills, vejo que está lotada. Toda a turma do terceiro ano parece estar se acabando lá dentro. Depois de quinze minutos procurando East, desisto e mando outra mensagem para Wade, que também não está em lugar nenhum.

Onde ele tá?

Sala de jogos.

Passo direto pela sala de estar e chego a uma sala enorme onde há uma mesa de sinuca. Wade está perto da mesa, conversando com um dos nossos colegas do time. Ele me olha e faz um gesto para a esquerda.

Sigo o olhar dele. Meu irmão está esparramado num sofá com uma loura no colo. O cabelo dela está caído em cima do rosto como uma cortina e não consigo saber quem é, mas vejo que os lábios estão grudados na boca de East. A mão dele está subindo lentamente por baixo da saia dela. Ela ri, e eu fico paralisado na mesma hora. Eu conheço essa risada.

Ela levanta a cabeça e... Sim, é mesmo Abby.

— East! — grito, parado na porta.

Ele olha para mim com os olhos azuis vidrados, as bochechas vermelhas. Ele está fora de si. Incrível.

— Olha, Abs, é meu mano mais velho — diz ele, com a voz arrastada.

— Vem, está hora de ir — ordeno, esticando a mão para ele.

Abby se vira para mim com olhos arregalados e culpados, mas estou mais preocupado com East. Ele está com o demônio no corpo pra decidir ficar com a minha ex.

— Pra que a pressa? Abs e eu só estamos começando. Né, gata?

As bochechas dela ficam mais rosadas.

— Reed — diz ela.

Eu a ignoro.

— Levanta — falo com rispidez para o meu irmão. —Vamos embora.

— Eu não vou a lugar nenhum.

— Vai, sim.

Ele nem se mexe.

— Não é porque ele não está trepando com ninguém que meu pau tem que ficar parado, né, Abs?

Abby emite um ruído baixo. Pode ser de concordância. Pode ser de negação. Não estou nem aí. Só quero levar Easton para casa antes que ele faça uma coisa da qual se arrependerá.

— Seu pau se diverte bastante.

— Pode ser que eu queira mais. — East sorri. — E que importância isso tem pra você? Nós dois sabemos que eu posso dar um trato nela melhor que você.

O rosto de Abby está bem vermelho agora.

— Easton! — diz ela, com a voz tensa.

— O quê? Você sabe que eu estou certo. — O olhar debochado se vira para ela. — Você está perdendo seu tempo choramingando por ele, gata. Ele já disse que te amava? Não, né? É porque não amava.

Abby solta um soluço magoado.

— Vai se ferrar, Easton. Vão se ferrar vocês dois. — Ela sai da sala sem nem olhar para trás.

Easton a vê sair, vira-se para mim e começa a rir. É uma risada fria e sem graça.

— Você fez mais uma sair correndo, hein, mano? Ella, Abby...

— Foi você que espantou Abby. — Eu balanço a cabeça para ele. — Deixe a garota em paz. Ela não é um dos seus brinquedos, East.

— Como assim? Ela é boa demais pra um ferrado que nem eu?

É.

— Não foi o que eu disse — minto.

— Mentira. Você não quer que eu estrague sua pura e doce Abby. Não quer que eu faça mal a ela. — East se levanta e oscila, tentando se equilibrar. O álcool no bafo dele quase me derruba. — Hipócrita filho da puta. Você é a fruta podre. É você que estraga garotas. — Ele se aproxima até nossos rostos estarem a centímetros de distância, coloca a boca perto do meu ouvido e sussurra: — Você estragou Ella.

Eu me encolho.

Todo mundo está olhando para nós. Os Royal estão desmoronando, senhoras e senhores. Os gêmeos pararam de falar comigo. Seb deve ter dito alguma coisa para Sawyer, e agora os dois me olham como se eu tivesse uma doença contagiosa.

East está tentando trepar para sufocar sua dor. Gid está com raiva do mundo. E eu? Eu estou me afogando.

— Tudo bem. Eu fiz minha parte. — Eu me afasto dele e me esforço para manter o controle. — Faça o que quiser, amigo.

— Faço mesmo — diz ele, com a voz arrastada.

Olho para Wade e faço um sinal com a cabeça na direção da porta. Ele me encontra imediatamente lá.

— Ajude East a chegar em casa inteiro — murmuro. — Ele não pode dirigir.

Wade assente.

— Pode deixar. Vá pra casa. Tudo vai estar melhor amanhã. Se Ella aparecer, vai. Se não aparecer? Estamos ferrados.

Sentindo-me derrotado, dirijo para casa, tentando não pensar em como minha vida virou um inferno. Ella foi embora. East está num péssimo estado. Brooke voltou. Não sei o que fazer com minha raiva. Não posso brigar de novo. Minhas costelas estão doendo demais. Mas minhas mãos estão boas, então desço para a sala de musculação e desconto minha fúria no saco de areia.

Finjo que o saco sou eu. Bato nele até minhas mãos sangrarem e haver marcas vermelhas nos meus pés e nas minhas pernas, mas isso não ajuda em nada.

Depois, lavo o suor e o sangue no chuveiro, coloco uma calça de moletom e subo. Na cozinha, pego um energético e levo um susto quando percebo a hora. Passa da uma da madrugada. Eu fiquei no porão por quase uma hora e meia.

Exausto, subo a escada. Talvez eu finalmente consiga dormir hoje. O corredor está escuro, e todas as portas estão fechadas, inclusive a do quarto de East. Eu me pergunto se ele voltou da festa.

Quando me aproximo da porta do meu quarto, escuto barulhos. Gemidos baixos, ofegos.

Que porra é essa?
É melhor que Brooke não esteja lá dentro.

Eu abro a porta, e a primeira coisa que vejo é a bunda do meu irmão. Ele está na minha cama. Abby também, gemendo baixinho enquanto East mete nela. As mãos dela seguram os ombros dele com força, as pernas estão em volta dos quadris. O cabelo dela está espalhado no meu travesseiro.

— Sério, cara? — resmungo.

Easton para de se mover, mas mantém uma das mãos no seio da minha ex. Olha para mim por cima do ombro e dá um sorriso selvagem.

— Ah, cara, esse é seu quarto? — pergunta ele com deboche. — Devo ter confundido com o meu. Foi mal, mano.

Bato a porta e volto pelo corredor.

Durmo no quarto de Ella. Ou, mais precisamente, fico deitado na cama de Ella, pensando a noite toda. De manhã, encontro East na cozinha.

— Abby estava uma delícia ontem. — Ele dá um sorrisinho e morde uma maçã.

Eu me pergunto como ele se sentiria se eu pegasse aquela maçã e a enfiasse inteira pela goela dele. Acho que riria e diria que quer outra só para me mostrar. Mas mostrar o quê? Que ele me odeia?

—- Não sabia que a gente estava fazendo como os gêmeos. — Pego a garrafa de água com mais força do que pretendia, e a água transborda e escorre pela minha mão.

East força uma risada.

— Por que não? Talvez, se eu estivesse comendo Ella, e não você, ela não tivesse ido embora.

Fico com sangue nos olhos.

— Se você tocar nela, eu...

— Ela nem está aqui pra eu tocar nela, babaca. — Com raiva, ele joga a maçã pela metade na minha direção, que explode na lateral do armário, a centímetros da minha cabeça. — Queria que isso fosse uma porra de um tijolo e que eu tivesse acertado na sua cabeça.

É, está tudo muito bem aqui na casa dos Royal.

Eu evito East durante o resto do dia.

Capítulo 7

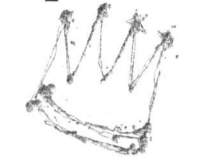

Outra semana se passa. Ella ainda está desaparecida, e meus irmãos continuam sem falar comigo. A vida está um saco, e não tenho ideia de como melhorá-la, então paro de tentar. Cedo à infelicidade, me isolo do mundo e passo as noites me perguntando o que Ella está fazendo, se ela está bem, se sente minha falta... Mas é claro que não sente. Se sentisse, já teria voltado para casa.

Na segunda-feira, eu me levanto e vou para o treino. Todo mundo percebe que East e eu estamos brigados. Está na cara. Ele fica de um lado da lateral e eu, do outro. A distância entre nós é maior do que um estádio. Porra, o Atlântico inteiro caberia no vão que está crescendo entre nós.

Depois do treino, Val me aborda no corredor. Tento controlar a vontade de proteger meu saco.

— Só me diga se ela está bem — implora ela.

— Ela está bem.

— Ela está com raiva de mim? Eu fiz alguma coisa errada? — A voz dela falha.

Droga. Ninguém consegue lidar com os próprios problemas? Uma irritação me faz responder:

— O que você acha que eu sou? Um terapeuta de casal? Eu não sei por que ela não está falando com você.

O rosto de Val desmorona.

— Que coisa babaca de dizer, Reed. Ela também é minha amiga. Você não tem o direito de esconder ela de mim.

— Se ela quisesse saber de você, teria ligado.

É a pior coisa que eu poderia dizer, mas as palavras saem mesmo assim. Antes que eu possa voltar atrás, Val vai embora.

Se Ella não me odiava antes, vai me odiar quando voltar e vir a confusão que eu criei.

Furioso e frustrado, eu me viro e chuto o armário. A porta de metal é amassada pelo impacto, e uma dor correspondente sobe pela minha perna. Não é agradável.

No corredor, ouço gargalhadas. Vejo Easton com o braço esticado e a mão aberta. Dominic Brunfeld coloca alguma coisa na mão dele junto com um tapa. Alguns outros caras do time pegam notas e entregam para Easton.

— Nunca achei que veria você arrasado por causa de uma garota — diz Dom quando passa por mim. — Você está decepcionando a gente.

Eu mostro o dedo do meio para ele e espero East passar por mim.

— Quer me explicar o que está acontecendo?

East balança o dinheiro na minha cara.

— Foi a grana mais fácil que já ganhei. Você está descontrolado, mano. Todo mundo na escola sabe. É só uma questão de tempo até perder a cabeça. Foi por isso que Ella fugiu.

Eu expiro intensamente pelo nariz.

— Ela vai voltar.

— Ah, você a encontrou no meio da noite com um passe de mágica? — Ele abre os braços e move-os. — Porque ela não está aqui. Está vendo ela aqui? Dom, você está vendo Ella aqui? — Dom desvia o olhar de mim para East e para mim de novo. — Não, ele não está vendo. E você, Wade? Está vendo? Ela se encontrou com você no banheiro?

— Cala a boca, East.

A dor aparece nos olhos dele quando ele finge fechar a boca com um zíper.

— Estou calando, mestre Reed. Afinal, você sabe o que é melhor para os Royal, não sabe? Você só faz coisas certas. Tira boas notas. Joga bem. Trepa com as garotas certas. Menos quando você erra. E, quando faz merda, você ferra com todo mundo. — Ele coloca a mão na minha nuca e me puxa até nossas cabeças se encostarem. — Então, por que *você* não cala a boca, Reed? Ella não vai voltar. Ela está morta, igual à nossa mamãezinha querida. Só que, desta vez, a culpa não foi minha. Foi sua.

Sou tomado pela culpa, uma substância escura e feia que gruda nos meus ossos e me deixa pesado. Não posso fugir da verdade. East está certo. Eu ajudei a matar nossa mãe, e, se Ella estiver morta, eu também ajudei a matá-la.

Eu me solto dele e volto para o vestiário. Nunca briguei com os meus irmãos em público. Sempre fomos um por todos, todos por um.

Mamãe odiava quando brigávamos em casa, mas não tolerava brigas na rua. Se déssemos uma resposta mais ríspida um para o outro, ela fingia que não éramos filhos dela.

Os filhos de Maria Royal não a constrangeriam nem passariam vergonha em público. Um olhar reprovador dela já nos fazia ajeitar as roupas e colocar os braços nos ombros uns dos outros como se fosse o dia da inauguração do campo de futebol americano e estivéssemos felizes só por estarmos vivos, mesmo que estivéssemos a segundos de dar na cara do outro até quase nos matarmos.

A porta do vestiário se abre. Não preciso levantar o rosto para saber que não é East. Quando fica com raiva, ele fica na dele.

— Na sexta, antes do jogo, uma das Pastels pegou uma tesoura e cortou uma mecha do cabelo de uma caloura — diz Wade. — A garota saiu correndo da escola aos prantos.

Eu fico tenso. Devia ser a garota que Delacorte e eu vimos sair do prédio e correr para o estacionamento.

— Loura e magra? Tem um Passat branco?

Ele assente, e o banco geme quando ele se senta ao meu lado.

— No dia anterior, Dev Khan botou fogo no projeto da aula de ciências de June Chen.

— June não é bolsista?

— É.

— Há... — Eu me obrigo a me sentar mais ereto. — Tem mais alguma história bonita para me contar?

— Essas são as mais importantes. Ouvi boatos sobre outras merdas, mas ainda não confirmei. Jordan cuspiu em uma garota na aula de saúde. Goody Bellingham está oferecendo cinquenta mil para qualquer um que estiver disposto a uma orgia com a realeza na festa de *homecoming*.

Passo a mão pelo maxilar, cansado. Que escola idiota.

— Não se passaram nem duas semanas.

— E, nessas duas semanas, seus irmãos pararam de falar com você e você se meteu em confusão com o Delacorte e chutou um armário. Ah, e antes de Ella ir embora, você aparentemente decidiu que não gostava da aparência do Scott Gastonburg e tentou fazer uma reforma na cara dele.

— Ele estava falando merda. — O cara insultou Ella. Eu não ouvi, mas soube, pela cara arrogante dele quando estávamos na boate, que ele achava que tinha se safado de alguma coisa. Não comigo por perto.

— Provavelmente estava mesmo. Não vale a pena ouvir nada que sai da boca do Gasty. Você nos fez um favor ao lidar com ele, mas o resto da escola está desmoronando. Você precisa agir como homem.

— Não ligo para o que acontece na Astor.

— Talvez não. Mas, sem os Royal cuidando das coisas, a escola está indo para o buraco. — Wade se mexe na superfície de metal. — E as pessoas estão falando sobre Ella.

— Não estou nem aí. Que falem.

— Você diz isso agora, mas como vai ser quando voltar? Ela já se meteu em uma briga com Jordan. É verdade que foi um tesão, mas aí teve a história com Daniel, e agora ela desapareceu. Todo mundo está dizendo que ela foi fazer um aborto ou tratar uma DST. Se você estiver escondendo a garota, está na hora de trazê-la de volta, de mostrar força.

Fico em silêncio.

Wade suspira.

— Sei que você não gosta de estar no controle, mas adivinha, cara? Quem manda na escola desde que Gid se formou é você. Se deixar as coisas correrem soltas assim, isso aqui vai virar um show de horrores antes de o Halloween chegar. Vamos ter tripas e miolos nas paredes da escola. Alguém vai ter bancado a Carrie com a Jordan até lá.

Jordan. Essa garota só arruma confusão.

— Por que você não cuida das coisas? — murmuro. — Sua família tem dinheiro suficiente para comprar a de Jordan. — Wade é de uma família rica e tradicional. Acho que parte da grana deles ainda está guardada em barras de ouro no porão.

— Não é o dinheiro. São os Royal. Vocês conseguem controlar as pessoas. Provavelmente porque são muitos.

Ele está certo. Os Royal mandam na escola desde que Gid estava no primeiro ano. Não sei o que aconteceu, mas, um dia, nós acordamos e todo mundo admirava e obedecia o Gid. Se alguém saísse da linha, ele estava lá para dar um jeito no cara. As regras eram simples. Escolha alguém do seu tamanho.

Tamanho, nesse caso, era uma coisa metafórica. Tamanho podia ser status social, conta bancária, inteligência. Jordan criar caso com uma das Pastels não seria problema. Jordan criar caso com uma aluna bolsista? Não é a mesma coisa.

Ella tinha caído em um vão. Ela não era uma bolsista. Mas também não era uma adolescente rica. E eu achava que ela estava transando com meu pai. Que ele tinha levado para casa uma prostituta de um bordel caro. Ele e Steve gostavam de frequentar esses lugares em suas viagens de negócios. É, papai é um cara cheio de classe.

Eu me mantive distante, esperando, e todo mundo esperou comigo. Menos Jordan, que viu imediatamente o que eu vi. Que Ella era mais forte do que as outras pessoas na Astor Park. Jordan a odiou. Eu me senti atraído.

— E eu não quero esse tipo de controle — diz Wade. — Só quero transar, jogar um pouco de futebol americano, irritar os namorados da minha mãe e encher a cara. Posso fazer tudo isso mesmo com Jordan aterrorizando todas as garotas que respiram errado perto dela. Mas e você? Você tem consciência, cara. Mas com toda essa merda… com Daniel andando pelos corredores da escola como se não tivesse tentado estuprar Ella… Bom, o silêncio é uma espécie de aprovação. — Ele se levanta. — Todo mundo conta com você. É um fardo, eu sei, mas, se você não se manifestar, vai ser um massacre.

Eu também me levanto e sigo com ele para a porta.

— Que a escola pegue fogo — murmuro. — Não é tarefa minha apagar as chamas.

— Mano.

Eu paro na porta.

— O quê?

— Pelo menos me avise o que vai fazer. Não ligo. Só quero saber se preciso começar a usar uma proteção por baixo da roupa.

Dando de ombros, eu olho para ele por cima do ombro.

— Por mim, tudo isso pode ir pro inferno.

Ouço um suspiro de derrota atrás de mim, mas não continuo no vestiário. Eu me recuso a me concentrar em qualquer outra coisa além de encontrar Ella. Se todo mundo ao meu redor está infeliz, paciência. Podemos todos ser infelizes juntos.

Mantenho a cabeça baixa enquanto percorro o corredor. Quase chego à sala de aula sem falar com ninguém, mas, então, uma voz familiar me chama.

— Qual é o problema, Royal? Está tristinho porque ninguém quer brincar com você?

Eu paro de andar. A risada de Daniel Delacorte me faz me virar lentamente para ele.

— Foi mal, eu não ouvi direito — digo friamente. — Pode repetir? Pro meu punho, desta vez?

Ele não sabe o que falar porque a ameaça na minha voz é inconfundível. O corredor está cheio de adolescentes saindo das aulas eletivas. Alunos de música, da equipe de debate, do clube de ciências, líderes de torcida.

Eu avanço com determinação, com a adrenalina correndo mais forte nas minhas veias. Já dei um soco nesse cretino uma vez, mas foi só um. Meu irmão me arrastou para longe antes que eu pudesse causar mais prejuízo.

Hoje ninguém vai me segurar. O bando de animais que forma o corpo estudantil da Astor Park sente o cheiro de sangue no ar.

Delacorte se move para o lado, sem me encarar abertamente, com medo de dar as costas para mim. *Eu não sou o tipo de cara que bate nos outros pelas costas*, sinto vontade de dizer. *É você quem faz isso.*

Delacorte é fodido da cabeça, gosta de se aproveitar de pessoas que acha que são mais fracas do que ele.

Seu corpo magro irradia raiva. Ele não gosta de ser obrigado a confrontar sua própria covardia. O papai sempre livra a cara dele, afinal. Tudo bem, mas o papai não está aqui agora, está?

— Tudo pra você é violência, Royal? Você acha que seus punhos podem resolver seus problemas?

Eu dou um sorrisinho.

— Pelo menos, eu não uso drogas para resolver meus problemas. As garotas não querem você, e você precisa dar drogas pra elas. É assim que você faz, não é?

— Ella me queria.

— Não gosto de ouvir o nome dela saindo da sua boca. — Dou um passo à frente. — Você devia esquecer esse nome.

— Ou o quê? Vamos duelar até a morte? — Ele abre os braços, convidando a plateia a rir com ele, mas ou as pessoas o odeiam ou têm medo de mim, porque não se ouve nenhuma risadinha em resposta.

— Não. Eu acho que você é um desperdício de espaço. Você está consumindo oxigênio que seria mais bem utilizado saindo até da bunda de outra pessoa. Eu não posso matar você porque existem uns impedimentos legais e idiotas por aí, mas eu posso machucar. Posso tornar cada momento da sua vida uma merda — digo com obviedade na voz. — Você devia sair desta escola, cara. Ninguém quer você aqui.

A respiração dele sai em ofegos baixos.

— É você que ninguém quer — diz ele.

Ele olha para as pessoas novamente, em busca de apoio, mas o interesse de todo mundo é em um possível derramamento de sangue. As pessoas chegam mais perto e empurram Daniel para a frente.

O covarde que existe dentro dele surta. Ele joga o celular em mim, e o aparelho acerta minha testa. Os alunos perdem o fôlego. Uma coisa quente e de sabor metálico escorre pelo meu rosto, enevoa minha visão, cobre meus lábios.

Eu poderia dar um soco nele. Seria fácil. Mas quero que ele sinta dor. Quero que nós dois sintamos dor. Então, eu o pego pelos ombros e bato minha testa na dele.

Meu sangue cobre a cara dele, e eu dou um sorriso de satisfação.

— Sua cara já está mais bonita. Vamos ver que outra mágica posso fazer por você. — Eu dou um tapa forte nele.

Ele fica vermelho de raiva, mais pelo desdém do meu tapa do que pela dor. Tapas são coisa de garota, não um golpe digno entre homens. A palma aberta da minha mão causa outro som estalado quando o acerto outra vez. Daniel recua, mas encosta nos armários e não pode mais se afastar de mim.

Dou um sorriso, me aproximo e dou outro tapa. Ele tenta me bloquear com a mão, deixando seu lado esquerdo todo aberto. Dou mais dois golpes na cara dele.

— *Bate em mim!* — grita ele. — Bate em mim! Dá um soco!

Meu sorriso se alarga.

— Você não merece meus socos. Eu dou socos em homens.

Dou outro tapa nele, forte o bastante para cortar a pele. Sangue escorre do ferimento, mas isso ainda não satisfaz meu desejo de vingança. Bato com a mão em uma orelha e depois na outra. Sem força, ele tenta se defender.

Daniel repuxa os lábios e junta saliva na boca. Eu desvio para a esquerda para evitar o cuspe. Enojado, seguro o cabelo dele e empurro sua cara contra o armário.

— Quando Ella voltar, não vai querer ver um lixo como você por aqui, então é melhor ir embora ou aprender a ficar invisível, porque eu não quero ver nem ouvir falar de você de novo.

Não espero resposta antes de bater a testa dele no armário de metal e soltá-lo.

Ele cai. Oitenta quilos de cretinice desabam no chão como um brinquedo descartado.

Eu me viro e vejo Wade atrás de mim.

— Achei que você não estivesse nem aí — murmura ele.

O sorriso que abro para ele deve parecer feroz, porque todo mundo, menos Wade e sua sombra estoica, Hunter, dá um passo para trás.

Eu me inclino, pego o celular de Daniel no chão, rolo o corpo dele e pego sua mão frouxa. Pressiono o polegar dele para desbloquear o aparelho e digito o número do meu pai.

— Callum Royal. — Ele atende com impaciência.

— Oi, pai. Você precisa vir aqui na escola.

— Reed? De que número você está ligando? — pergunta ele.

— Do celular de Daniel Delacorte. O filho do juiz Delacorte. É melhor você trazer o talão de cheques. Eu acabei com ele. Mas ele estava pedindo, literalmente — digo com alegria.

Desligo e passo a mão pelo rosto enquanto o sangue do corte escorre pelo meu olho. Passo por cima do corpo de Daniel e digo:

— Até mais, Wade. Hunter. — Dou um aceno para o *lineman* grande e silencioso.

Ele retribui com um movimento de cabeça, e saio para tomar ar.

Meu pai está espumando pela boca quando aparece na sala de espera do diretor Beringer. Ele não comenta nada sobre minha testa ensanguentada. Só me puxa pelas lapelas do blazer e leva meu rosto para perto do dele.

— Isso precisa parar — sibila.

Eu me sacudo e me solto.

— Calma. Eu não brigo há um ano — lembro a ele.

— Você quer uma medalha por isso? Um tapinha nas costas? Jesus, Reed, quantas vezes vamos passar por isso? Quantos cheques vou ter que assinar até você tomar vergonha?

Eu olho nos olhos dele.

— Daniel Delacorte drogou e tentou estuprar Ella em uma festa.

Meu pai inspira fundo.

— Senhor Royal.

Nós nos viramos e vemos a secretária de Beringer junto à porta aberta da sala do diretor.

— O senhor Beringer vai receber vocês agora — diz ela em tom esnobe.

Meu pai passa por mim e diz:

— Fique aqui. Eu resolvo isso.

Eu tento esconder meu prazer. Posso ficar esperando aqui fora enquanto meu pai resolve a merda que eu fiz? Legal. Não que eu considere que foi uma "merda". Delacorte pediu. Merecia uma surra desde a noite em que tentou estuprar Ella, mas acabei não podendo cuidar disso porque estava muito ocupado me apaixonando por Ella.

Sento a bunda numa poltrona macia na sala de espera e evito cuidadosamente as caretas reprovadoras que a secretária de Beringer lança para mim.

A reunião de papai com o diretor dura menos de dez minutos. Sete, se o relógio acima da porta estiver certo. Quando ele sai da sala, seus olhos têm aquele brilho triunfante que costuma surgir quando ele fecha um acordo lucrativo.

— Tudo resolvido — diz ele, fazendo um sinal para eu ir atrás dele. — Volte para a aula, mas vá para casa logo que acabar. Seus irmãos também. Não parem em nenhum lugar. Preciso de todos vocês em casa.

Fico tenso.

— Por quê? O que está acontecendo?

— Eu ia esperar até depois da aula para contar, mas… como já estou aqui… — Ele faz uma pausa no meio do enorme saguão com painéis de madeira nas paredes. — O detetive encontrou Ella.

Antes que eu consiga começar a processar essa bomba, meu pai sai pela porta da escola e me deixa parado ali, olhando para ele em choque.

Capítulo 8

ELLA

O ônibus chega a Bayview rápido demais. Não estou pronta. Mas sei que nunca vou estar pronta. A traição de Reed vive dentro de mim agora. Corre pelas minhas veias como piche, atacando o que sobrou do meu coração como um câncer que se espalha rapidamente.

Reed acabou comigo. Ele me *enganou*. Fez com que eu acreditasse que podia existir uma coisa boa neste mundo horrível e pervertido. Que alguém podia se importar comigo.

Eu não deveria ter me deixado enganar. Passei toda a minha vida na merda, tentando freneticamente sair dela. Eu amava minha mãe, mas queria muito mais do que a vida que ela nos deu. Queria muito mais do que os apartamentos sujos e as sobras mofadas e a luta desesperada para pagar as contas.

Callum Royal me deu o que minha mãe não pôde dar: dinheiro, estudo, uma mansão chique onde morar. Uma família. Uma...

Uma ilusão, uma voz amarga murmura na minha cabeça.

É, acho que era mesmo. E o triste é que Callum nem sabe. Nem imagina que está morando em uma casa cheia de mentiras.

Ou talvez saiba. Talvez esteja perfeitamente ciente de que o filho está transando com sua...

Não. Eu me recuso a pensar no que vi no quarto de Reed na noite em que fugi da cidade.

Mas as imagens já estão surgindo na minha mente.

Reed e Brooke na cama dele.

Brooke nua.

Brooke tocando nele.

Um ruído engasgado sai pela minha boca e faz uma mulher idosa, do outro lado do corredor, olhar na minha direção com preocupação.

— Você está bem, querida? — pergunta ela.

Engulo a náusea.

— Estou — respondo com a voz fraca. — É só um pouco de dor de estômago.

— Aguente firme — diz a mulher com um sorriso tranquilizador. — Estão abrindo as portas. Vamos sair daqui num minuto.

Deus. Não. Um minuto é muito pouco. Não quero sair desse ônibus nunca. Não quero o dinheiro que Callum me obrigou a aceitar em Nashville. Não quero voltar para a mansão dos Royal e fingir que meu coração não foi estilhaçado em um milhão de pedaços. Não quero ver Reed e nem ouvir seus pedidos de desculpas. Se ele tiver algum a fazer.

Ele não disse nada quando o peguei no flagra com a namorada do pai. Nem uma palavra. Talvez eu entre pela porta e descubra que Reed voltou a ser cruel como antes. Talvez seja melhor assim, na verdade, porque aí posso esquecer que o amei.

Saio cambaleando do ônibus, segurando bem a mochila no ombro. O sol já se pôs, e a rodoviária está iluminada. As pessoas andam em volta de mim enquanto o motorista tira as malas do bagageiro. Não tenho malas, só minha mochila.

Na noite em que fugi, não peguei as roupas caras que Brooke comprou para mim e que agora estão me esperando na mansão. Eu queria poder queimar cada pedacinho delas. Não quero usar aquelas roupas nem quero morar naquela casa.

Por que Callum não me deixou em paz? Eu poderia ter começado uma vida nova em Nashville. Poderia ter sido *feliz*. No futuro, pelo menos.

Mas estou nas garras dos Royal de novo, depois de Callum ter usado todas as ameaças possíveis para me trazer de volta. Não consigo acreditar no que ele fez para me encontrar. As cédulas dos dez mil que ele me deu tinham números em sequência. Ele só precisou esperar que eu usasse uma para encontrar meu paradeiro.

Nem quero saber quantas leis ele violou para rastrear os números de série de uma nota de cem dólares neste país. Mas acho que homens como Callum estão acima da lei.

Um carro buzina. Fico tensa quando um sedã preto encosta no meio-fio. O carro seguiu o ônibus de Nashville até Bayview. O motorista sai; é Durand, o chofer-guarda-costas de Callum, grande como uma montanha e ameaçador.

— Como foi a viagem? — pergunta ele com rispidez. — Está com fome? Quer parar para comer?

Como Durand jamais conversa, eu me pergunto se Callum mandou que fosse gentil comigo. Eu não recebi essa ordem, então não sou tão gentil quando respondo em um murmúrio:

— Entre no carro e dirija.

As narinas dele se dilatam.

Não me sinto mal. Estou de saco cheio dessas pessoas. Deste momento em diante, são meus inimigos. São os guardas da prisão, e eu sou a detenta. Eles não são meus amigos nem minha família. Não são nada para mim.

Parece que todas as luzes da mansão estão acesas quando Durand para o carro na entrada. Como a casa é basicamente um grande retângulo cheio de janelas, a luz que sai de dentro dela é quase ofuscante.

As portas de carvalho na entrada colunada se abrem e Callum aparece. Seu cabelo escuro está perfeitamente arrumado e o terno sob medida parece grudado ao seu corpo grande.

Eu ergo os ombros e me preparo para mais um confronto, mas meu tutor legal apenas sorri com tristeza e diz:

— Bem-vinda de volta.

Não há nada de receptivo nesse momento. Esse homem me rastreou até Nashville e me ameaçou. Sua lista de consequências horríveis se eu não voltasse parecia infinita.

Ele mandaria me prender como fugitiva.

Ele me denunciaria por usar a identidade da minha mãe.

Ele me acusaria de ter roubado os dez mil que me deu.

Nenhuma dessas ameaças me fez ceder. Não, o que me convenceu foi sua declaração enfática de que não havia lugar para onde eu pudesse fugir em que ele não me encontraria. Aonde quer que eu fosse, ele iria atrás. Ele me caçaria pelo resto da vida, porque, como lembrou, ele devia isso ao meu pai.

Meu pai, um homem que nem conheci. Um homem que, pelo que dizem, era um babaca mimado e egoísta que se casou com uma bruxa ávida por dinheiro e não contou a ela (nem a ninguém, na verdade) que tinha engravidado uma jovem durante uma licença em terra dezoito anos atrás.

Não devo nada a Steve O'Halloran. Também não devo nada a Callum Royal. Mas não quero passar o resto da vida olhando para trás. Callum não blefa. Ele estava falando sério quando disse que nunca deixaria de me perseguir se eu fugisse de novo.

Quando o sigo e entro na mansão, lembro a mim mesma que sou forte. Sou resiliente. Consigo aguentar mais dois anos morando com os Royal. Só preciso fingir que eles não estão ali. Meu foco vai ser terminar o ensino médio e ir para a faculdade. Depois que me formar, nunca mais vou precisar botar o pé nesta casa.

No andar de cima, Callum mostra o sistema de segurança que instalou na porta do meu quarto. É uma leitura biométrica de mão, supostamente o tipo de equipamento de segurança que ele tem na Atlantic Aviation. Só a minha mão pode dar acesso ao quarto, o que significa o fim das visitas de Reed durante a madrugada. O fim dos filmes com Easton. Este quarto é minha cela, e é exatamente isso que eu quero.

— Ella. — Callum parece cansado quando entra no quarto atrás de mim. O cômodo continua tão rosa e infantil quanto me lembro. Callum contratou um decorador, mas escolheu tudo ele mesmo, o que prova que não sabe nada sobre garotas adolescentes.

— O quê?

— Sei por que você fugiu e queria…

— Você sabe? — interrompo com cautela.

Callum assente.

— Reed me contou.

— *Contou?* — Não consigo conter nem esconder minha surpresa. Reed contou para o pai sobre ele e Brooke? E Callum não o expulsou de casa? Porra, ele nem parece chateado! Quem *são* essas pessoas?

— Entendo que você pode ter ficado constrangida demais para me procurar — continua ele —, mas quero que saiba que pode conversar comigo sobre tudo. Na verdade, acho que devíamos fazer um boletim de ocorrência logo pela manhã.

Sou tomada pela confusão.

— Boletim de ocorrência?

— Aquele garoto precisa ser punido pelo que fez, Ella.

— Aquele garoto? — O que está acontecendo? Callum quer mandar prender o filho por... o quê? Sexo antes da maioridade? Eu ainda sou virgem. Será que posso ser processada por... caramba. Eu fico completamente vermelha.

As palavras seguintes me chocam.

— Não me importa que o pai dele seja juiz. Delacorte não pode sair ileso depois de drogar e tentar violentar uma garota.

Eu inspiro fundo. Ah, Deus. Reed contou para Callum sobre o que Daniel tentou fazer comigo? Por quê? Ou melhor, por que *agora*, e não semanas atrás, quando aconteceu?

Fossem quais fossem os motivos de Reed, não gostei de ele ter contado ao pai. A última coisa que quero é envolver a polícia ou ficar presa em um caso longo e enrolado na Justiça. Consigo imaginar exatamente o que aconteceria num tribunal. Stripper adolescente alega que um garoto branco e rico tentou drogá-la para obter sexo? Ninguém vai acreditar em mim.

— Eu não vou fazer um boletim de ocorrência — digo rigidamente.

— Ella...

— Não foi nada de mais, tá? Seus filhos me encontraram antes que Daniel conseguisse fazer qualquer coisa. — Minhas entranhas são tomadas pela frustração. — E não foi por isso que fugi, Callum. É que... Aqui não é meu lugar, tá? Não fui feita para ser uma princesa riquinha que estuda em escola particular e bebe champanhes de mil dólares no jantar. Essa não sou eu. Não sou chique nem rica nem…

— Mas você é rica — interrompe ele com a voz baixa. — Você é muito, muito rica, Ella, e precisa começar a aceitar isso. Seu pai deixou uma fortuna para você e, qualquer dia desses, vamos ter de nos sentar com os advogados de Steve para decidir o que você vai fazer com o dinheiro. Investimentos, ações, esse tipo de coisa. Aliás… — Ele pega uma carteira de couro e me entrega. — Seu dinheiro deste mês, conforme nosso acordo, e um cartão de crédito.

De repente, me sinto tonta. A lembrança de Reed e Brooke juntos era a única coisa em que eu tinha conseguido pensar desde a fuga. Eu tinha me esquecido da herança de Steve.

— Podemos falar sobre isso outra hora — resmungo.

Ele assente.

— Tem certeza de que não quer contar às autoridades sobre Delacorte?

— Tenho certeza — digo com firmeza.

Ele parece resignado.

— Tudo bem. Quer que eu traga alguma coisa para você comer?

— Eu comi na última parada. — Quero que ele vá embora, e ele sabe.

— Tudo bem. Bom… — Ele se aproxima da porta. — Por que você não aproveita para dormir cedo? Você deve estar exausta depois da viagem de ônibus. Podemos conversar mais amanhã.

Callum sai, e sinto uma pontada de irritação quando reparo que ele não fechou a porta. Vou fechar, mas, no mesmo instante, ela é aberta com força e quase me derruba no chão.

Quando me dou conta, dois braços fortes estão me apertando.

Primeiro, fico dura, porque acho que é Reed, mas relaxo quando percebo que é Easton. Ele é tão alto e musculoso quanto Reed, com o mesmo cabelo escuro e os mesmos olhos azuis, mas o cheiro do xampu dele é mais doce e a loção pós-barba não é tão intensa quanto a de Reed.

— Easton... — começo a falar, mas engasgo porque o som da minha voz só fica mais apertado no abraço dele.

Ele não diz nada. Só me abraça como se fosse uma criança com seu cobertorzinho favorito. É um abraço esmagador e desesperado, que dificulta minha respiração. O queixo dele está apoiado no meu ombro e depois se aninha no meu pescoço, e, apesar de que eu deveria estar com raiva de todos os Royal, não consigo não passar uma das mãos pelo cabelo dele. É Easton, meu autoproclamado "irmão mais velho", apesar de termos a mesma idade. Ele é excêntrico, incorrigível, muitas vezes irritante e sempre faz besteira.

Ele deve saber sobre Reed e Brooke – é impossível que Reed tenha escondido isso de Easton –, mas não consigo odiá-lo. Não com ele tremendo nos meus braços. Não com ele me olhando com um alívio tão esmagador que tira todo o meu fôlego.

De repente, eu pisco, e ele some. Sai do meu quarto sem dizer nada. Sinto uma pontada de preocupação. Onde estão seus comentários espertinhos? Um comentário arrogante de que voltei por causa do seu corpo lindo e do seu magnetismo animalesco?

Franzindo a testa, fecho a porta e me obrigo a não ficar pensando no comportamento estranho de Easton. Não vou me permitir me envolver em nenhum drama dos Royal de novo, não se eu quiser sobreviver ao meu tempo aqui.

Coloco a carteira na mochila, tiro o moletom e deito na cama. A coberta de seda parece o céu contra a pele dos meus braços.

Em Nashville, eu estava vivendo num motel barato, dormindo numa cama com a colcha mais áspera do mundo e cheia de manchas que nunca, nunca mesmo, quero saber de onde vieram. Eu tinha conseguido um emprego de garçonete em uma lanchonete quando Callum apareceu, da mesma forma que tinha aparecido em Kirkwood e me arrastado para fora do clube de strip.

Ainda não consigo decidir se minha vida era melhor ou pior antes de Callum Royal.

Meu coração se aperta quando visualizo o rosto de Reed. Pior, eu decido. *Muito pior.*

Como se soubesse que eu estava pensando nele, Reed fala atrás da porta fechada.

— Ella. Me deixa entrar.

Eu o ignoro.

Ele bate duas vezes.

— Por favor. Eu preciso falar com você.

Rolo para o lado e fico de costas para a porta. A voz dele está me matando.

Ele rosna do outro lado da porta.

— Você acha mesmo que esse escâner vai me impedir de entrar, gata? Você sabe que não. — Ele faz uma pausa. Como não respondo, ele continua: — Tudo bem. Já volto. Vou buscar a caixa de ferramentas.

A ameaça, que sei que não é falsa, me faz voar da cama. Coloco a mão no painel de segurança, e um bipe alto soa no quarto quando a tranca se move. Abro a porta e olho nos olhos do cara que estava me destruindo antes de eu ir embora. Graças a Deus, botei um fim nisso. Ele nunca mais vai chegar perto o bastante para ter qualquer impacto em mim.

— Eu *não* sou sua gata — sibilo. — Não sou *nada* pra você e você não é nada pra mim, entendeu? Não me chame de gata. Não me chame de nada. Fique longe de mim.

Os olhos azuis me examinam minuciosamente da cabeça aos pés. Ele fala com voz rouca:

— Você está bem?

Estou tão sem ar que fico impressionada de não desmaiar. Nenhum oxigênio está entrando. Meus pulmões ardem e minha visão está vermelha e borrada. Ele não ouviu nenhuma palavra do que eu disse?

— Você parece mais magra — diz ele secamente. — Não anda comendo.

Chego mais perto da porta.

Ele estica a mão e a empurra. Entra no quarto enquanto olho para ele com raiva.

— Sai — digo com rispidez.

— Não. — Os olhos dele continuam a me avaliar, como se estivesse procurando ferimentos.

Devia procurar nele mesmo, porque é *ele* que parece ter levado uma surra. Um hematoma arroxeado aparece acima da gola da camiseta. Ele andou brigando. Talvez várias vezes, a julgar pela careta no rosto dele quando respira, como se a caixa torácica não aguentasse receber todo o ar.

Que bom, uma parte vingativa de mim diz. Ele merece sofrer.

— Você está bem? — repete ele, com o olhar grudado no meu. — Alguém… tocou em você? Machucou você?

Uma risada histérica sai de mim.

— Sim! Alguém me machucou! *Você* me machucou!

Seu rosto é tomado pela frustração.

— Você foi embora antes que eu pudesse explicar.

— *Nenhuma* explicação que pudesse dar me faria perdoar você — respondo. — Você trepou com a namorada do seu pai!

— Não — diz ele com firmeza. — Eu não fiz isso.

— Mentira.

— É verdade. Eu não fiz isso. — Ele inspira fundo. — Não naquela noite. Ela estava tentando me convencer a falar com meu pai em nome dela. E eu estava tentando me livrar dela.

Eu olho para ele sem acreditar.

— Ela não estava vestida! — Paro abruptamente quando minha mente se concentra em algo que ele disse.

Não naquela noite?

A raiva sobe pela minha garganta.

— Vamos fingir, só por um segundo, que eu esteja acreditando que você não ficou com a Brooke naquela noite — digo com raiva —, coisa em que não acredito. Mas vamos fingir que sim. Você transou com ela em algum outro momento, não transou?

Uma culpa profunda e inconfundível brilha nos olhos dele.

— Quantas vezes? — pergunto.

Reed passa a mão pelo cabelo.

— Duas, talvez três.

Meu coração se aperta. Ah, meu Deus. Uma parte de mim ainda esperava uma negação. Mas… ele está mesmo admitindo que transou com a namorada do pai? Mais de *uma vez*?

— Talvez? — grito.

— Eu estava bêbado.

— Você é nojento — sussurro.

Ele nem reage.

— Eu não estava com ela quando você e eu ficamos. Assim que a gente se envolveu, eu me tornei seu. Só seu.

— Ah, que sorte a minha! Fiquei com as sobras da Brooke. Oba!

Desta vez, ele reage.

— Ella…

— Cala a boca. — Eu levanto a mão, tão enojada que mal consigo olhar para ele. — Não vou nem perguntar por que você fez isso, porque sei exatamente o motivo. Reed Royal odeia o papai. Reed Royal decide se vingar do papai. Reed Royal transa com a namorada do papai. — Eu perco o fôlego. — Você tem noção do quanto isso é errado?

— Tenho. — A voz dele está rouca. — Mas eu nunca disse que era santo. Cometi muitos erros antes de encontrar você.

— Reed. — Eu olho para ele de frente. — Eu nunca vou perdoar você.

Um brilho de determinação surge nos olhos dele.

— Você não está sendo sincera.

Dou um passo na direção da porta.

— Nada que você diga ou faça vai me fazer esquecer o que vi no seu quarto naquela noite. Fique feliz por eu ter mantido minha boca fechada, porque, se Callum descobrir, ele vai perder a cabeça.

— Não ligo para o meu pai. — Reed se aproxima de mim. — Você me *deixou* — resmunga ele.

Meu queixo cai.

— Você está com raiva de mim porque eu deixei você? Claro que eu deixei você! Por que eu passaria um segundo a mais nessa casa horrível depois do que você fez?

Ele se aproxima mais, invadindo meu espaço pessoal com seu corpo grande, aproximando a mão do meu queixo. Eu me encolho com o toque dele, o que faz os olhos dele arderem ainda mais.

— Eu senti falta de você em cada segundo que passou longe. Pensei em você em cada segundo. Você quer me odiar pelo que eu fiz? Nem precisa se dar ao trabalho. Eu já estava me odiando por isso bem antes de você aparecer. Eu transei com Brooke e tenho que conviver com isso. — Os dedos dele tremem no meu queixo. — Mas não transei com ela naquela noite, e não vou deixar você jogar fora o que nós temos só porque...

— O que nós temos? Nós não temos nada. — Eu me sinto enojada de novo. Não quero mais saber dessa conversa. — Sai do meu quarto, Reed. Não consigo nem olhar pra você.

Como ele nem se mexe, eu coloco as duas mãos no tronco dele e empurro. Com força. E continuo empurrando, batendo no peito musculoso até fazê-lo se deslocar, centímetro a centímetro, até a porta. O sorrisinho no rosto dele só aumenta minha raiva. Ele acha engraçado? Tudo é um jogo para esse cara?

— *Sai* — eu mando. — Não tenho mais nada para falar com você.

Ele olha para as minhas mãos, que ainda estão encostadas nele, e para o meu rosto, que tenho certeza de que está mais vermelho do que um tomate.

— Tudo bem, eu saio, se é o que você quer. — Ele levanta uma sobrancelha. — Mas nossa conversa não acabou, Ella. Não mesmo.

Mal espero ele passar pela porta para batê-la na cara dele.

Capítulo 9

A primeira coisa que vejo quando acordo é o ventilador acima da cama. Os lençóis pesados e macios de algodão me lembram de que não estou mais naquele quarto de motel vagabundo que cobrava só quarenta dólares por noite, mas de volta ao palácio dos Royal.

Tudo continua igual por aqui. Até sinto o cheiro de Reed nas fronhas, como se ele tivesse dormido aqui todas as noites em que estive ausente. Jogo o travesseiro no chão e lembro a mim mesma de comprar lençóis novos.

Eu tomei a decisão certa ao voltar? Tive escolha? Callum provou que me encontraria em qualquer lugar. Fiz as exigências que pude. A tranca de segurança aberta somente pela minha mão na porta do quarto. Um cartão de crédito no meu nome. Uma promessa de que, quando eu terminar o ensino médio, esse escrutínio chegará ao fim.

A pergunta que eu devia estar fazendo a mim mesma é se vou deixar um cara estragar minha vida. Sou tão fraca a ponto de não conseguir enfrentar Reed Royal? Eu cuido da minha vida há anos, primeiro tomando conta da minha mãe e depois de mim mesma. O buraco que a morte da minha mãe deixou no meu coração acabou cicatrizando. O buraco que Reed fez nele também vai cicatrizar.

Certo?

Rolo para o lado e vejo o celular que Callum me deu em cima da mesa de cabeceira. Eu o tinha deixado para trás, junto com o carro, as roupas e tudo o que ganhei de presente. Mas me afastar dos Royal, principalmente de Reed, não significava parar de pensar nele. Eu não consegui deixá-lo para trás, e as lembranças me assombraram em cada quilômetro do caminho.

Pego o celular com determinação e me obrigo a enfrentar a confusão que criei. Ver todas as mensagens é estranho. Em todas as vezes que fui embora de algum lugar, ninguém sentiu a minha falta. Mamãe e eu nunca ficamos no mesmo local por mais de dois anos.

Desta vez, tenho mais de trinta mensagens de Valerie, e também várias de Reed. Apago as dele sem ler. Tem algumas de Easton, mas desconfio que também sejam de Reed, então também apago. As outras mensagens são da minha chefe, Lucy, a dona da French Twist, uma confeitaria perto de Astor Park. Essas começam preocupadas e terminam com impaciência.

Mas são as mensagens de Val que deixam uma sensação desagradável no meu estômago. Eu devia ter dito alguma coisa para ela. Pensei muito nisso quando estava longe, mas senti medo. Não só de os Royal tentarem arrancar informações dela, mas também porque ela é um elo com esse lugar. Eu queria esquecer. Mas me sinto mal pela forma como a tratei. Se ela simplesmente desaparecesse, eu ficaria puta da vida.

Me desculpe. Sou a pior amiga do mundo. Você ainda quer falar comigo?

Coloco o celular na mesinha e olho para o teto. Para minha surpresa, o celular toca imediatamente. A foto de Val aparece na tela.

Eu respiro fundo e atendo.

— Oi, Val.

— Por onde você andou?! — grita ela. — Eu liguei mil vezes!

Eu abro a boca para dar a desculpa inventada pela família, de que eu estava doente, mas as palavras dela me impedem.

— E não me diga que estava doente porque ninguém fica doente por duas semanas sem poder nem fazer uma ligação! Bom, a não ser que seja o primeiro paciente no começo de um apocalipse zumbi.

Enquanto escuto suas palavras preocupadas, percebo que esse momento é um teste para nossa amizade. Mesmo depois de aparentemente ter fugido das ligações dela por duas semanas, ela ainda está disposta a me aceitar na vida dela. É verdade que está fazendo perguntas, mas são perguntas para as quais merece resposta. Ela é importante. Importante o bastante para ter uma resposta sincera, por mais constrangedora que seja para mim.

— Eu fugi — confesso.

— Ah, Ella, não. — Ela suspira com tristeza. — O que esses Royal fizeram com você?

Eu não quero mentir para ela.

— Eu... ainda não estou pronta para falar sobre isso. Mas talvez eu tenha exagerado.

— Por que você não me procurou? — pergunta ela, com mágoa em cada palavra.

— Eu nem pensei nisso. Eu... Aconteceu uma coisa aqui, e aí eu entrei no carro, comprei uma passagem de ônibus e fui embora. A única coisa em que pensei era estar o mais longe possível daqui. Não passou pela minha cabeça procurar você. Não estou acostumada a poder contar com alguém. Desculpe.

Ela fica em silêncio por um momento.

— Eu ainda estou furiosa com você.

— E tem razão para estar mesmo.

— Você vai à aula hoje?

— Não. Cheguei tarde ontem, e Callum vai me dar um dia para me organizar.

— Tudo bem. Então vou matar aula e você vem aqui pra me contar tudo.

— Vou contar o que puder. — Não quero mais pensar em Brooke e Reed. Quero esquecer que isso aconteceu. Quero esquecer que deixei Reed entrar na minha vida.

— Eu também tenho umas coisas pra contar — admite ela. — Quando você pode vir?

Olho para o relógio.

— Em uma hora? Preciso tomar um banho, comer, me vestir.

— Ótimo. Entre pela porta dos fundos, senão minha tia vai querer saber por que não estamos na escola.

Val mora com a tia para poder estudar na Astor Park. Só conheço sua prima do mal, Jordan, e acho que o dia em que vou matar aula e entrar na casa de fininho não vai ser o melhor para me apresentar para o resto da família.

— Combinado. Até daqui a pouco.

Respiro fundo e ligo para Lucy em seguida.

— Oi, Lucy. É Ella. Sinto muito por ter desaparecido sem avisar... Posso ir até aí hoje à tarde?

— Eu também sinto muito, mas não posso falar agora. A loja está movimentada. — Lucy é seca, e me arrependo de não ter ido lá na hora que acordei. — Se você puder passar aqui antes das duas, podemos conversar.

— Estarei aí — prometo. Tenho a sensação de que não vou gostar do que ela tem a dizer.

Eu me arrasto da cama, tomo um banho e visto uma calça jeans velha e minha camisa de flanela. Ironicamente, é a roupa que eu estava usando quando cheguei à mansão dos Royal. Meu armário está cheio de roupas caras, mas não vou usar nem um único fiapo de roupa escolhido por Brooke Davidson. Pode ser mesquinharia e idiotice, mas não me importo.

Abro a porta e paro. Reed está encostado na parede em frente ao meu quarto.

— Bom dia.

Eu bato a porta.

A voz forte dele chega com facilidade ao quarto.

— Por quanto tempo você vai me ignorar?

Por dois anos. Não. Pelo tempo que for humanamente possível.

— Eu não vou a lugar nenhum — acrescenta ele. — E vai chegar uma hora em que você vai ter que me perdoar, então é melhor me ouvir logo.

Eu ando até a janela ao lado da cama e olho para baixo. O quarto, no segundo andar, fica a uma boa altura, e não sei se aquela coisa de lençóis amarrados funcionaria mesmo na vida real. Com a sorte que eu costumo ter, os lençóis se desamarrariam e eu cairia no chão, quebraria vários ossos e passaria semanas de cama.

Atravesso o quarto, abro a porta e passo por ele sem dizer nada.

— Me desculpe por não ter contado a você aquela coisa sobre a Brooke.

Pode pegar suas desculpas e enfiar goela abaixo.

Quando estou na metade da escada, ele segura meu braço e me vira para olhar para ele.

— Eu sei que você ainda gosta de mim, ou não estaria me dando esse gelo. — Ele tem até a coragem de dar um sorriso.

Ah, meu Deus. Ele *não* tem o direito de sorrir. Primeiro, porque fica absurdamente lindo quando sorri. E, segundo, porque... Argh! Porque eu estou com *raiva* dele!

Olho para ele com frieza e me solto.

— Decidi que não vou desperdiçar meu tempo e minha energia com pessoas que não merecem.

Reed espera eu terminar de descer a escada para dizer:

— Então você não se importa com Easton?

O nome de Easton me faz virar para ele, porque, fora Val, Easton se tornou meu melhor amigo aqui.

— Aconteceu alguma coisa com ele?

Reed desce o resto da escada e para ao meu lado.

— Aconteceu. Você o abandonou, como todas as mulheres que ele amou.

A culpa me faz corar.

— Não foi *ele* que eu abandonei.

Foi você, seu traidor.

Reed dá de ombros.

— Você vai ter que o convencer disso, não a mim. Mas sei que você vai conseguir.

Que babaca arrogante. Faço a expressão mais doce que consigo.

— Você pode me fazer um favor?

— Claro.

— Pegue sua condescendência, seus conselhos indesejados e sua vigília apavorante na porta do meu quarto e enfie tudo no seu cu.

Eu me viro, mas não há nenhuma grande saída para mim, pois Reed me segue até a cozinha, onde encontro o resto da família Royal, menos Gideon.

— Ninguém tem treino hoje? — pergunto com cautela.

Easton e Reed fazem parte do time de futebol americano. Os dois já deviam estar na escola. Callum costuma ir para o escritório antes mesmo de amanhecer. Não faço ideia de que horas os gêmeos acordam. Mas, nesta manhã, todos estão sentados à grande mesa com tampo de vidro no canto da sala, com vista para a piscina e para o oceano Atlântico.

— Hoje é um dia especial — diz Callum por cima da sua caneca de café. — Todo mundo vai participar dessa reunião familiar. Sandra preparou seu café da manhã. Está na geladeira. Por que você não se senta com a gente? Reed, não fique aí parado e venha se sentar também.

Não é uma sugestão para nenhum de nós dois e, apesar de Callum não ser meu pai e apesar da tendência de Reed de não o escutar, nós dois fazemos o que ele diz.

— É bom ter você de volta — diz Sawyer quando me sento. Pelo menos, eu acho que é Sawyer. A marca da queimadura no pulso que eu usava para identificar os gêmeos cicatrizou, então não tenho certeza.

— É mesmo. Está esfriando, e Reed prometeu que você ia nos levar para comprar roupas de inverno — diz Seb.

— Ele prometeu?

— Sim, nós não somos nada sem você. — A voz baixa de Reed me acerta com tudo.

— Não fale comigo — digo com rispidez.

— Eu concordo — diz Easton. — Não fale com ela.

Levo um susto quando vejo os três garotos Royal lançarem olhares de raiva para Reed. Ele não sabe o que dizer. Digo para meu coração idiota que ele não tem permissão de sentir pena de Reed. Eu sei que o que ele está colhendo aqui, na mesa de café da manhã, foi plantado mil vezes.

— Bom dia, Easton — digo. — Perdi alguma coisa interessante na aula de biologia? — Quero falar sobre seu abraço estranho na noite anterior, mas não é o local.

Ainda assim, preciso saber se ele está bem. Easton tem alguns problemas relacionados a vícios. Acho que sente falta da mãe e está tentando preencher esse vazio com tudo o que encontra e percebendo que nada funciona. Já passei por isso.

— Nós estamos dissecando porcos.

— Sério? — Faço um ruído de nojo. — Que bom que perdi.

— Não, estou brincando. — Ele me cutuca com o ombro. — Você não perdeu porra nenhuma. Mas as provas são na semana que vem.

— Ah, que merda.

— Não se preocupe. Callum vai cuidar de tudo, não vai, pai? — Easton projeta o queixo para ele.

Callum ignora o desafio e assente placidamente.

— Sim, se você precisar de mais tempo para estudar, Ella, tenho certeza de que podemos dar um jeito.

No mundo dele, o dinheiro compra qualquer coisa, até tempo antes das provas. Talvez eu nem precise fazer um exame de admissão para entrar para uma faculdade. Não sei se isso me deixa feliz ou chateada. As duas coisas, eu acho. Emoções confusas são comuns na minha cabeça agora.

Como as que sinto quando Reed se senta ao meu lado e meu corpo se alegra, lembrando todo o prazer que ele o fez sentir. E meu coração pula lembrando como ele preencheu todas as faltas que havia nele com uma afeição e um calor que eu nem tinha percebido de que precisava. Mas minha cabeça me lembra de que esse garoto foi horrível comigo. A única concessão que posso fazer é que ele tentou me avisar que eu deveria ficar longe, mas eu continuei atrás dele como uma idiota apaixonada, dizendo que ele me queria e só precisava admitir. Então, acho que nós dois somos culpados.

Ele me disse para ficar longe.

Ele me disse que este não era meu lugar.

Se ao menos eu tivesse ouvido.

— Seu *bagel* fez alguma coisa que ofendeu você? — pergunta Easton.

Olho para baixo e vejo meu café da manhã em pedacinhos no prato. Empurro-o para o lado e pego a tigela com frutas frescas, granola e iogurte. Talvez a melhor coisa de morar na casa dos Royal seja a quantidade de comida na cozinha o tempo todo. Não existe isso de comer só uma refeição por dia ou torcer para seu corpo não se revoltar se a única coisa que você conseguir comprar for um *taco* barato.

E tudo sempre está fresco, verde e saudável.

Se Callum tivesse me lembrado do que eu encontraria na geladeira, talvez eu não tivesse resistido tanto antes de voltar.

— Não estou a fim de carboidratos hoje — digo para Easton.

— Tudo bem — diz ele. — Mas, irmãzinha, o que a gente vai fazer hoje? — Ele esfrega as mãos. — Eu soube que não vamos pra escola. Bom, os gêmeos vão, mas só porque são burros. Se perderem uma aula, vão acabar repetindo o ano.

Os dois gêmeos mostram o dedo do meio para ele.

— Eu vou pra casa da Valerie.

— Legal — diz Easton. — Eu gosto da Val. Acho que vamos nos divertir.

— Você não percebeu o pronome *eu*.

Todo mundo na mesa está prestando atenção na nossa conversa.

— Eu percebi. — Easton abre um sorriso largo, mas seus olhos estão agitados. — Estou convenientemente optando por ignorar esse pronome. A que horas nós saímos?

Bato com os dedos na mesa.

— Easton, preste atenção. — Eu espero o olhar frenético dele voltar para mim. — Você vai ficar aqui. Ou pode sair, mas não comigo.

— Você está dizendo umas palavras, mas elas não estão fazendo sentido para mim. Que horas nós nos encontramos no seu carro?

Eu olho ao redor em busca de ajuda, mas todo mundo desvia o olhar, e os gêmeos estão quase se sacudindo de tanto segurar a risada.

Callum me espia por cima do jornal.

— Você devia ceder. Se não o levar com você, ele vai aparecer na casa dos Carrington de qualquer jeito.

Easton tenta parecer gracioso e arrependido, mas seus olhos brilham de triunfo.

— Tudo bem, mas nós vamos pintar as unhas e falar sobre qual marca de absorvente funciona melhor. Pode até haver uns experimentos científicos.

O sorriso dele não muda, mas os gêmeos dão um grunhido.

— Nojento! — dizem ao mesmo tempo e se afastam da mesa. Sawyer, eu acho que é ele, bate no ombro de Sebastian. — Pronto pra ir?

Seb joga um guardanapo na mesa e se levanta.

— Acho que sim. Eu prefiro aprender geometria a ouvir uma conversa sobre absorventes.

— Vamos sair em quinze minutos? — sugere Easton antes de sair da cozinha.

Massageio a testa quando uma dor começa a surgir em cima do meu olho direito.

— Ella... — Reed fala tão baixo que quase não o escuto.

Eu o ignoro e olho pela janela, vendo a água limpa e parada da piscina, desejando que minha vida fosse tão simples e tão calma quanto ela.

— Vou deixar vocês dois terminarem seu café. — Callum dobra o jornal com muito barulho. As pernas da cadeira são arrastadas no chão quando ele se levanta. — Estou feliz por você estar de volta, Ella. Nós sentimos sua falta. — Ele coloca a mão no meu ombro e sai da cozinha.

— Eu também acabei — digo, jogando a colher ao lado da comida intocada.

— Deixa. Eu saio. — Reed se levanta. — Você precisa comer, e é óbvio que não vai fazer isso enquanto eu estiver aqui.

Eu continuo ignorando-o.

— Eu não sou seu inimigo — diz ele, com infelicidade evidente na voz. — Não contei sobre meu passado porque é horrível, e eu não sabia como você ia reagir. Eu errei, tá? Mas vou consertar o que eu fiz.

Ele se inclina, parando a centímetros do meu ouvido. O aroma dele me envolve, e me obrigo a não respirar. A não permitir que meu olhar percorra o braço esculpido, que se contrai quando ele apoia uma das mãos na mesa.

— Eu não vou desistir — murmura ele. O hálito quente faz cócegas na lateral do meu pescoço.

Eu finalmente dou uma resposta. Baixa e debochada.

— Mas devia. A essa altura, eu prefiro trepar com Daniel a voltar com você.

Ele inspira por entre os dentes.

— Nós dois sabemos que isso não é verdade. Mas eu entendo. Eu magoei você, e agora você quer se vingar de mim.

Eu olho nos olhos dele.

— Não. Eu não quero vingança. Não vou gastar minha energia e não planejo passar muito tempo pensando em você. Não ligo para você nem para as suas garotas. Só quero ficar em paz.

Ele contrai o maxilar.

— Estou disposto a fazer quase qualquer coisa por você. Eu voltaria no tempo e mudaria as coisas se pudesse. — Ele olha para mim com determinação. — Mas não vou deixar você em paz.

Capítulo 10

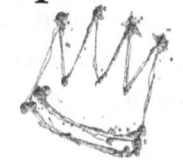

Easton está deitado na minha cama quando entro no quarto. Tem uma lata de refrigerante – não de cerveja, ainda bem – entre as pernas e meu controle remoto na mão.

— Como você entrou? — pergunto.

— Você não fechou a porta direito. — Ele dá um tapinha no colchão. — Senta aqui. Vou ficar assistindo à ESPN enquanto você liga pra Val.

— Eu já liguei antes de tomar café. — Enfio algumas coisas na mochila e a penduro no ombro. — Tem algum brechó por aqui?

Easton pula da cama e se junta a mim na frente do armário.

— Não faço ideia, mas, se você estiver cansada das suas roupas, vai acontecer uma doação durante a semana da festa de *homecoming*. Eles fazem uma campanha beneficente.

Semana da festa? Penso em perguntar, mas decido que, na verdade, não quero saber. Não pretendo ir a nenhuma babaquice idiota da Astor Park.

— Claro que fazem — murmuro. — Callum me disse que tenho dinheiro. Acho que posso usá-lo.

— Pra quê?

— Pra comprar roupas.

— Você tem roupas. — Ele indica o armário.

— E vou botar fogo nessas roupas e comprar outras novas, entendeu? — A raiva e a impaciência me fazem soar mais grosseira do que pretendo ser. — Não sei qual é o problema de eu querer fazer compras. Garotas não deviam gostar de fazer compras?

Easton me observa com um olhar brilhante e bem mais intuitivo do que costumo achá-lo capaz de ser.

— Você não é uma garota comum, Ella. Então, é estranho, sim, mas acho que entendo. Brooke comprou essas roupas. Você odeia Brooke. Consequentemente, você odeia essas roupas.

Eu cruzo os braços.

— Reed contou ou você sempre soube?

— Ele contou — admite Easton.

— Que bom. Isso acaba de livrar você de um chute no saco. — Eu o empurro para sair do caminho e pego um par de tênis.

Estou disposta a construir uma vida nova para mim a partir de hoje. E ela não vai incluir caras que transam com as namoradas dos pais e se envolvem com a irmã adotiva ao mesmo tempo. Também vou acabar com qualquer vaca que tente alguma coisa comigo.

É uma boa coisa que a vaca número um, Jordan, esteja na escola hoje, ou eu poderia empurrá-la na piscina com pedras amarradas ao pescoço.

— Você está com cara de má. E fica linda demais assim. Promete que vai me deixar ter um orgasmo antes de me matar? — brinca Easton.

— Um dia, você vai levar um tapa tão forte de alguém...

— Sei que é uma ameaça, mas, na verdade, mal posso esperar. Parece divertido.

Qualquer garota que decida namorar com Easton vai precisar de um chicote e uma pistola. Acho que ele é incontrolável.

Pego o chaveiro eletrônico do meu lindo conversível, que foi pintado por encomenda só para mim. Fiquei muito triste quando tive de deixar aquela belezinha para trás.

— Você acha que vamos comer na casa da Val? — pergunta Easton. — Estou ficando com fome de novo.

— Vá na cozinha, então, porque você não vai comigo.

— Então Reed vai.

Eu paro na porta do quarto.

— Como assim?

— Papai está com medo de você fugir de novo, então um de nós vai ficar com você o tempo todo. A boa notícia é que você pode fazer xixi sozinha, mas foi instalado um alarme na sua janela.

Eu jogo a chave na cômoda e entro no banheiro.

— Está vendo os sensores vermelhos ali? — Easton se inclina para a frente e aponta para dois pontinhos de luz na moldura da janela. — Papai vai receber uma mensagem de texto se você abrir. Então, quem vai com você pra casa da Val? Eu ou Reed?

— Isso é loucura. — Balanço a cabeça. — Tudo bem, vamos.

Easton me segue obedientemente pela escada até a garagem da casa. Não estou com humor para conversar, mas ele já começa a falar enquanto dirijo pelo portão enorme.

— Eu é que devia estar puto da vida. Você fugiu sem dizer nada. Eu fiquei preocupado. Você podia ter morrido, sei lá.

Já tive essa conversa com Reed, obrigada.

— Parece que não sou o único alvo da sua raiva. Que olhada foi aquela que você e os gêmeos deram para Reed durante o café da manhã?

— Ele está sendo um babaca.

— Você só está descobrindo isso agora?

Easton olha para baixo quando responde.

— Não importava antes.

Não adianta responder. Além do mais, os Carrington moram a menos de dez minutos da mansão dos Royal, e já estou estacionando. Vejo Val na porta dos fundos, e ela não parece feliz.

— O que foi? — pergunto quando me aproximo dela.

Ela move a cabeça na direção de Easton.

— O que ele está fazendo aqui?

— Desculpe, mas um Royal tem de estar com ela o tempo todo — diz ele. — Ordens do meu pai.

Val me olha sem acreditar.

— É sério?

— Não sei, mas juro que se eu pudesse ter deixado Easton em casa teria feito isso.

— Ei, assim você me magoa — protesta ele.

E, como isso pode mesmo ser verdade, eu suplico para Val.

— Ele não vai abrir a boca.

Ela revira os olhos.

— Tudo bem, não importa. Vamos entrar.

— Tem alguma coisa pra comer? — pergunta Easton quando passamos pela cozinha.

— Pegue o que quiser. — Ela balança a mão na direção da bancada, onde há uma cesta de frutas e um bolo embaixo de uma tampa de vidro. — Pode ficar por aqui. Ella e eu precisamos de um tempo sozinhas.

— Ah, não. Eu quero ir com vocês. — Easton se inclina ao meu lado. — Ella me disse que vocês vão testar a capacidade de uns absorventes. Fiquei bastante interessado.

Val me olha sem entender.

— Easton, por favor. Só dez minutos?

— Tudo bem, mas vou comer esse bolo inteiro.

— Manda ver, campeão — diz Val enquanto me arrasta para a varanda que circunda toda a casa.

A casa dos Carrington é uma verdadeira mansão sulista, com varandas grandes, colunas sulcadas e um gramado que parece aparado à mão. Imagino que, muitos anos atrás, as damas da casa se sentavam em cadeiras de balanço com seus vestidos amplos e luvas de renda nas mãos, segurando leques pintados e dizendo coisas como "minha terra". Talvez eu tenha visto *E o vento levou...* vezes demais.

Val desaba em um dos sofás com estampa florida.

— Acho que Tam está me traindo.

— Não! — Inspiro, em choque, e me sento ao lado dela. Tam e Val estão namorando há mais de um ano. Ele estuda em uma faculdade que fica a poucas horas de distância, e, pelo que Val já deixou escapar, eles têm uma vida sexual bem animada, que envolve coisas como carícias em público e sexo por telefone. Eu nunca fiz sexo de verdade, muito menos sexo pervertido. Mas, se algum relacionamento é capaz de sobreviver a distância, é o deles, não? — Por que você acha isso?

— Ele vinha me visitar no mês passado. Lembra?

Eu lembro. Ela estava empolgada, mas ele desistiu no último minuto.

— Você disse que ele não podia mais vir porque estava cheio de trabalhos da faculdade. — Ao ver a expressão infeliz dela, dou um palpite: — Era uma desculpa?

Ela solta um suspiro trêmulo.

— Ele ligou ontem à noite e disse que precisávamos conversar.

— Ah, não...

— Nós conversamos pelo telefone, e ele me disse que a faculdade é divertida e que fez com que ele percebesse quanto era infantil na escola. Ele jura que nunca me traiu, mas acha que a distância e as tentações são muitas e quer ser *honrado* — ela fala essa palavra como se estivesse cuspindo —, quer ter certeza de que eu aceito que ele saia com outras pessoas.

— Espera aí! — Eu levanto a mão. — Ele não ligou pra terminar com você, mas pra pedir sua permissão para trair?

— Né? — Val me olha com irritação. — Achei escroto demais.

— E você falou pra ele... — *Espero que ela tenha dito para ele enfiar essa permissão goela abaixo e morrer engasgado.* Tenho vontade de dizer isso a ela, mas não quero parecer crítica. É a última coisa de que ela precisa agora. Mais tarde, sim, vou lembrar a ela quanto é maravilhosa e que ela não precisa de um babaca como Tam sugando a energia dela, mas, por enquanto, vou dar meu apoio. — Bom, espero que você tenha dito a ele o que sentiu — concluo.

— Eu falei pra ele que podia comer todas as garotas que quisesse, mas que nunca mais vai ter nada comigo. — Ela mexe no cabelo com um gesto distraído, mas a mão está tremendo e os olhos estão brilhando de lágrimas.

— Quem sai perdendo é ele, você sabe, né?

— Eu fico repetindo isso pra mim mesma, mas não me sinto melhor. Parte de mim quer roubar o carro de Jordan e dirigir até lá. Mas não sei bem o que vou fazer quando chegar. Não sei se dou um chute no saco dele ou um beijo na boca. — Ela treme e me olha. — Aliás, dei um chute no saco de Reed por você.

— É mesmo? — Uma gargalhada louca escapa de mim quando visualizo a pequenininha Val dando um chute entre as pernas do gigantesco Reed. — O que levou você a isso?

— A mera existência dele. A cara arrogante dele. A recusa em me dizer onde você estava. — Val se joga em mim e me abraça de novo. — Estou tão feliz por você ter voltado.

— Há-há...

Levanto o olhar e vejo Easton dando um sorrisinho para nós.

— Eu achei que vocês queriam conversar. Se vai ter pegação de menina com menina, estou à disposição.

— Você diz isso para todas as mulheres entre dois a oitenta e dois anos — resmunga Val.

— Bom, é claro. — Ele finge estar ofendido. — Não quero que ninguém se sinta excluído.

Ele se aproxima de nós, sentando-se do outro lado de Val.

— Problemas com um cara?

Val apoia a cabeça nas mãos.

— Sim. Meu namorado decidiu que precisamos de um *relacionamento aberto*.

— Então ele quer comer fora e jantar em casa?

— É.

— E você não está a fim disso.

— Hum, dá! Eu prefiro caras fiéis. Vocês, Royal, talvez não entendam o que isso quer dizer.

— Ai, Val, machucou. O que eu fiz pra você? — Ele massageia o peito fingindo sentir dor.

— Você tem um pênis. Portanto, está automaticamente do lado errado.

Ele balança as sobrancelhas.

— Mas eu faço coisas maravilhosas com meu pênis. Pode perguntar pra qualquer garota da Astor.

— Como Abby Kincaid? — desafia Val.

Eu me viro para Easton, chocada.

— Você ficou com a ex do seu irmão?

Ele afunda nas almofadas, com as bochechas vermelhas.

— E daí se fiquei? Achei que você odiasse o Reed.

Uau. Uma coisa era os irmãos Royal brigarem em casa, mas essa desavença pública é nova e… perturbadora. E, por mais raiva que eu esteja sentindo de Reed, não gosto de ver essa rixa entre os irmãos. Isso faz com que eu sinta uma pena constrangedora de Reed, algo que ele não merece.

Tento mudar de assunto.

— Além das provas, o que anda rolando na escola?

— Amanhã é Halloween, mas Beringer não deixa ninguém ir de fantasia pra escola. — Val dá de ombros. — Mas vai ter uma festa na casa dos Montgomery depois do jogo na sexta. Todo mundo vai fantasiado.

Faço uma careta.

— Passo.

Não sou muito fã de Halloween. Minha mãe trabalhava em casas noturnas, então nunca saí para pedir doces como uma criança normal. E odeio me fantasiar. Fiz muito isso quando *eu* trabalhei em casas noturnas.

— O que mais? — pergunto.

Val aponta um dedo acusador para Easton.

— Bom, os Royal não se suportam mais, e Reed não quer ter o trabalho de botar as pessoas na linha. E qualquer outra pessoa com consciência tem preguiça ou medo de se manifestar, então Astor Park está na merda. Numa merda que só aumenta. Estou com medo de alguém sair realmente machucado.

Então, essa manhã não foi uma anomalia. Eu franzo a testa para Easton.

— O que está acontecendo?

— Nós vamos pra escola pra aprender, não vamos? — diz ele casualmente. — Bom, uma das coisas que adolescentes precisam aprender é como se cuidar. O mundo está cheio de agressores. Eles não desaparecem quando a gente termina a escola. É melhor aprender isso agora.

— Easton. Que horror.

— Com o que você está preocupada? — acusa ele. — Você deixou todo mundo pra trás. E daí se os riquinhos e as riquinhas da Astor estão sofrendo sem um Royal no comando? Você não está feliz por a escola ser exatamente o que você achou que seria?

É verdade que eu não pensei na Astor Park Prep nem uma vez quando estava longe, mas, agora que sei que outras pessoas estão mal, a situação não me cai bem.

— Não, não estou feliz. Por que você acha que estou feliz?

Ele se vira para o gramado perfeito enquanto Val se mexe, desconfortável, entre nós.

— Deixa pra lá, Ella — diz ele, por fim. — Você não pode mudar nada. O máximo que pode fazer é ficar na sua e sobreviver.

Capítulo 11

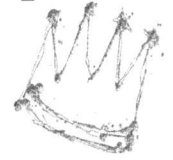

A confeitaria está vazia quando chego, às duas horas. Eu queria ter ido antes, mas Lucy estaria ocupada. Quero que ela grite comigo, que bote tudo para fora e depois me mande pegar um avental e ir atender os clientes.

Easton queria entrar comigo, queixando-se de que não comia havia duas horas. Depois que implorei um pouco, ele aceitou esperar no carro.

— Lucy está? — pergunto ao barista que está atrás da caixa registradora. O garoto alto e desengonçado é novo ali, e tenho a sensação horrível de que é meu substituto.

— Lucy — chama ele por cima do ombro. — Tem uma garota aqui para ver você.

A cabeça de Lucy aparece na porta de trás.

— Quem é?

Ele aponta para mim com o polegar.

O rosto bonito se fecha quando ela me vê.

— Ah, é você, Ella. Me dê um minuto. Por que não se senta ali?

É, vou ser demitida.

O caixa me olha com pena antes de dar atenção ao cliente seguinte. Eu me sento a uma mesa e espero Lucy.

Ela não demora. Depois de um minuto, sai da sala dos fundos com duas canecas de café. Coloca uma na minha frente e bebe um gole da sua antes de se sentar.

— Duas semanas atrás, Reed Royal apareceu aqui procurando você. No dia seguinte, seu tutor, Callum, ligou para me avisar que você estava muito doente e que ficaria afastada por tempo indeterminado. De repente, vejo você aqui, parecendo saudável, apesar de mais magra do que quando saiu. — Ela se inclina para a frente. — Está precisando de ajuda, Ella?

— Não... Me desculpa, Lucy. Eu devia ter ligado. Não pude vir trabalhar. — A mentira não vem com facilidade. Lucy é superlegal, e eu adoro trabalhar na loja. Digo isso a ela. — Eu amo a confeitaria e sei que você se arriscou quando me contratou.

Ela aperta os lábios antes de tomar mais um gole e bate na lateral da caneca.

— Eu precisava mesmo de alguém e, como você não estava aqui e eu não conseguia falar com você, tive de fazer alguma coisa. Você entende, não entende?

Faço que sim, porque entendo mesmo. Não gosto, mas entendo.

— Desculpe — repito.

— É uma pena. — Ela enfia a mão no bolso do avental sujo de farinha. — Aqui. Fique com o cartão e me ligue se precisar de qualquer coisa.

Qualquer coisa menos um emprego, eu penso.

— Obrigada — digo, guardando o cartão.

— Não suma, Ella — diz ela com gentileza. — Se aparecer outra vaga, quem sabe a gente não possa tentar de novo?

— Obrigada. — Meu vocabulário está reduzido a duas palavras: *obrigada* e *desculpe*.

Lucy toma outro gole do café e some pela porta da cozinha enquanto penso em como lidei mal com minha partida. Não estou acostumada a ser irresponsável e, apesar de ter uma sensação de enjoo no estômago por ter decepcionado Lucy, uma pequena parte de mim está feliz por ela ter se importado. Por alguém ter se importado.

Capítulo 12

Ouço sussurros assim que piso na escola na manhã seguinte. Já tinha notado alguns sorrisinhos debochados e encaradas enquanto estava parando o carro no estacionamento dos alunos, mas é bem pior lá dentro. Um silêncio ensurdecedor e, depois, um murmúrio infinito de vozes e risinhos arrogantes que me segue pelo corredor.

Abro meu armário e observo meu reflexo no espelhinho fixado na porta, me perguntando se uma parte do meu cabelo está em pé ou se há uma meleca no meu nariz. Mas estou normal. Sou só mais uma aluna da Astor Park, idêntica às outras, com minha camisa branca, minha saia e meu blazer azul-marinho.

Minhas pernas estão expostas porque o tempo ainda está agradável o bastante para não ser preciso usar meia-calça, mas quase todas as garotas também estão com as pernas de fora, então não acho que minha aparência seja o motivo dos sussurros.

Não estou gostando disso. Parece muito meu primeiro dia na Astor, quando ninguém falou comigo porque todos estavam esperando para ver como Reed e os irmãos agiriam.

Queriam saber se deviam odiar Ella ou recebê-la bem. No final, os alunos escolheram um meio-termo. A maior parte nunca chegou a se aproximar de mim, mas deve ser porque fui propositadamente antissocial e só andei com Val.

Hoje, quase todo mundo me olha com desprezo. No caminho para a primeira aula, não consigo segurar a ansiedade. Estou constrangida e odeio essa sensação.

Uma garota de cabelo escuro esbarra em mim no corredor em vez de me contornar. Ela segue mais um pouco antes de parar e olhar para mim.

— Bem-vinda, Ella. Como foi o aborto? Doeu? — Ela dá um sorriso inocente.

Minha boca se abre um pouco, mas me forço a fechá-la. O nome dela é Claire alguma coisa. Ela ficava com Easton até ele se cansar dela.

— Vá se foder — murmuro antes de passar por ela.

Chego à aula de química junto com Easton. Ele dá uma olhada no meu rosto e franze a testa.

— Tudo bem, irmãzinha?

— Tudo — respondo por entre os dentes.

Acho que ele não acredita, mas não diz nada e entra comigo na sala. Vamos para a mesa que dividimos desde que o semestre começou, e reparo em vários sorrisinhos debochados para nós.

— Opa, a boneca sexual dos Royal voltou, Easton? — diz um cara no fundo da sala. — Aposto que você e Reed estão animados.

Easton se vira na cadeira. Não consigo ver o rosto dele, mas sua expressão silencia o cara na mesma hora.

Há uma tosse, seguida pelo barulho de cadernos sendo abertos e gente se ajeitando nas cadeiras.

— Ignore todo mundo — aconselha Easton.

É fácil falar.

Depois, minha manhã só piora. Easton faz quase todas as mesmas matérias que eu e se senta ao meu lado em cada aula. Minhas bochechas ficam quentes quando escuto duas garotas sussurrando que estou dormindo com dois dos meus irmãos adotivos.

— Ela também está trepando com Gid — diz uma delas, sem nem se dar ao trabalho de baixar a voz. — Deve ter sido o bebê dele que ela foi tirar.

Easton se vira com uma cara feia de novo, mas, apesar de silenciar aquelas vacas, não silencia a voz inquieta na minha mente.

Val me avisou que havia boatos sobre mim, mas é isso que as pessoas acham mesmo? Que sumi porque fui fazer um aborto? Que transei com Reed, Easton *e* Gideon?

Estou acostumada ao constrangimento. Fazer strip aos quinze anos me ensinou muita coisa sobre humilhação, mas saber que todo mundo está dizendo essas coisas horríveis sobre mim me faz ter que segurar as lágrimas.

Eu tenho Val, lembro a mim mesma, e ela é a única pessoa na Astor Park cuja opinião me importa. E Easton, eu acho. Ele quase não saiu de perto de mim desde que voltei a Bayview, então acho que não tenho escolha além de considerá-lo meu amigo. Mesmo desprezando o irmão dele.

Depois da aula, volto ao armário para pegar outros livros porque não cabem todos na minha bolsa. Easton desaparece no corredor, mas não sem antes apertar meu braço quando nos deparamos com outra onda de sussurros.

— Então hoje é dia do Easton?

Eu fico tensa ao ouvir a voz de Jordan Carrington. Estava me perguntando quanto tempo demoraria para essa vaca aparecer para dar as boas-vindas.

Em vez de responder, pego meu livro de história geral na prateleira de cima do armário e coloco o de química no lugar.

— Foi assim que combinaram, não foi? Alternar entre Reed e Easton? Segunda, quarta e sexta, você trepa com Reed. Terça, quinta e sábado, com East. — Jordan inclina a cabeça. — E domingo? É reservado para um ou os dois gêmeos?

Eu bato a porta do armário e me viro, sorrindo, para ela.

— Não, os domingos eu reservo pra trepar com o seu namorado. Às vezes, ele está ocupado, aí eu trepo com o seu pai.

Os olhos dela brilham de raiva.

— Veja como fala, sua vaca.

Manter o sorriso é um esforço.

— Veja como você fala, Jordan. Ou será que quer apanhar de novo? — digo, lembrando-a da surra que dei nela no ginásio no mês anterior.

Ela solta uma risada rouca.

— Pode tentar. Vamos ver até onde você consegue chegar sem o Reed.

Eu dou mais um passo para a frente, mas ela nem reage.

— Eu não preciso da proteção do Reed. Nunca precisei.

— Ah, é?

— É. — Enfio o dedo no meio do peito dela, entre os seios empinados. — Sei me cuidar sozinha, Jordan.

— Entramos em uma nova era aqui na Astor Park, *Ella*. Os Royal não mandam mais em nada. *Eu* mando. Basta uma palavra minha para todos os alunos ficarem felizes em tornar sua vida um inferno.

— Nossa, estou morrendo de medo.

Ela curva os lábios.

— Devia.

— Nem me importo. — Estou cansada dos delírios de poder dessa garota. — Saia da minha frente.

Ela joga o cabelo castanho e brilhante por cima do ombro.

— E se eu não estiver a fim?

— Está tudo bem aqui? — pergunta uma voz masculina.

Nós nos viramos e vemos Sawyer. A namorada ruiva, Lauren, está com ele. Ela olha com inquietação para Jordan e para mim.

— Isso não é da sua conta, pequeno Royal. — Jordan nem olha para ele, mas se detém um momento para fazer uma cara de desprezo para Lauren. — Também não é da sua conta, Donovan, então por que você e o Sawyer não somem da minha frente? Ou é o Sebastian? Eu nunca sei quem é quem. — Um brilho malicioso surge no rosto dela. — E você, querida? *Você* sabe quem é quem? Ou fica de olhos fechados quando eles estão comendo você?

Eu já me perguntei se Lauren sabe sobre as trocas que Sawyer e Sebastian fazem com ela, e a expressão no rosto dela responde à minha pergunta. Em vez de chocada, ela parece constrangida e indignada.

Mas a garota tem mais coragem do que eu imaginava, porque encara o olhar debochado de Jordan e diz:

— Vá se foder, Jordan. — Em seguida, segura a mão de Sawyer e o puxa para longe.

Jordan ri de novo.

— Essa família toda é pervertida, hein? Mas aposto que você adora, igual essa piranha da Lauren. Não é, Ella? Uma stripper suja como você deve adorar ser revezada por dois Royal.

— Já terminou? — pergunto com a voz tensa.

Ela pisca para mim.

— Ah, querida, não. Eu nunca vou terminar. Na verdade, estou apenas começando. — Ela balança os dedos em um aceno provocante e segue pelo corredor sem olhar para trás.

Eu a vejo se afastar e me pergunto em que tipo de caos me meti de novo.

No almoço, Valerie e eu nos sentamos no canto do salão, e tento fingir que somos as duas únicas pessoas ali. Mas é difícil, porque sinto todo mundo me olhando e começo a ficar nervosa.

Val dá uma mordida no sanduíche de atum.

— Reed está olhando fixamente para você.

Claro que está. Eu me viro e o vejo numa mesa lotada de jogadores de futebol americano. Easton também está lá, mas do outro lado da mesa, e não ao lado de Reed, onde costumava ficar.

Lanço um olhar para Reed, que está me observando com seus olhos azuis penetrantes. Os mesmos olhos que ficaram entorpecidos todas as vezes que nos beijamos, que arderam cada vez que estivemos no mesmo lugar.

— Você vai me contar o que aconteceu entre vocês dois?

Afasto o olhar e coloco o macarrão na boca.

— Não — digo com leveza na voz.

— Ah, para, você sabe que pode me contar o que quiser — pede Val. — Eu sou um túmulo.

Minha hesitação não é resultado de falta de confiança. Dividir meus sentimentos não é uma coisa natural para mim. Fico mais à vontade engolindo minhas emoções. Mas a expressão de Val é tão sincera que me sinto obrigada a dar alguns detalhes.

— Nós ficamos. Ele fez merda. Nós não estamos mais juntos.

Os lábios dela tremem.

— Uau. Alguém já disse que você é uma péssima contadora de histórias?

Eu faço uma careta.

— É o que posso dizer agora — explico.

— Tudo bem, não vou mais perturbar você. Só quero que saiba que estou aqui quando quiser falar. — Ela abre sua garrafa de água. — O que você vai fazer hoje?

— Você ainda não está cansada de mim? — provoco. Depois do encontro decepcionante com Lucy, voltei para a casa da Val, onde nos enchemos de bolo e vimos três filmes da sequência *Ela dança, eu danço*. Easton saiu no meio do segundo e não voltou.

— Ei, eu estou de luto. — Ela projeta o lábio inferior fazendo cara de tristeza. — Preciso que você me distraia para eu não ficar pensando no Tam. O Halloween era nossa festa favorita. Nós fazíamos fantasias de casal.

— Ah, que fofo... Ele mandou mensagem de novo? — Ele tinha mandado três à noite, mas Valerie as ignorou.

— Várias. Agora, está falando em vir aqui para podermos conversar pessoalmente. — Ela parece abalada. — É um saco sofrer assim.

E eu não sei?

Como se tivesse sido combinado, meu celular apita, notificando uma mensagem de texto. Faço uma careta de desprezo quando vejo o nome de Reed na tela.

Não leia, ordeno a mim mesma.

Como uma idiota, eu leio.

Pare de agir como se não se importasse comigo. Nós dois sabemos que vc gosta de mim.

Eu aperto os dentes. Aff. Babaca arrogante.

Outra mensagem chega logo depois.

Vc sentiu minha falta qdo tava longe. E eu senti a sua. Nós vamos superar isso.

Não, não vamos. Quero gritar para ele parar de mandar mensagem, mas a única coisa que realmente sei sobre Reed Royal é que ele é um cretino egoísta. Ele faz o que quer quando quer.

E a mensagem seguinte é só um lembrete disso.

Eu errei quando fiquei com Brooke. Foi antes de nós. Nunca mais vai acontecer.

Só de ver o nome de Brooke eu aperto o celular. Antes que consiga me controlar, digito uma resposta apressada.

Eu nunca vou perdoar vc por ter transado com ela. Me deixa em paz.

— Você está vendo que eu ainda estou aqui, né?

O comentário seco de Val me faz corar. Enfio o celular na bolsa e pego o garfo de novo.

— Desculpa. Eu só estava mandando Reed ir se ferrar.

Ela inclina a cabeça para trás e ri.

— Meu Deus, eu senti sua falta, sabia?

Eu também dou risada e, pela primeira vez no dia, isso é genuíno.

— Eu também senti a sua — digo, com sinceridade.

Quando o sinal da saída toca, estou mais do que pronta para sumir dali. Meu primeiro dia de volta à Astor foi tão divertido quanto ser mergulhada à força na água, cheio de gargalhadas cruéis, sussurros, expressões de desprezo e caras feias. Estou pronta para me trancar no quarto, ouvir música e fingir que o dia não aconteceu.

Nem perco tempo indo até o armário. Coloco a bolsa no ombro, mando uma mensagem para a Val, pedindo para me avisar se vai lá em casa mais tarde, e corro para o estacionamento.

Mas paro quando vejo Reed encostado no meu carro, ao lado da porta do motorista.

— O que você quer agora? — pergunto com rispidez.

Estou cansada de dar de cara com ele toda hora. E odeio quanto ele está lindo agora. Seu cabelo escuro está voando no vento e as maçãs do rosto estão vermelhas no tempo mais frio.

Ele afasta o corpo grande e musculoso do carro e vem na minha direção.

— Sawyer disse que viu Jordan incomodando você mais cedo.

— A única pessoa que me incomoda é você. — Eu olho para ele com uma expressão gelada. — Pare de me mandar mensagens. Pare de falar comigo. Acabou.

Ele só dá de ombros.

— Se eu acreditasse nisso, me afastaria. Mas não acredito.

— Vou bloquear seu número.

— Eu compro um celular novo.

— Vou mudar meu número.

Ele ri.

— Você acha mesmo que eu não conseguiria descobrir seu novo número?

Eu aperto a bolsa contra o peito como um escudo.

— Acabou — repito. Uma bola de dor fecha minha garganta. — Você me traiu.

— Eu não traí você — diz ele com a voz rouca. — Eu não toco na Brooke há seis meses.

Ele parece tão sincero. E se estiver dizendo a verdade? E se...?

Não seja idiota!, uma voz interna grita. Argh. Claro que ele não está sendo sincero, e eu não devia me deixar enganar pela carinha inocente e pelo tremor na voz. Quando eu era pequena, via minha mãe se apaixonar por caras errados o tempo todo. Eles mentiam para ela. Eles a usavam. E, por mais que eu a amasse, odiava quanto ela era burra quando o assunto era homens. Ela levava meses, quase um ano às vezes, para perceber que o babaca mentiroso que estava na cama dela não valia nem o tempo que ela gastava com ele, enquanto eu ficava ali, de lado, esperando que ela se desse conta.

Eu me recuso a ser manipulada assim.

— Vá se ferrar, Reed — murmuro. — Não quero mais saber de você.

Ele chega mais perto.

— Não? Então você está me dizendo que não me quer mais?

— É exatamente o que estou dizendo. — Eu me desvio da aproximação dele e praticamente pulo no carro, mas minha tentativa de fuga sai pela culatra, porque ele se vira rapidamente e me empurra contra a porta.

O calor do corpo dele passa pelas minhas roupas. Minha pulsação acelera quando ele apoia as duas mãos no carro e me prende entre os braços.

— Você está dizendo que eu não te excito mais? — Ele baixa a cabeça, e o hálito quente dele chega ao meu pescoço. Quando sou tomada por um tremor involuntário, ele ri baixo. — Admita que você sente minha falta.

Eu aperto bem os lábios.

Ele roça a bochecha no meu rosto e continua sussurrando no meu ouvido.

— Você sente falta de como eu te beijo. Sente minha falta na sua cama à noite. Sente falta da sensação que tem quando coloco a boca *aqui*. — Ele encosta os lábios no meu pescoço, e eu tremo de novo. Isso gera outra risada rouca. — É, tenho certeza que não provoco nada em você, né, gata?

— *Não* me chame assim. — Eu o empurro com raiva, ignorando as batidas fortes do meu coração. Odeio o efeito que ele tem em mim. — E me deixe em paz.

Uma voz baixa soa atrás de nós.

— Você ouviu. Deixe ela em paz.

Easton se aproxima e coloca a mão forte no ombro de Reed. Apesar de ser um ano mais novo, ele é tão alto e forte quanto o irmão e não precisa de esforço nenhum para arrancar Reed de cima de mim.

— Essa conversa é particular — diz Reed, inabalado pelo puxão do irmão.

— É? — Easton olha para mim. — Você está a fim de conversar com nosso irmão mais velho, maninha?

— Não — respondo com alegria forçada.

Easton sorri.

— Pronto, Reed. A conversa acabou. — O brilho debochado no olhar dele some e é substituído por irritação. — Além do mais, papai acabou de mandar uma mensagem. Ele quer todos nós em casa. Ele e Brooke têm um anúncio a fazer.

Meu olhar voa para Easton.

— Brooke?

Com uma gargalhada rouca, ele se vira para Reed.

— Ué, você não contou pra ela?

— Não me contou o quê? — pergunto. Por que Brooke estaria na casa?

Reed lança um olhar pétreo para o irmão.

— Nossa, por que será que você não falou nada? — Easton dá de ombros e se vira para mim. — Papai e Brooke voltaram.

Meu corpo fica gelado. O quê? Por que Callum voltaria com aquela bruxa?

E como vou olhar na cara dela depois do que vi no quarto de Reed naquela noite?

Minhas pernas ficam bambas e minhas mãos começam a tremer. Eu torço para que não reparem no quanto estou tremendo, para que não vejam como estou abalada com a notícia.

De repente, ir para casa é a última coisa que quero fazer.

Capítulo 13

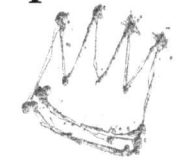

Um a um, nossos carros passam pela grandiosa entrada circular da mansão dos Royal. Meu conversível. A picape de Easton. O Range Rover de Reed, O Rover dos gêmeos. Continuo no carro enquanto vejo os irmãos Royal entrarem pela porta lateral da mansão.

Não consigo acreditar que Brooke está lá dentro. Não consigo acreditar que Reed "se esqueceu" de mencionar esse detalhe. Em todas as vezes que ele apareceu na minha frente e ficou debochando, dizendo que ia me reconquistar e que eu ainda o queria, ele não pôde me contar que Brooke tinha voltado?

Mas é claro que não disse nada. Ele acha que, se fingir que nunca tocou nela, se fingir que ela não existe, talvez eu me esqueça dela.

Mas não vou esquecer. Ella Harper não esquece. Nunca.

Eu respiro fundo e me obrigo a sair do carro. A ordem interna falha e fico parada. Só quando a porta do carona é aberta saio do banco do motorista.

— Ella — diz Brooke, com um sorriso de orelha a orelha.

Pego minha mochila e contorno o carro, tentando passar direto, mas ela para no meu caminho. Nunca senti tanta vontade de dar um soco em alguém. Ela continua tão loura e tão falsa quanto antes, usando um minivestido caro, sapatos altíssimos e diamantes suficientes para encher uma loja da Tiffany.

— Não tenho nada a dizer para você — comunico.

Ela ri.

— Ah, querida, você não está falando sério.

— Estou, sim. Agora sai da minha frente.

— Não até termos uma conversinha entre garotas — diz ela. — Não posso deixar você entrar em casa sem acertarmos umas coisinhas.

Minhas sobrancelhas sobem demonstrando descrença.

— Não temos nada pra acertar. — Por algum motivo, eu me vejo baixando a voz, apesar de ela e Reed merecerem que eu suba no telhado e grite tudo o que vi. — Você transou com o *filho* de Callum.

— Transei? — Ela ri de novo. — Porque me parece que, se eu tivesse transado, e se alguém nessa casa soubesse, Callum também já saberia. — Ela me olha com severidade.

Ela me pegou. E agora estou furiosa por ter ficado quieta. Uma palavra para Callum, e Brooke seria passado. Ele a teria colocado na rua em menos tempo do que qualquer um levaria para dizer "cobra traidora".

Mas… também expulsaria Reed. Talvez até o deserdasse.

Meu Deus, estou louca. Estou ruim da cabeça. Por que me importo com o que acontece com Reed Royal?

Brooke dá um sorriso ao entender.

— Ah, pobre garotinha patética… Você está apaixonada por ele.

Eu aperto o maxilar. Ela está errada. Eu não o amo mais. Não amo.

— Eu tentei avisar. Eu disse que os Royal iam destruir você, mas você não ouviu.

— E por causa disso você resolveu me punir? — digo com sarcasmo.

— Punir? — Ela pisca, parecendo mesmo confusa. — O que você acha que eu fiz, queridinha?

Eu olho para ela, boquiaberta.

— Você transou com Reed. Eu peguei vocês dois no flagra! Ou você convenientemente esqueceu isso?

Brooke balança a mão.

— Ah, você está falando da noite em que fugiu? Lamento decepcionar, mas não houve nenhuma... excitação... naquela noite.

— V-você estava nua — gaguejo.

— Eu só estava demonstrando uma coisa. — Ela revira os olhos diante da minha expressão perplexa. — Reed precisava aprender uma lição.

— Que você é uma traidora mentirosa?

— Não, que essa casa é minha. — Ela indica a mansão atrás de nós. — Ele não manda mais aqui. Eu mando. — Brooke passa o dedo por uma mecha do cabelo dourado antes de prendê-la atrás da orelha. — Eu queria mostrar a ele o que acontece quando ele sai da linha. Queria que visse que posso destruí-lo sem esforço. E como foi fácil! Só tirei meu vestido e pronto: o relacionamento de vocês desapareceu. Isso, minha querida, se chama poder.

Mordo o lábio. Não sei mais em quem acreditar. Reed negociou isso com ela? Ela mentiria e fingiria que não dormiu com ele em troca de... quê? Isso importa? Eles dormiram juntos em algum momento. E se ele é capaz de trair o próprio pai, imagine como deve ser fácil para ele *me* trair.

Não posso correr esse risco. Eu sei o que vi no quarto dele. Brooke estava nua. E ele ficou parado lá, sem dizer nada. Se eu deixar Reed e Brooke plantarem essas sementes de dúvida em mim, vai ser uma questão de tempo até eu fazer alguma burrice... tipo perdoá-lo. E, depois, ele vai me magoar de novo, e a única culpada vou ser eu.

— Você transou com o filho de Callum — repito, deixando meu nojo por ela transparecer. — Não importa se vocês não ficaram naquela noite. Você ainda o traiu com o próprio filho.

Ela sorri.

Sinto a náusea subindo pela garganta.

— Você é... — Eu não continuo. Argh. Nenhum insulto no mundo está à altura dessa mulher.

— Eu sou o quê? — debocha ela. — Uma vagabunda? Uma interesseira? Tem mais alguma coisa que você queira jogar na minha cara? Não entendo por que nós, garotas, não podemos ser mais unidas, mas, sinceramente, querida, sua opinião sobre mim não importa. Essa casa vai ser minha em breve, e quem vai dar as ordens sou eu. Você devia me tratar melhor. — Ela ergue uma sobrancelha.

Eu lembro a mim mesma que já conheci cem pessoas como Brooke. Ela é uma agressora manipuladora. É doce com todo mundo que tem dinheiro, é arrogante com quem não pode ajudá-la a subir na vida e má com qualquer um que a ameace.

Assim, encontro coragem no fato de que ela me acha ameaçadora e arqueio uma sobrancelha em resposta.

— Callum nunca vai deixar você me expulsar. E, mesmo que deixe, eu não vou ligar. Eu tentei fugir daqui, lembra?

— Mas voltou, não foi, querida?

— Porque ele me obrigou — resmungo.

— Não, porque você queria. Você pode dizer que odeia os Royal quanto quiser, queridinha, mas a verdade é que você *quer* ser parte dessa família. De qualquer família, na verdade. A pobre órfã Ella precisa de alguém que a ame.

Ela está errada. Eu não preciso disso. Vivi sozinha por dois anos depois que minha mãe morreu. Posso viver de novo. Fico bem sozinha.

Não fico?

— Com algumas cutucadas sutis, garanto que Callum passará a pensar como eu — diz Brooke. — Você só tem de decidir em que direção devo cutucá-lo. Você quer continuar vivendo como os Royal ou quer voltar a balançar a bunda em troca de notas de um dólar? Você é dona do seu destino. — Ela aponta uma unha pintada para o espaço vazio ao lado dela. — Ainda tem espaço para você aqui.

Nos viramos quando ouvimos um motor de carro. O SUV de Gideon para abruptamente atrás do carro de Easton. O irmão Royal mais velho sai do banco do motorista, dá uma olhada para nós e pergunta:

— O que está acontecendo aqui?

— Só estou dando as boas-vindas a Ella — responde Brooke, piscando para mim. — Vem me dar um beijo, querido.

Gideon parece preferir beijar um cacto, mas se aproxima e dá um beijo seco na bochecha de Brooke.

— O que está acontecendo? — murmura ele. — Matei as aulas da tarde e dirigi por três horas para vir até aqui, então espero que seja importante.

— Ah, é importante. — Brooke dá um sorriso enigmático. — Vamos entrar. Seu pai vai contar tudo.

Cinco minutos depois, Callum, com uma expressão séria, nos leva a uma sala na parte da frente da casa. Sua mão toca as costas de Brooke de forma protetora. Ela parece mais orgulhosa do que um gato em um mercado de peixes.

A sala é impecavelmente decorada no estilo que costumo chamar de fazenda sulista-chique. As paredes são cobertas de papel de parede creme. Várias sancas decoram o teto. A sala é grande o bastante para ter duas áreas onde sentar, uma perto das janelas que vão do chão ao teto, decoradas com cortinas de um tecido sedoso cor de pêssego, e uma perto das portas. Brooke se acomoda em uma das poltronas verde-claras e pêssego perto da lareira.

Acima da lareira fica uma linda pintura de Maria Royal. Há algo horrivelmente errado em Brooke se sentar naquela sala, na frente do quadro. É um sacrilégio.

Depois de servir um copo de uísque para si mesmo, Callum se posiciona atrás de Brooke, com uma das mãos no alto da poltrona e a outra em volta do copo cheio até quase transbordar.

Gideon para perto das janelas com as mãos nos bolsos enquanto olha para o gramado. Easton e eu vamos na direção dele, mas a voz de Callum nos impede.

— Sentem-se. Você também, Gideon.

Gideon não se mexe. Nem reconhece a presença do pai. Reed dá uma olhada para os dois e decide na mesma hora: anda até o irmão e para ao lado dele.

Os limites estão demarcados.

Eu vejo os dedos de Callum se fecharem nas costas da poltrona. O corpo oscila na direção dos filhos mais velhos, mas ele fica grudado ao lado de Brooke. Que poder ela tem sobre ele?

Ela não pode ser *tão* boa na cama.

— Brooke, quer dizer, nós temos uma coisa a contar.

Easton e eu trocamos um olhar de cautela. Os gêmeos estão do meu outro lado, com expressões idênticas de desconfiança.

— Brooke vai ter um bebê.

Há um ruído coletivo quando todos nós inspiramos em choque.

Callum levanta o copo e bebe. E bebe. E bebe até o copo estar vazio.

Brooke parece feliz, e a satisfação dela é horrível.

É errado bater em uma mulher grávida? Fecho as mãos nas laterais do corpo caso alguém, qualquer um, me dê luz verde para pular por cima dos dois sofás e de uma mesa lateral para bater nela até ela implorar por misericórdia. Ela está destruindo essa família, e eu a odeio tanto por isso como por todo o resto.

— O que nós temos a ver com isso? — pergunta Easton. A voz está transbordando de insolência.

— É um bebê da família Royal, o que quer dizer que vai ter o sobrenome Royal. Nós vamos nos casar. — Callum é implacável. Acho que deve falar assim no trabalho, mas isso não é um acordo entre empresários. É uma família.

Brooke levanta a mão esquerda e abre os dedos.

Perto da janela, o corpo de Reed fica tenso. Ao meu lado, Easton rosna.

— Esse anel é da mamãe! — diz Sebastian.

— Você não pode dar o anel da mamãe pra ela. — Sawyer pega um vaso na mesa lateral e joga-o do outro lado da sala. Não chega nem perto de Brooke, mas o estrondo faz todo mundo se encolher. — Isso é escroto.

— Não é o anel da sua mãe. — Callum passa a mão trêmula pelo cabelo. — Pode parecer, mas o anel dela está lá em cima. Eu juro.

Fico boquiaberta. Que tipo de homem dá à nova esposa um anel parecido com o que deu à esposa morta? E que tipo de mulher quer isso? Esse jogo que Brooke está fazendo é pervertido demais para mim. Parece que ela se diverte magoando todo mundo.

— Suas juras e promessas não valem a poeira embaixo dessa poltrona — diz Gideon ao pai. Ele é frio e firme, num contraste intenso com seu comportamento habitualmente tranquilo. De todos os Royal, Gid sempre foi o mais calmo. Mas não está nada calmo agora. — Você pode fazer quantos bebês quiser com ela, mas não são parte da nossa família e nunca vão ser.

Ele anda até Brooke e Callum. Eu perco o ar quando ele para na frente dos dois.

— Essa casa nunca vai ser seu lugar — diz ele para ela, com tanta segurança que ela franze os lábios. — Não importa para quem você abra as pernas. Você nunca será mais do que uma prostituta da rua Salem.

Brooke sorri.

— E você nunca será mais do que o filho esquecido de um homem rico e de uma mãe que se matou.

O rosto de Gideon se contorce. Ele dá meia-volta e sai da sala. Os gêmeos vão atrás. Depois, Easton. Só Reed e eu ficamos, e não consigo evitar um olhar na direção dele. Sua expressão está cheia de repulsa. De raiva. De decepção.

Mas a única coisa que não vejo lá é... surpresa.

O anúncio de Callum sobre o bebê chocou todo mundo, menos Reed.

Nossos olhares se encontram, e, nesse momento, eu vejo a verdade nos seus olhos azuis.

Ele já sabia.

Capítulo 14

REED

Assim que Ella se vira para mim, sei, pelo seu olhar, que ela chegou à conclusão errada.

Seguro o pulso dela e a levo comigo para fora da sala, até o aposento do outro lado do corredor, que, por acaso, era o estúdio da minha mãe e o lugar onde Gid e eu a encontramos depois... depois que ela morreu. Perfeito. É exatamente o lugar onde meu relacionamento com Ella pode ser salvo. *Só que não.*

— Olha... — começo, mas ela se adianta antes que eu possa dizer qualquer coisa.

— Aquele bebê é seu, não é? — sibila.

— Não. Eu juro. Não é meu.

— Eu não acredito em você. — As mãos dela se fecham em punhos pequenos ao lado do corpo.

Quero abraçá-la, mas acho que não vou ser bem recebido.

— Eu não toquei nela depois que você chegou aqui — repito pelo que me parece ser a milésima vez. — Já não tinha mais nada mesmo antes de você.

Ela bate a mão aberta na superfície mais próxima, e a poeira sobe no ar. A sala estava fechada havia muito tempo.

— Como você sabe que não é seu?

Eu me mexo, desconfortável, porque responder exige que eu relembre um momento ruim, mas não tenho muita escolha.

— Quando eu a vi, ela estava com uma barriga muito pequena.

Ella fica pálida, e sei que está se lembrando da noite em que encontrou Brooke nua no meu quarto.

— Então você não sabe. Não pode saber. Não enquanto não fizer um exame. Isso me deixa enjoada. — Ela leva a mão à barriga. — Estou literalmente enjoada.

— O bebê não é meu. Deve ser do meu pai. Ou de qualquer um. Ela não vê problema em trair meu pai — digo com desespero.

— Você também não.

Inspiro fundo. É um golpe duro, e ela sabe disso. Mas não vou desistir. Vou vencer essa luta mesmo se for preciso jogar sujo.

— Eu não vou negar que fui um babaca. Talvez eu ainda seja, mas não sou pai do bebê da Brooke. Eu não traí você. Guardei um segredo do meu passado, não contei, e foi escroto fazer isso. Eu sei disso. Eu errei. E eu sinto muito. Mas... por favor, por favor, me perdoe — imploro. — Acabe com a nossa infelicidade.

— Não importa mais. — O desânimo no rosto dela me assusta. Ela balança a cabeça. — Antes de conhecer você, minha vida era uma merda. Mas eu aguentava porque não tinha alternativa. Nunca me importei em não ter meu pai por perto, porque eu tinha a minha mãe. Quando ela morreu, eu disse para mim mesma que devia ficar agradecida, porque ela estava sentindo tanta dor. Aí, eu vim para cá e conheci você e pensei que nós sentíamos a mesma coisa. Eu pensei: *Esse garoto perdeu a mãe. Ele está com raiva e magoado, e eu entendo isso. Talvez ele me entenda também.*

Ela cruza os braços na frente do corpo, tentando conter alguma coisa, tentando me manter afastado. A única coisa que percebo é que está sofrendo. Estico os braços para ela, mas ela se encolhe, como se até a mera ideia do meu toque fosse dolorosa demais.

Porra, ela está sofrendo tanto, e eu fiz isso com ela.

— Eu entendia... Eu *entendo* você — sussurro.

Ela não está ouvindo.

— E eu pensei: *Vou ficar atrás dele. Vou acabar vencendo pelo cansaço. Vou convencê-lo de que somos um lindo conto de fadas.* Mas não somos. Nós não somos nada. Somos *fumaça*: algo sem corpo e sem sentido. — Ela mexe os dedos em um estalo sem som. — Nós não somos nem uma tragédia. Não somos nada.

As palavras dela fazem meu coração doer. Ela está certa. Eu devia me afastar, mas não consigo. E o fato de estar sofrendo tanto me diz que ela precisa de mim. Só um covarde pararia de lutar agora. Eu provoquei todo esse sofrimento, mas sei que posso acabar com ele se ela me der uma chance.

Respiro fundo.

— Eu tenho duas opções: posso me afastar ou posso lutar por você. Adivinha qual vou escolher?

Ela me olha em um silêncio pétreo, e eu continuo:

— Eu errei. Devia ter sido sincero com você desde o começo. Brooke me disse que estava grávida. Eu entrei em pânico. Meu cérebro apagou. Eu tentei encontrar uma saída que não incluísse contar para você que já encostei nela. Eu estava com vergonha. Tá? Com vergonha. Era isso que você queria ouvir?

Os lábios dela se curvam.

— Ah, bom, e você sabe o que eu sou? Sou a garota burra dos filmes de terror. Você me *fez* ser essa garota burra. — Ela aponta um dedo acusador para mim. — Eu sou aquela garota que corre de volta para a casa onde o assassino está. Você me avisou. Você me disse para ficar longe. Fez isso um monte de vezes. Mas eu não ouvi. Achei que sabia mais do que você.

— Eu estava errado. Nós não devíamos ficar longe um do outro. Nós não podemos ficar longe um do outro. Você também sabe que não podemos.

Ando na direção dela e paro quando meus pés quase tocam nos dela. Em um movimento rápido, eu a puxo para perto. E, porra, é tão bom senti-la perto de mim. Quero enfiar a mão no cabelo macio e beijá-la até não conseguir respirar, mas ela está me olhando com uma expressão lívida e os olhos em chamas.

— Me *solte* — diz ela com rispidez. — Eu preferia morrer a...

Eu cubro a boca dela com a mão.

— Não diga coisas das quais vai se arrepender. Não diga coisas diante das quais não poderemos recuar — aviso.

Ela levanta a mão e bate no meu rosto. Meu queixo é empurrado para a direita com o impacto, mas eu não a solto. Os olhos dela estão brilhando e os ombros estão tremendo. Aposto que pareço tão idiota e maluco e descontrolado quanto ela.

—- O que você quer de mim? Me diga, e eu faço. Quer que eu fique de joelhos? Quer que eu beije seus pés?

— Não, poupe seu orgulho — diz ela com malícia. — Você vai precisar de alguma coisa pra te aquecer à noite. Ah, espera, você já tem a Brooke. — Ela empurra meu peito e se afasta, e já está abrindo a porta antes que eu consiga chegar até ela.

No corredor, meu pai e Brooke param de repente. Ele olha para Ella, fugindo, e para mim com os olhos apertados. Brooke é só sorrisos.

Com raiva, passo por eles e saio à procura de Gid. Talvez ele tenha respostas para mim. Neste momento, é o único irmão que ainda fala comigo.

Eu o encontro do lado de fora, na mureta de pedra que separa o gramado da casa e o trechinho de areia que chamamos de praia. O Atlântico está frio e escuro, iluminado apenas por uma lua parcialmente coberta.

Ele não se vira para mim quando pergunta:

— O bebê é seu?

— Por que todo mundo acha isso?

— Nossa, mano, não posso imaginar por que alguém que sabe que você transou com a Brooke pensaria que o bebê pode ser seu.

— Não é. — Passo a mão no cabelo. — Eu não encosto nela há seis meses. Desde o dia de St. Patrick. A gente encheu a cara, lembra? Eu apaguei lá em cima. Ela subiu em mim. Não me lembro de muita coisa, só de acordar nu, com ela ao meu lado. Papai estava do lado de fora, chamando a gente para jantar. Eu ia contar para ele naquele momento. Naquela noite. Mas amarelei.

Gideon não responde.

— Eu achava que Dinah e Brooke estavam tentando destruir essa família, mas agora acho que somos nós. Nós estamos destruindo nossa família. Não sei o que fazer pra melhorar, Gid. Me diga. — *Me ajude.* Ele não fala, e eu tento de novo, desesperado para me sentir acolhido. — Lembra quando mamãe leu *Os Robinsons suíços* para nós e depois percorremos a praia tentando encontrar uma caverna perfeita onde pudéssemos morar? Nós cinco. A gente ia matar a baleia, comer frutas silvestres, fazer nossas roupas de musgo e algas.

— Nós não somos mais crianças.

— Eu sei, mas não quer dizer que não sejamos mais uma família.

— Você queria ir embora — lembra ele. — Era tudo o que você falava. Ir pra longe daqui. Agora, só porque Ella está aqui, você quer ficar? Que tipo de lealdade você tem à sua família?

Ele pula na areia e some na noite, me deixando sozinho com meus pensamentos infelizes.

Ninguém me obrigou a transar com a Brooke. Eu tomei essa decisão sozinho. Tive a satisfação perversa de foder figurativamente meu pai ao foder literalmente a namorada dele.

Eu queria que ele sofresse. Ele merecia sofrer depois de tudo o que fez com a nossa família. Ele levou mamãe ao limite com suas traições e mentiras. Acho que as mentiras foram o pior. Se ele não tivesse jurado repetidamente que não estava envolvido nas coisas que Steve fazia em todos aqueles prostíbulos ao redor do mundo, com todas as acompanhantes de luxo, modelos e atrizes que o dinheiro de um bilionário pode comprar, talvez nossa mãe o tivesse deixado.

E, se o tivesse deixado, ela provavelmente ainda estaria viva. Mas não está. Está morta, e a negligência e as traições do nosso pai a mataram tanto quanto os comprimidos que ela tomou naquela noite.

Aperto os lábios. Minha vingança não adiantou de nada, já que não tive coragem de contar ao meu pai sobre mim e Brooke. E, cada vez que penso na possibilidade de ele descobrir, tenho vontade de vomitar.

Eu tinha passado os últimos dois anos tentando destruir tudo ao meu redor. Quem podia imaginar que o sucesso teria um gosto tão amargo.

Capítulo 15

ELLA

— O que está acontecendo? — pergunta Val no almoço de sexta. — E não me diga que não é nada porque você está com cara de deprimida. Até Easton está com cara de quem viu alguém chutar seu cachorrinho.

— Isso é um eufemismo? — Eu tento fazer uma piada.

Valerie me olha de cara feia.

— Não. Na verdade, não.

Eu nem como direito. Quase não tenho conseguido comer durante a semana, e acho que está dando pra notar. Cada vez que tento comer, a imagem de Brooke contando sobre a gravidez aparece na minha cabeça, só que não é Callum quem está ao lado dela. É Reed. E minha mente horrível dá continuidade à essa visão, mostrando imagens de Reed segurando o bebê, empurrando um carrinho no parque com Brooke, que parece uma modelo ao lado dele, os dois babando quando o bebê idiota dá os primeiros passos.

Não é nenhuma surpresa que eu não consiga comer.

Esta manhã, quando vesti uma calça jeans, percebi que estava larga. As roupas estão me usando em vez de eu estar usando as roupas.

Não estou pronta para contar para Val que o lar dos Royal está apodrecendo de dentro para fora, mas, se não disser nada, acho que ela vai me espetar com o garfo.

— Eu achava que ser filha única era horrível, mas o drama familiar é cem vezes pior.

— Reed? — pergunta ela.

— Não só ele. Todo mundo. — Odeio a tensão que existe na casa. O jeito como os irmãos nem se olham no café da manhã. E não posso escapar da refeição, porque perdi meu emprego. Acho que devia começar a procurar um novo. Desta vez, não porque preciso do dinheiro, mas porque sinto um peso de duzentos quilos nos meus ombros cada vez que entro em casa. E vai ficar pior quando o bebê chegar. Não sei como vou aguentar.

— A vida é um saco, mas, se for alguma ajuda, eu bloqueei o número de celular do Tam.

— Sério? — *Já estava na hora*. A sugestão idiota de ter um relacionamento aberto foi só um jeito de manter Val presa enquanto ele abria as asinhas por todo o campus da faculdade, e ela não merece isso. — Porque isso me fez me sentir melhor, sim.

— É, e foi bom. Eu estava me atormentando lendo as mensagens de texto dele e quase sentia minhas forças desaparecendo.

— Você sabe que pode estar com alguém melhor.

— Eu sei. — Ela toma um gole da Coca Diet. — Ontem à noite, bloqueei o número dele e dormi bem pela primeira vez em muito tempo. Quando acordei, ainda sentia a falta dele, mas já não estava tão ruim.

— Vai melhorar. — As palavras saem sem muito ânimo. Esse costumava ser meu mantra pessoal.

Não sei se ainda acredito nele.

Ela mexe na latinha.

— Espero que sim. Não existe um botão de bloquear alguém na vida real? Preciso disso!

— Óculos de sol. Bem grandes — aconselho. — Ou, espere, melhor ainda, um escudo. — Eu poderia usar um em casa contra Reed.

Ela abre um sorriso relutante enquanto pensa na minha sugestão boba.

— Não seria estranho tentar viver carregando um escudo?

— Não, é uma ideia brilhante. Vamos patentear e ganhar milhões.

— Combinado. — Ela estica a mão, e eu bato a minha na dela.

— Meu Deus, Val, acho que você foi a melhor coisa que me aconteceu desde que me mudei para cá.

— Eu sei. — Com um olhar especulativo, ela se vira para a mesa do time de futebol americano e depois volta a olhar para mim. — Vamos ao jogo hoje.

— Ah, não, obrigada. Retiro todas as coisas boas que já falei sobre você.

— Por quê?

— Primeiro, porque eu não gosto de futebol americano. Segundo, porque não quero torcer por gente de quem não gosto. Terceiro, porque, fora você, todo mundo da Aston Park pode morrer em um incêndio.

— Tá, me pegue lá em casa às seis e meia.

— Não. Eu não quero ir ao jogo.

— Ah, vai. Nós precisamos de uma distração. Você precisa tirar Reed da cabeça e eu preciso me livrar de Tam. Todo mundo vai aos jogos dos Riders. Nós podemos inspecionar os homens disponíveis e escolher um para aliviar o coração partido.

— A gente não pode simplesmente comer um pote inteiro de sorvete?

— Vamos fazer as duas coisas: vamos comer sorvete e vamos ser comidas.

Ela balança as sobrancelhas para mim, e eu dou uma risada relutante, mas por dentro meu coração protesta. O único toque que quero é do Reed. Aquele filho da mãe traidor. Droga. Talvez eu precise mesmo de uma distração.

— Tudo bem, vamos.

— Saia do carro — ordena Val ao me ver mais tarde. — Preciso dar uma olhada nessa roupa.

— Você vai ver quando a gente chegar ao jogo.

— Você está fazendo isso pro Reed gozar dentro do uniforme ou para fazer as garotas da escola surtarem?

Eu ignoro a referência a Reed. Eu não estava pensando em deixá-lo louco de ciúme. Não estava... Não mesmo...

— Você me disse que eu tinha que pegar um cara hoje. Essa é minha roupa de caça. — Balanço a mão na direção da roupa.

Eu estava usando meias listradas que subiam até os joelhos por cima de uma legging preta e uma camisa de um time de futebol americano que comprei em um brechó depois da aula. Eu não tinha conseguido enfiar a camisa dentro da calça sem que parecesse que tinha bolas de meias na calcinha, então também comprei um cinto preto largo, que usei para deixar a camisa solta em volta dos quadris.

Duas tranças frouxas e maquiagem escura embaixo dos olhos — que, no meu caso, eram um monte de delineador preto por cima de um *primer* pesado para não manchar — completavam meu look de musa pin-up do futebol americano.

— Eu sugeri um cara, não um bando — diz Val com ironia. — Mas talvez isso seja bom. Você pode escolher um e deixar o resto para mim.

— Muito engraçado.

— Estou falando sério. E acho melhor chamarmos os gêmeos para nos escoltarem. Estou com medo do que as garotas vão fazer quando virem você.

Val não erra muito na previsão. As namoradas dos jogadores me olham com cara de desprezo quando passamos pela área em que elas e os pais dos jogadores esperam o time sair do vestiário para o campo.

Alguns insultos, como "vadia", "vagabunda" e "o que vocês esperavam?", vêm da plateia, ditos por outras garotas.

— Essas garotas estão com tanta inveja que nem vão precisar enfiar o dedo na goela esta noite — comenta Val. — A inveja vai consumir todas as calorias.

Dou de ombros.

— Já ouvi coisa pior e não ligo.

— Nem devia ligar. Semana que vem, estaremos cercadas de um time inteiro de jogadores de futebol americano oferecidos.

— Vou ter que me esforçar mais, então. — Não me incomodo com um desafio.

Quando chegamos à parte dos alunos, Jordan tenta nos expulsar dali.

— Vocês não podem se sentar aqui — anuncia ela.

Eu reviro os olhos.

— Por quê? Sou vagabunda demais para sua preciosa arquibancada?

— Também. — Ela dá um sorrisinho. — Mas além disso estão usando as cores erradas.

Olho para os alunos e percebo que ela está certa. A cor da camiseta deles forma um A em dourado contra um fundo preto. Estou usando uma camiseta branca, e Val está com um suéter cinza. Jordan usa um macacão preto justo, e as únicas coisas que faltam no look de dominatrix são o chicote e a cadeira.

— Acho que não recebemos o comunicado. — Deve ter havido um, porque as roupas de todo mundo se encaixam perfeitamente no esquema de Jordan. Fico impressionada, ainda que com relutância. Não deve ser fácil convencer mais de duzentos alunos a usarem camisetas de cores coordenadas dependendo de onde vão sentar na arquibancada.

— Você devia dar uma olhada no Snap da Astor de vez em quando. — Ela se vira, movendo o cabelo brilhante.

Eu nem sabia que havia uma conta de Snapchat da Astor.

— Vem — diz Val, puxando meu braço. — Vamos nos sentar com os pais.

Encontramos um lugar no alto da arquibancada, onde podemos comer pipoca e fingir torcer para os Riders.

— O que é aquilo que Jordan está usando? — Eu solto uma risadinha. — Ela é dominatrix no tempo livre?

— Não. — Val joga algumas pipocas na boca. — A equipe de dança se apresenta no intervalo, antes da banda, e acho que ela já está usando a fantasia.

Ela está certa. No intervalo, Jordan e sua equipe aparecem no campo e fazem uma coreografia que sacode tanto os peitos e a bunda que me pergunto se não devo colocar cartões do Daddy G's nas bolsas delas, caso a grana da família acabe.

— Elas receberiam gorjetas de pelo menos cinco dólares — sussurro para Val.

— Só cinco? Eu ia querer pelo menos vinte de cada cara para tirar a roupa.

— Como assim? Você tiraria a roupa de graça — provoco. Val me disse certa vez que tem umas tendências exibicionistas. Quando vamos a Moonglow, uma balada para maiores de idade, ela me faz dançar nas gaiolas suspensas no teto.

— É verdade. Mas eu não me importaria de ser paga. — Ela me olha, pensativa. — Quanto mesmo você disse que ganhava quando trabalhava nesses lugares?

— Eu não disse. E fazer strip é bem diferente de dançar em uma gaiola na frente de um monte de caras gatos da escola e da faculdade — aviso. A maioria dos clubes de strip fede a desespero e arrependimento, e não estou falando só do camarim das strippers. Os caras balançando notas de um dólar por cima da pança são tão necessitados quanto as garotas no palco.

Val franze o nariz.

— Não sei. Seria bom ganhar uma graninha, e você devia ganhar bem para conseguir sustentar você e sua mãe.

— O dinheiro é a única coisa boa. Além do mais, você não ia querer fazer strip aqui. Imagine se alguém visse você num clube e depois você tivesse aula com essa pessoa ou qualquer coisa assim. Seria constrangedor pra caramba.

Ela suspira.

— Foi só uma ideia.

Sinto uma pontada de pena. Sei que o status de Val como parente pobre a incomoda. Queria dar uma parte da minha grana para ela, já que eu nem preciso mais, mas ela não é o tipo de pessoa que aceitaria. Ela veria isso como caridade, algo que já tem de aceitar dos tios.

— E se eu contratasse você para ser minha guarda-costas? Porque todo mundo aqui está me olhando como se quisesse me matar. Principalmente aquela ali. — Aponto com o polegar para a segunda fila da arquibancada dos alunos, onde uma garota familiar, de cabelo dourado, se vira toda hora para me olhar de cara feia.

— Há, há — diz Val, debochando. — Abby não consegue fazer mal a uma pulga. Ela é passiva demais. Você acha que ela faz aquela cara do Bisonho quando goza?

Eu coloco a mão na boca para sufocar uma gargalhada alta.

Mas é verdade. A ex de Reed é pálida, quieta e controlada, tão diferente de mim quanto seria possível. Alguém já me disse que Abby se parece com a mãe de Reed. Isso me deixou nervosa, porque Reed adorava a mãe. Agora, estou cagando para tentar impressionar Reed Royal.

Mas Abby não está. E obviamente me vê como concorrência, porque não para de me olhar. Se ela ao menos me perguntasse, eu daria uma ótima dica para conquistar Reed: em primeiro lugar, não transe com o irmão dele.

— Ela ficou mesmo com Easton? — pergunto a Val.

— Ficou. Que idiota, né? Escolheu a melhor forma de fazer Reed fugir dela. — Val para. — Ou, espere, talvez não. Você ficou com Easton, e isso não espantou Reed. — Ela muda o tom de novo. — Mas você é especial. Abby, não. Não tem como ele voltar com ela agora.

— Até Abby é boa demais para ele — resmungo. — Ele merece ficar sozinho por toda a eternidade.

Val dá uma risadinha.

— Na verdade, eu estava torcendo para alguém quebrar as pernas dele no jogo, mas, infelizmente, parece que ele ainda está de pé.

— Nós poderíamos quebrar as pernas dele.

— Partir pra cima dele com um taco de beisebol no meio da noite? — sugiro com certa melancolia.

— Parece que você já planejou essa maluquice.

— Eu talvez tenha fantasiado sobre isso algumas vezes — admito.

— Depois de acabarmos com Reed, podemos fugir para o norte do estado?

— Claro. Aí, a gente oferece nossos serviços pra outras mulheres. Podemos colocar um anúncio na internet e batizar nosso bastão de "Vingança".

— Sua sede de sangue está me dando tanto tesão.

— Guarde pra um dos caras dessa multidão aí — digo para ela. — Está de olho em alguém?

— Não. Ainda estou avaliando minhas opções. — O que quer dizer que a única coisa que ela consegue ver é Tam. Eu estou com o mesmo problema, só que minha visão está bloqueada por Reed.

Nós relaxamos na arquibancada e prestamos atenção ao jogo.

Os Riders vencem, como esperado, e a conversa depois do jogo logo se volta para a festa que a Astor Park organiza depois do Dia de Ação de Graças e antes do Natal. A falação sobre a festa parece ter o efeito de uma preliminar em Jordan. Ela está vibrando quando Val e eu descemos os degraus da arquibancada. Nosso progresso fica mais lento quando vários pais e mães param para dizer a Jordan quanto gostaram da coreografia e como ela é talentosa.

Jordan empina o peito um pouco mais a cada elogio. Os pais olham para ela com fome e desejo, e ela parece adorar.

— Belo show — digo para Jordan quando ficamos diante dela. Ela está lindíssima com a roupa grudada no corpo e tem um brilho nas bochechas depois da dança no campo.

Ela me olha com desdém e rejeição. Vira-se para a prima.

— Você é boa demais pra andar com esse lixo de pessoa, Val. Por que não vai à festa de Shea comigo?

— Passo. Não entraria no seu carro nem se estivéssemos na Estrada da Fúria e os *War Boys* estivessem atrás de mim.

Algumas pessoas riem atrás de nós. Isso só deixa Jordan mais irritada.

— Não consigo acreditar que somos parentes.

— Eu entendo. Também me pergunto como uma pessoa tão legal como eu pode ter uma prima tão vaca.

Jordan parte para cima de Val, e, estupidamente, entro no meio das duas. O punho de Jordan acerta minha cabeça na mesma hora que Val pula pra frente para enfrentar a prima. Eu quico entre as duas e bato na amurada da arquibancada.

— Puta merda! — grita um cara. — Garotas brigando!

Os assentos ao redor esvaziam, e, de repente, tudo vira um caos. Tem pipoca voando para todo lado. Tem braços e mãos e unhas na minha cara. Então, um braço forte me levanta por cima da amurada, onde outra pessoa me pega e me tira dali. Levanto o rosto e vejo Reed.

Easton aparece do meu outro lado e coloca o braço nos meus ombros, me separando de Reed. Eles trocam olhares feios.

— E aí, a gente vai pra festa dos Montgomery? — pergunta Easton para mim.

— Eu já falei que não gosto de me fantasiar.

Ele ri e aponta para a minha roupa.

— Parece que você já está fantasiada, maninha.

Ah, que saco. Ele tem razão.

— Vamos — diz ele, persuasivo. — Vai ser divertido.

Eu cedo.

— Tá. Tudo bem. Onde está Val? — Eu me viro para a arquibancada e vejo que já separaram a briga.

Um braço me envolve. Reed de novo.

— Que porcaria é essa que você está usando? De quem é essa camisa? — pergunta ele.

— É de um brechó…

— Tira.

— O quê? Não tiro mesmo.

Olho para Easton em busca de ajuda, mas ele me encara com a testa franzida.

— Na verdade, você não pode usar uma camisa do time de outra escola em um jogo nosso. Dá azar.

— Vocês ganharam — lembro a ele.

— Tira agora — ordena Reed. A voz está abafada enquanto ele tenta passar a própria camisa pela cabeça.

— Pode esquecer. Eu não vou vestir sua camisa.

— Ah, vai, sim. — A blusa fica presa nas ombreiras, puxadas até as orelhas. — Droga, East, me ajuda aqui.

Easton o ignora.

— Precisa de uma carona, mana?

— Ela vai comigo — diz Reed com firmeza. Ele puxa a camisa de volta para baixo, e sua expressão me desafia a dizer que não.

Assim, eu também o desafio.

— Desculpa aí, amigo, mas não vai rolar.

— Não me chame de "amigo".

— Não me dê ordens.

Ele me dá outra ordem.

— Val pode dirigir seu carro até a festa. Você vai comigo.

— Meu Deus! — explodo. — O que preciso fazer pra você entender, Reed? Nós não temos mais *nada*. — Minha frustração e irritação estão chegando a um pico inédito. — Eu já estou a fim de outra pessoa.

As narinas dele se dilatam.

— Não está porra nenhuma.

Olho para a fila de jogadores ao lado do campo, virados para nós, e um pensamento cruel surge na minha mente. Meus olhos se focam em Wade, o *quarterback*. Wade é um galinha. Uma vez, ele teve que usar o Range Rover de Reed para comer uma garota na frente de uma boate porque, de acordo com Reed, Wade não podia esperar chegar em casa.

Dou um sorrisinho para Reed, me afasto dos Royal, vou até Wade e pulo nele.

Os braços musculosos se fecham ao meu redor por reflexo. E, quando me inclino para dar um beijo, os lábios se abrem automaticamente. Ele está com gosto de suor e cheiro de grama e beija muito bem. A língua se mantém firme na boca, mas ele usa os lábios com maestria.

Não é surpresa nenhuma que garotas saiam de boates só para transar com ele no carro de um estranho. Seguro o cabelo dele e aperto as pernas ao redor da cintura. Ele geme em resposta e afunda os dedos na minha bunda.

Ouço brincadeiras dos outros jogadores, mas o som é interrompido abruptamente. Quando percebo, Reed está me arrancando dos braços de Wade.

— Que porra é essa, Carlisle? — rosna ele.

Wade dá de ombros.

— Ela pulou em mim. Eu não podia deixar ela cair.

— Não encoste nela. Ninguém encoste nela. — Reed joga o capacete na barriga de um pobre jogador e parte para cima de Wade com as mãos fechadas.

O *quarterback* grande e louro ri e levanta as mãos.

— Eu não encorajei, cara.

Reed está irado e aponta um dedo para o resto do time.

— Ella é uma Royal. Ela é minha. Se algum babaca aqui quiser ficar com ela, vai ter que passar por mim.

Meu queixo cai.

— Vá se foder, Reed. Eu não sou de ninguém, muito menos sua. — Dou um chute na parte de trás dos joelhos dele e olho para a fila de jogadores. — Eu estou disponível. Quem quer uma chance com uma stripper vagabunda? Conheço truques que nem as atrizes pornô conhecem.

Os olhares se iluminam, mas se desviam na mesma hora para Reed. Não sei qual é a expressão no rosto dele, mas faz todo mundo olhar para o chão. Nenhum deles sai da linha.

— Covardes — murmuro.

Eu me viro e saio andando na direção de Val, que está sorrindo para mim perto do campo. Que se danem esses garotos da Astor Park. Que vão para o inferno.

Capítulo 16

Savannah e Shea Montgomery moram em uma mansão mais afastada do litoral, no terreno do country club. Quando paramos no portão principal, Val estica a mão até a janela do motorista para entregar ao guarda um envelope branco. Ele aponta um bastão de luz para o envelope, e parece que a mensagem secreta que consegue ler com esse decodificador nos dá permissão para entrar.

— Fala sério, Val... Que porra é aquela?

Ela joga o convite no meu colo. O papel está completamente em branco.

— Tinta ultravioleta. Não pode ser copiado.

— É sério? — Eu passo os dedos sobre o papel e não percebo nada. — O que uma festa de adolescentes tem de tão especial para precisar de guardas, portões e convites secretos?

Eu jogo o convite no painel e passo pelo portão aberto.

— Eles gostam de limitar os convidados — responde ela.

— Queria que usassem esse poder para não deixar babacas entrarem — resmungo. Ainda não vi Daniel Delacorte, mas sei que ele continua na escola, andando pelos corredores como se nada tivesse acontecido entre a gente.

— Se o babaca tiver dinheiro, vai entrar.

Ela está certa, mas isso não me deixa mais feliz. A música vibrante que sai da casa dos Montgomery nos recebe antes mesmo de chegarmos lá. Temos que estacionar no final de uma fila comprida de carros que sobe pela colina.

Quando chegamos, Val me guia pela sala até a varanda. A casa dos Montgomery é muito moderna, toda cheia de ângulos estranhos, janelas e aço. A piscina no quintal é iluminada por baixo e tem esguichos que saem do concreto para a água, mas ninguém está nadando porque está frio demais.

— Vou pegar alguma coisa pra beber. O que você quer? — pergunta Val, apontando para um *cooler*.

— Pode ser cerveja.

Vejo Reed em um canto da varanda. Uma fada com asas enormes e uma coroa de flores na cabeça está falando com ele. Argh. É Abby. As cabeças estão inclinadas e próximas o bastante para o cabelo castanho dele estar roçando nas pétalas dela. Isso soa vagamente pornográfico. A cena é terrivelmente parecida com uma das primeiras lembranças que tenho de Reed.

Abby foi a última namorada dele. Talvez a única. Reed, diferentemente de Easton, é seletivo. Ele transou com Abby e com Brooke.

Não sei o resto do histórico sexual dele. Talvez seja só isso. Talvez ele tenha perdido a virgindade com Abby. Talvez haja um laço que os unirá para sempre.

Daniel, o estuprador, disse que os dois foram feitos um para o outro.

É verdade?

Eu me importo?

Claro que sim. E me odeio por isso.

Eu me viro antes que faça algo absurdo, como ir até lá, arrancar o cabelo de Abby e dizer a Reed que ele é meu e não deve mais falar com ela.

Não sei se isso já foi verdade, nem nos momentos em que os dedos de Reed estiveram no meu cabelo, sua língua esteve na minha boca e a mão esteve entre as minhas pernas.

A casa está cheia de garotas em corseletes apertados, roupas com manchas vermelhas que fingem ser sangue e provavelmente até alguns peitos falsos. Quase todo mundo está usando fantasia, com poucas exceções. Elas incluem os Royal. Esses garotos vivem de camiseta e jeans rasgado. Quando os vi pela primeira vez, achei que eram bandidos. Eles não parecem alunos de escola particular. Parecem estivadores fortes, com ombros largos e cabelo desgrenhado.

As pessoas se viram quando nos veem, e me arrependo da roupa que escolhi. Sou a única vestida como uma jogadora de futebol vulgar, e viro novamente um espetáculo. É estranho, porque no passado eu costumava me misturar tão bem que nem chamava atenção, mas, desde que vim para cá, só faço coisas que viram os holofotes para mim.

Brigar com Jordan.

Beijar Easton.

Ficar com Reed.

Fugir.

Usar esta roupa ridícula.

Eu seguro Val.

— Eu preciso me trocar. Ou pelo menos lavar o rosto. — A maquiagem escura embaixo dos meus olhos parece idiota em comparação à dos rostos perfeitamente maquiados de tantas princesas e bailarinas. Parece que a Disney vomitou aqui — a Disney adulta, da madrugada.

— Você está linda — protesta Val.

— Não. Se quero sobreviver aos próximos dois anos, preciso chamar menos atenção.

Val balança a cabeça, discordando, mas aponta para o corredor.

— Fico esperando você aqui.

É fácil encontrar o banheiro porque há uma fila na frente dele. Eu me encosto na parede. Por que estou tentando fazer todo mundo reparar em mim? É porque quero que Reed repare em mim?

A fila anda, e finalmente as duas garotas na minha frente entram no banheiro. Ouço uma parte da conversa quando a porta é aberta.

— Abby com Easton? Não acredito. Abby nunca estragaria as chances de voltar com Reed transando com o irmão dele.

— Por quê? Deu certo com a tal Ella. Ela ficou com East na Moonglow e, pá, pegou Reed.

— Então Easton prepara as garotas pro irmão?

— Vai saber. Talvez eles sejam que nem os gêmeos, o que eu acho nojento. — Há uma longa pausa. — Ai, meu Deus, Cynthie! Isso te dá tesão?

— Sei lá. Mas, olha só, você não ia querer ser a carne desse sanduíche? Se isso for errado, não quero estar certa.

Há um silêncio absoluto. Depois, uma explosão de gargalhadas é seguida pela voz de uma das garotas.

— Vamos brincar de trepa, casa ou mata.

A porta está fechada, mas ainda estou ouvindo. Lembro a mim mesma de abrir a torneira quando for fazer xixi, porque as paredes dessa casa são de papel.

— São cinco irmãos, Anna — reclama Cynthie.

— Escolhe três.

— Tá. Eu trepo com Reed, mato Gideon e caso com Easton.

Uma coisa toma conta de mim quando penso em outra garota com Reed. Já é bem difícil vê-lo com Abby. Não preciso de uma fila de garotas querendo dar pra ele.

— Easton é um escroto — protesta Anna.

— Ele é um fofo — diz Cynthie. — E *bad boys* arrependidos são os melhores maridos, de acordo com minha avozinha. Agora, você.

Talvez Cynthie não seja uma pessoa tão ruim. Easton é mesmo um cara fofo por baixo de tanta bravata.

— Eu caso com Gideon, porque ele é o mais velho e vai acabar cuidando da empresa dos Royal. Trepo com Easton, porque ele deve ter aprendido muita coisa durante todo o tempo que passou com garotas. E mato os gêmeos.

— Os dois?

— É, os dois.

Eu faço uma careta. Fria. Anna é fria.

— Abby e Reed estavam tão juntinhos lá fora, não estavam? — sussurra uma voz açucarada no meu ouvido, interrompendo o que eu ouvia.

Aff. Jordan Carrington. Ela não está usando fantasia, o que é uma pena. Ela daria uma bruxa incrível.

— Você não tem um caldeirão pra mexer? — pergunto com doçura.

— Você não tem um Royal pra quem dar?

— Talvez um ou dois — digo com a voz despreocupada. — Aposto que isso deixa você louca, né, Jordan? Os Royal treparem com todo mundo, menos com você?

O rosto dela fica vermelho por um segundo, mas ela se recupera rápido.

— Você está mesmo se gabando de ser uma piranha? — Ela revira os olhos. — Você devia escrever um livro sobre essa experiência. Vai ser uma verdadeira história de empoderamento: *Cinquenta tons de sexo: meu anos no ensino médio.*

— Só cinquenta? Parece pouco pra uma piranha como eu.

Jordan joga seu cabelo escuro por cima do ombro.

— Eu estava dando a você o benefício da dúvida. Achei que nem você era tão insegura a ponto de precisar de trezentos caras para provar seu valor.

Eu me pergunto se ela acreditaria se eu dissesse que ainda sou virgem. Provavelmente não.

Mas é verdade. Antes de Reed, eu não tinha feito nem um boquete.

Nós fizemos muita coisa juntos, mas não tudo. Eu falei para ele que estava pronta, mas ele quis esperar. Na hora, achei que estava sendo atencioso. Agora… Bem, não tenho a menor ideia de por que ele não quis tirar minha virgindade.

Talvez as garotas no banheiro estejam certas. Pode ser que Reed goste que Easton amacie as mulheres para ele. Esse pensamento ferve dolorosamente no meu estômago.

— Seus insultos irritantes não funcionam comigo, Jordan. — Eu me desencosto da parede. Sou mais alta do que ela e uso isso em minha vantagem. — Eu reajo, lembra? E eu jogo sujo. Pode ir em frente, vem pra cima de mim. Vamos ver o que acontece.

— Estou tremendo de medo — responde ela, mas com um tom de preocupação na voz. Nós duas ouvimos.

Permito que um sorriso cruel se espalhe no meu rosto.

— Devia estar.

A porta do banheiro é aberta, e passo pelas duas fofoqueiras para entrar. Minhas mãos estão tremendo e suadas. Eu as limpo na camiseta e olho para meu reflexo no espelho.

Astor Park não é meu lugar. Nunca vai ser. Então, por que estou tentando mudar para me encaixar? Mesmo que eu me vestisse exatamente como Jordan e usasse maquiagem clara e roupas bonitas, eu não conseguiria fazer esse pessoal me aceitar.

Eu sempre vou ser a vagabunda que invadiu a escola deles.

Eu uso a privada, lavo as mãos e saio... sem mudar nada.

De volta à sala, observo as pessoas. Os jogadores de futebol americano são deuses ali. Não sei se isso é verdade nos outros meses, se em dezembro, quando a temporada já terminou, a escola gira em torno do time de basquete ou de lacrosse ou de qualquer outro esporte. Mas, esta noite, os mais fodas são os caras de ombros largos do time de futebol americano. Meu olhar observa vários deles. Os olhos encontram os meus e desviam.

Quando olho para trás, não fico surpresa ao ver Reed. Ele está encostado na parede, fazendo cara feia para todos os homens ali.

Eu ando até ele.

— Você disse que faria qualquer coisa por mim.

— Faria — diz ele com irritação.

— É? Então prove.

— Deixando você em paz? — adivinha ele, com uma expressão resignada nos olhos.

— Sim. Não fale comigo, não me toque, não olhe para mim, ou juro por Deus que vou encontrar o primeiro cara que me quiser e vou dar pra ele na sua frente.

Alguma coisa no meu rosto ou na minha voz deve mostrar que estou falando sério, porque Reed assente abruptamente.

— Só por hoje, então.

— Você que sabe — resmungo, e saio andando.

Capítulo 17

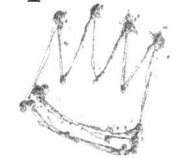

— Tudo bem? — pergunta Valerie quando chega à varanda. Ela me entrega uma garrafa de cerveja gelada.

— Não encontro um cara que me olhe nos olhos. — Eu observo as pessoas e noto Easton do outro lado da varanda. Sua mão está no quadril de Shea Montgomery, e eles se olham intensamente. — Acho que Reed ditou mesmo as regras.

— A gente podia ir até Harrisville — sugere Val.

— O que é isso?

— Uma faculdade que fica a uns trinta minutos daqui. Ninguém lá se importa com a hierarquia social da Astor Park. — Ela faz uma pausa. — Mas estou meio surpresa por todos estarem obedecendo ao Reed. Eu tinha ouvido que os Royal não mandavam mais em nada.

Tomo um gole de cerveja antes de responder.

— Você percebe quanto isso soa ridículo, né?

— Soa, mas não é. Essa hierarquia é determinada já no nascimento. Até antes. O governador do estado estudou na Astor. Os juízes que ele indica são pessoas com quem ele estudou. A escola onde você estudou importa para as faculdades, pelo menos para as maiores e melhores. Os empregos que você conseguir vão depender dos clubes que frequentou. Quanto mais secretos e exclusivos, melhor. É por isso que eu moro na casa dos Carrington durante nove meses todos os anos. Para poder dar aos meus filhos o início de vida privilegiado que meus pais não tiveram.

— Eu entendo. Mas você pode ser feliz sem tudo isso. — Indico a festa com a mão, segurando a garrafa. — Eu era feliz antes de vir pra cá.

— Hummm... — Val faz um ruído de descrença. Quando franzo a testa, ela diz: — Você era mesmo feliz? Sozinha? Cuidando da sua mãe doente? Podia até sobreviver, mas não pode me dizer que estava verdadeiramente feliz e eufórica.

— Eu podia não estar verdadeiramente feliz e eufórica, mas era mais feliz do que sou agora.

Ela dá de ombros.

— Tudo bem, mas o que eu disse ainda vale. A Astor é uma versão pequena do que vamos enfrentar quando formos adultos. E esses idiotas vão mandar no mundo, a não ser que a gente faça alguma coisa.

Solto um suspiro irritado, porque basicamente sei que ela está certa. E como eu vou sobreviver? Não posso fugir, então acho que tenho que enfrentar essas pessoas e aguentá-las.

— Se os Royal estão em decadência, quem está em ascensão?

— Jordan, claro. Ela está namorando Scott Gastonburg. — Val indica um garoto alto apoiado na lareira.

Aperto os olhos na direção dele. Ele me parece familiar na roupa de caubói, só que, na última vez que o vi, ele não estava todo machucado, sem nem poder falar. Na última vez que o vi, ele estava no chão da boate, levando uma surra de Reed.

— Eles fazem um bom casal — digo com maldade. — Ela só fala, e ele só consegue sorrir e assentir. É o namorado perfeito.

Não sinto culpa nenhuma por Reed ter quebrado a cara desse garoto. Scott disse coisas horríveis sobre mim. Não tão horríveis quanto as que Jordan disse, mas, ainda assim, ruins.

Val dá um sorrisinho e torna seu frozen de vinho, concordando em silêncio. Em seguida, vira o queixo para um cara que está sentado no braço de um sofá.

— O que você acha dele?

— Não faço ideia de quem seja, mas tem um rosto lindo. — O garoto de quem Val está falando tem cabelo preto e usa uma roupa de pirata. Tem até uma espada que parece perigosa pendurada na cintura. O brilho do cabo de metal é verdadeiro demais para um acessório de mentira.

— Né? É Hiro Kamenashi. A família dele é dona de uma parte do conglomerado da Ikoto Autos. Eles abriram uma fábrica dois anos atrás e parece que têm mais dinheiro do que alguns países pequenos.

— Ele é legal?

Ela dá de ombros.

— Sei lá. Mas ouvi falar que tem um pau razoável. Segura minha bebida. Vou lá.

Seguro a bebida dela antes que caia no chão e vejo Val andar entre as pessoas e dar um tapinha no ombro de Hiro. Alguns segundos depois, ela o está levando para o cômodo ao lado, onde outros casais já estão se pegando.

Sinto uma pontada de dor. Se Reed e eu estivéssemos juntos, estaríamos lá. Nossos corpos estariam grudados. Eu sentiria a excitação dele pressionada contra mim. Ele ouviria meu desejo na respiração breve e nos meus gemidos curtos e incontroláveis.

Nós sairíamos da casa e encontraríamos um lugar escuro, onde os dedos dele deslizariam por baixo da minha blusa e minhas mãos mapeariam os músculos tensionados dele. E, no escuro, longe da multidão, a boca de Reed se grudaria na minha e nós acabaríamos com todos os meus sentimentos de perda e solidão.

Menti para Valerie. Já *tive* momentos de felicidade eufórica. O problema é que a queda dói pra caramba.

Eu afasto os pensamentos perigosos sobre Reed e olho ao redor em busca do meu Hiro. Desta vez, quando vejo Easton, ele está encostado em um pilar da varanda, e não é Shea quem está entre as pernas dele. É Savannah, usando um vestido branco etéreo. Ela está linda, mas parece triste, como a princesa abandonada que é.

Easton, seu burro.

Mas sou tão burra quanto ele, procurando um cara para colocar os braços em volta de mim. Eu já tenho uma pessoa que gosta de mim, e eu também gosto dela. E não vou deixar que ela cometa outro erro hoje.

— Oi, Easton — digo quando me aproximo.

Ele vira a cabeça para mim com preguiça. Os olhos estão completamente desfocados. Merda. Não faço ideia do que ele usou, e ele é quase trinta centímetros mais alto do que eu e cinquenta quilos mais pesado. Não posso simplesmente arrastá-lo dali.

Então, eu improviso.

— Val arrumou um cara, e eu preciso de alguém para dançar comigo.

— Não estou interessado. — As mãos dele deslizam pelo corpo de Savannah até pararem embaixo dos peitos.

Ele continua firme e obstinado, me desafiando a contrariá-lo.

E é exatamente o que faço, porque os dois vão se arrepender amanhã.

— Vem comigo — peço a Easton. — Estou com fome. Vamos comer alguma coisa.

Ele se inclina para a frente e beija o ombro de Savannah. Ele não está mais me ouvindo, se é que esteve em algum momento.

Tento falar com Savannah.

— Isso não vai ajudar você se sentir melhor. Eles podem ter o mesmo sobrenome, mas não são a mesma pessoa.

A expressão desafiadora dela oscila por um momento, até Easton falar em voz alta o suficiente para ser ouvido ao redor.

— O que foi? Você é a única garota que a gente pode passar de um pro outro?

Algumas risadinhas e um susto colocam um sorriso na boca dele. Ele acertou o alvo, como pretendia. Talvez não esteja tão drogado assim, afinal. Ele sabe exatamente o que está fazendo, e, aparentemente, Savannah também.

— Tudo bem, pode ferrar com a sua vida. Vocês dois.

Minha expressão magoada deve ter penetrado a névoa de droga que tomava conta dele, porque ele se arrepende na mesma hora.

— Ella…

Passo por alguns alunos, que estão me encarando, e esbarro com tudo em Jordan, que está bebendo alguma coisa com vodca e sorri para mim com deboche.

— Com ciúme porque seus Royal estão partindo para outra? Todo mundo sabe que sempre foi temporária. — Com o copo ainda na mão, ela dá um peteleco para tirar uma sujeira inexistente do meu ombro. O líquido gelado cai pela borda do copo e desce pela gola da minha camiseta e entre meus seios. — Se rebaixar pode ser divertido uma ou duas noites, mas depois de um tempo o fedor fica forte demais para aguentar.

— Você sabe bem, né? — falo bruscamente, recuando.

— Na verdade, só estou elaborando uma hipótese, porque me sujar não é comigo. Nem me molhar.

Jordan sorri enquanto derrama o resto da bebida na minha camiseta.

Uma fúria se espalha por mim, e minha mão dispara e agarra a blusa de seda dela. Eu a puxo para perto e esfrego o peito nela.

— Parece que nós duas estamos molhadas agora — digo.

— Isso é uma Balmain de mil dólares! — berra ela enquanto me empurra. — Você é uma piranha!

Eu dou um sorriso cruel.

— Você fala isso como se fosse uma coisa ruim.

Eu saio andando à procura de Val antes que Jordan possa inventar outro insulto. Encontro minha amiga dançando com as mãos de Hiro na sua bunda.

Preciso dar vários tapinhas fortes para chamar a atenção dela.

— O que foi? — pergunta ela.

— Eu quero ir embora. Não posso ficar aqui nem mais um minuto.

Val olha com relutância para Hiro e depois para mim.

— Tudo bem. Vou ao banheiro e podemos ir.

Hiro se manifesta.

— Por que eu não levo você pra casa depois? Tina e Cooper, o namorado dela, estão comigo.

Val olha para mim com uma cara de súplica.

— Tudo bem por você?

— Claro — respondo, mas não de coração. Preciso de uma amiga para me apoiar. Quero que alguém segure minha mão, tire o cabelo do meu rosto, me dê uma toalha. Quero me lamentar com alguém sobre quanto Jordan é uma filha da puta e quero que me digam que não tem nada de errado em não gostar dela.

Mas Val é minha amiga e também está precisando de uma coisa hoje, uma coisa que não posso dar. Então, sorrio para tranquilizá-la e sigo para a saída da casa com a vodca escorrendo entre meus peitos.

As pessoas não se afastam para eu passar como acontece nos filmes. Tenho de abrir caminho e empurrar policiais, ladrões, super-heróis e lobisomens. Uma quantidade considerável de cerveja é derramada em mim, e quando chego à porta estou com o cheiro de quem foi jogada em um barril de levedura.

Ando até o carro. Meu salto fica preso em uma fresta no chão, e meu tornozelo vira.

Soltando um palavrão, tiro os sapatos e percorro o resto do caminho descalça, sem ligar para as pedrinhas que grudam na sola dos meus pés como sanguessugas pequenas e pontudas. Quando chego ao conversível, jogo os sapatos no banco de trás e seguro a maçaneta.

Eca!

O que é isso? Minha mão tocou em algo grudento. Mexo no celular com a mão esquerda e aponto a luz da tela para a outra mão. É uma coisa gosmenta e amarelada, espalhada pelos meus dedos, e... isso são formigas?

Que nojo!

Dou um gritinho e passo a mão na camisa, só que agora a palma da mão está grudenta e coberta de fiapos do tecido. Com irritação, aponto a luz do celular para a porta do carro. Percebo que a gosma é mel, escorrendo pela lateral, e que há uma fila de formigas amontoada em volta da maçaneta e entrando pelo vão da porta.

Com uma sensação ruim, eu me inclino para dentro do conversível. O celular não ilumina muito, mas vejo mais formigas e pontinhos brilhantes que parecem purpurina em cima de uma poça de mel no couro caro. O encosto do banco do motorista está coberto com a mesma merda.

Isso é demais. Tudo isso. Essa cidade. Esses adolescentes escrotos. Essa vida ridícula que devia ser tão melhor do que a que eu tinha antes só porque agora tenho dinheiro. Inclino a cabeça para trás e solto o grito de frustração que estava crescendo dentro de mim desde que peguei aquele ônibus idiota de volta para Bayside.

— Ella! — Passos correndo no asfalto. — O que foi? Quem machucou você? Onde ele está? Vou matar ele! — Reed para quando percebe que estou sozinha.

— Por que você está me seguindo? — pergunto. Ele é a última pessoa que quero ver agora, com formigas andando em volta do meu pé, cerveja secando na minha pele e minha mão nojenta e grudenta.

— Estou gritando seu nome há cinco minutos. Você estava tão perdida nos seus pensamentos que não me ouviu. — Ele segura meus ombros. — Você está machucada?

Ele passa as mãos pelos meus braços até os quadris. Me vira, e eu permito, porque preciso tanto que alguém se importe comigo que até isso é gostoso. E me odeio por isso.

Eu me solto e esbarro na porta do carro.

— Não toque em mim. Eu estou ótima. Só gritei por causa disso. — Eu aponto a mão irritada para o carro.

Ele dá uma olhada dentro do conversível, usando a luz do celular para ver o estrago.

— Quem fez isso? — rosna ele.

— Talvez tenha sido você — murmuro enquanto meu cérebro me diz que essa é uma acusação idiota. Reed não tem motivo para destruir meu carro.

— Meu pai deu esse carro para você — diz ele com um suspiro irritado, confirmando meus pensamentos. — Por que eu estragaria seu conversível?

— Quem sabe por que você faz as coisas que faz? — respondo com maldade. — Não posso imaginar o que se passa na sua mente doentia.

Ele parece se esforçar para manter a calma. Não sei por que está nervoso. Sou eu que estou lidando com um carro infestado de formigas enquanto ele bate papo com a ex-namorada.

— Você transou com Abby quando eu estava longe? — A pergunta escapa antes que eu consiga segurar.

E me arrependo mil vezes mais quando um sorriso breve surge no rosto dele.

— Não.

Então por que vocês estavam de cochichos lá dentro?!, grito em silêncio. Eu me obrigo a me virar e me concentrar em resolver o problema. Não preciso de Reed nem de ninguém, na verdade. Cuido de mim mesma há anos.

Eu limpo a mão de novo e acesso o navegador do celular. Desajeitada, com os dedos sujos, digito a palavra "táxi".

— Você não vai perguntar o que estávamos conversando?

Não. Aprendi minha lição. Escolho o primeiro serviço e ligo.

— Yellow Cab, como posso ajudar?

— Estou em... — Eu cubro o microfone. — Qual é o nome deste lugar?

— Senhora? Eu preciso do endereço — diz a atendente com impaciência.

— Só um minuto — murmuro para ela.

Reed balança a cabeça e tira o celular da minha mão.

— Desculpe. Foi engano — diz ele para a atendente antes de desligar e enfiar o celular no bolso da calça jeans. — Abby veio pedir desculpas por ter ficado com East. Eu falei para ela não se preocupar com isso.

— Você devia se preocupar. Me devolve meu celular.

Ele ignora meu pedido.

— Eu tenho outras coisas na cabeça. Estou me perguntando, por exemplo, por que minha namorada beijou o *quarterback* do meu time.

— Porque ele é um gato. — Olho para o bolso de Reed e me pergunto como vou tirar meu celular de lá. Meu olhar desvia para a esquerda, onde há outro volume considerável. Um que parece crescer enquanto olho. Um que esteve encostado em mim, duro e cheio de tesão…

Partes do meu corpo começam a se contrair e a formigar. Eu aperto as coxas uma contra a outra.

— Você não gosta dele — diz Reed com a voz rouca.

— Você não sabe de que eu gosto.

— Ah, sei, sim. — Com rapidez, ele passa um braço pela minha cintura.

E cola a boca na minha.

Eu seguro a cabeça dele para empurrá-lo para longe, mas acabo só segurando-o no mesmo lugar. Nós não estamos apenas nos beijando, mas tentando matar um ao outro com lábios, línguas e dentes. As mãos dele afundam nos meus braços. Meus dedos percorrem a cabeça dele. Aquele aço dentro da calça jeans dele não é mais só lembrança, e sim realidade, e meu corpo todo sente prazer. Ah, meu Deus, como eu senti falta disso. Dos lábios dele nos meus. Do corpo quente apertando o meu. Senti falta e me odeio por isso.

Afasto a boca.

— Pare de me beijar — ordeno.

Ele curva os lábios num sorriso.

— Então me larga.

Como eu não o obedeço na mesma hora, ele me beija de novo, e a língua entra pelos meus lábios entreabertos. Desta vez, a mão dele está no elástico da minha legging, puxando-a para baixo. Eu reviro a barra da camisa dele, procurando a pele. Grunhindo, ele me levanta, e minhas pernas se fecham em volta da cintura dele.

Sinto a superfície fria do capô do carro na minha bunda. Os dedos de Reed apertam minhas coxas, e a tensão que senti antes começa a doer. Eu me mexo dentro do abraço forte, querendo alguma coisa, procurando alguma coisa, tentando alcançar. Mas é ilusório.

Ele afasta a boca da minha e segue até meu pescoço, depois até meu ombro.

— Isso, baby. Você é minha — diz ele baixinho contra a minha pele.

Sim, eu sou dele. Sou a… baby dele?

— Não. Não sou, não. — Eu me solto do corpo dele, sem fôlego e com vergonha, puxando freneticamente a legging para cima. — Você tem um bebê, e não sou eu.

Ele se afasta devagar, sem se dar ao trabalho de baixar a camisa nem abotoar a calça jeans, que, tudo indica, eu abri.

— Porra, pela última vez, Ella, eu não engravidei aquela mulher. Por que você não acredita em mim?

A voz dele soa tão sincera que eu quase acredito. Quase é a palavra-chave nesse caso. Minha mente volta de repente a todas as vezes que minha mãe implorou para eu dar uma segunda chance a um namorado traidor dela. *Ele mudou, meu bem. Está diferente. Aquilo foi um mal-entendido. A mulher era irmã dele.*

Eu nunca entendi por que ela não conseguia ver as mentiras, mas agora me pergunto se ela queria tanto acreditar no amor que se convencia de que o namorado sacana estava dizendo a verdade só para poder ter alguém por perto.

— Claro que você vai negar. O que mais poderia dizer? — Eu solto o ar, trêmula. — Vamos esquecer que isso aconteceu.

— Você acha mesmo que eu posso esquecer isso? — A voz dele soa baixa, tensa. — Você também me beijou. Ainda me quer.

— Não fique se achando. Eu teria beijado qualquer um. Beijei, aliás. Lembra? Se fosse Wade aqui, e não você, eu estaria beijando ele.

Reed franze a testa.

— Wade é um cara legal. Não magoe o cara para se vingar de mim. Você não é assim.

— Você não sabe como eu sou.

— Sei, sim. Você mesma disse... Eu entendo você. Vejo sua dor e sua solidão. Vejo seu orgulho e a forma como ele impede que você conte com a ajuda de outras pessoas. Vejo seu coração grande e como você quer salvar o mundo, até um escroto como eu. — A voz dele falha. — Não quero mais esses joguinhos, Ella. Não existe outra garota no mundo pra mim. Se você me vir falando com alguma, saiba que estarei falando de você. Se me vir andando ao lado de alguém, estarei desejando que fosse você. — Ele dá um passo para perto de mim. — Você é a única pra mim.

— Não acredito em você.

— Como posso fazer você mudar de ideia?

Eu o empurro. Ele está perto demais, e preciso de distância.

— Quer que eu implore? Eu posso implorar. — Ele começa a descer para o chão.

— Cara! O Royal tá adestrado! — grita uma voz. O comentário é seguido por um som que imita um chicote e um monte de gargalhadas bêbadas. Um grupo de garotos passa perto de nós a caminho da lateral da mansão.

Eu seguro Reed antes que ele caia de joelhos. Por mais que eu o odeie, odeio ainda mais os alunos da Astor. Mas Reed não parece incomodado com todos aqueles babacas. Só dá um sorrisinho para eles e levanta o dedo do meio.

Lágrimas ardem nos meus olhos, e eu desvio o rosto para ele não ver.

— Eu odeio este lugar — sussurro. — A Astor é oficialmente a escola mais idiota do mundo.

O silêncio pesa entre nós até ele soltar um suspiro pesado.

— Vem. Vou levar você pra casa.

Como meu carro está nojento e será impossível dirigi-lo, aceito a derrota e entro no carro dele, mas sento o mais longe possível.

— O que aconteceu com a sua camiseta? — pergunta ele. — Está encharcada.

— O que aconteceu foi a Jordan.

Ele aperta o volante.

— Vou dar um jeito nela.

— Como?

— Pode deixar que eu me preocupo com isso.

Eu olho pela janela e sufoco as faíscas de esperança que estão tentando crescer no meu coração. Ele é Reed Royal. Um cara que transou com a namorada do pai. Sem moral nem princípios. Só liga para si mesmo.

Portanto, não, eu não vou me permitir ter esperanças. Meu coração não aguenta. Não outra vez.

Capítulo 18

REED

Reconquistar Ella está demorando mais do que eu imaginava. E está sendo mais difícil também. Achei que nosso beijo na festa de Shea tinha sido um sinal de mudança, mas acabou tendo o efeito contrário. Ella continua não acreditando em mim, e, sem um teste de DNA, não sei como vou convencê-la.

Meu pai não falou em fazer nenhum exame de paternidade, mas ele deve pedir, né? Não vai se amarrar àquela cobra sem ter algum tipo de prova.

Passei o fim de semana sendo ignorado por toda a família, exceto meu pai e Brooke. Ella, Easton, os gêmeos, Gid. Todos estão irritados comigo.

Não me entenda mal, eu mereço. Mereço tudo isso. Transar com Brooke foi a pior decisão que já tomei. O fato de sempre ter sido seletivo quando o assunto são garotas torna a situação pior, porque uma pessoa como Brooke não devia ter entrado nessa lista. Eu devia ter resistido a ela. Devia ter resistido à vontade de punir meu pai. Sei, por experiência própria, que cada coisa idiota que faço só acaba punindo a mim mesmo.

Mas agora já está feito e não posso mudar isso. Posso me odiar pelo que fiz, posso me sentir um merda cada vez que lembro, mas não posso reescrever o passado.

E Ella não pode usar isso contra mim para sempre, né?

— Você está olhando fixamente para ela.

Eu me viro e vejo Wade revirar os olhos para mim. Pois é. No flagra. Eu estava olhando fixamente para a mesa de Ella, que está sentada com Val do lado oposto do refeitório. Sei que escolheu aquele lugar de propósito. Ela quer manter toda a distância humanamente possível entre nós.

E se sentou de costas para o salão. Para mim. Quer que eu entenda que acabou, mas nós dois sabemos que não acabou. Ela também me odiava antes, mas ainda assim se apaixonou por mim. Nada mudou entre nós. Ainda estamos brigando, ainda estamos nos rondando como oponentes à altura, mas estamos lá, no ringue, juntos. E é isso que importa.

— Eu posso olhar. — Faço uma cara feia para ele. — Você não pode. Então tire os olhos dela. A boca também.

Ele sorri.

— Ei, não tenho culpa se ela enfiou a língua na minha boca.

Eu rosno.

— Se falar isso de novo, vou cobrir você de porrada.

— Você nunca machucaria seu *quarterback*... — provoca Wade, rindo enquanto se levanta. — Depois a gente se vê, galera. Uma pessoa está me esperando no banheiro.

Todos os caras reviram os olhos. Wade é famoso por seus encontros clandestinos no banheiro.

— Ei, East! — diz alguém do outro lado da mesa. — Eu soube que você ficou com Savannah Montgomery.

Levo um susto. É sério? Primeiro Abby e agora Sav?

Quando Abby veio falar comigo na festa, foi para pedir desculpas por ter ficado com East. Ela disse que estava com raiva de mim e que foi o jeito que encontrou para revidar. Foi difícil me segurar e não dizer "Não me importo com quem você trepa". Mas a verdade é que não me importo mesmo. Eu já tinha esquecido Abby antes mesmo da chegada de Ella, e não quero saber com quem ela transa.

Mas me importo com East. Meu irmão está descontrolado, e não posso fazer nada para impedir. É o que tira meu sono à noite. Isso e Ella.

Falando nela, ouço um dos meus colegas de time dizer seu nome. Abandono todo o fingimento de que não estou interessado e me viro para os dois jogadores, que estão fofocando como se estivessem em um almoço da Junior League.

— O que tem Ella? — pergunto.

Neiman Halloway, um aluno do primeiro ano que joga como *lineman*, se vira para mim.

— Eu soube que ela passou um perrengue na aula de oratória hoje.

— O que aconteceu? — Eu cruzo os braços sobre o peito e encaro os dois jogadores. Se eles não começarem a falar, vão ter que sair por aí com uma marca de bandeja na cara.

Neiman limpa a garganta.

— Eu não estava lá, mas minha irmã faz essa aula com ela. Disse que Ella tinha que preparar um discurso para a turma sobre as pessoas que ela admira, uma coisa assim. Ela escreveu sobre a mãe e... — Ele se mexe com desconforto.

— Fala logo. Não vou bater em você por me contar o que aconteceu na aula, mas posso te dar uma surra se me fizer perder mais tempo.

Do outro lado da mesa, East também está prestando atenção, mas não olha nos meus olhos quando me viro para ele.

— Tá. Tudo bem. Umas pessoas estavam enchendo o saco dela, sabe? Dizendo umas merdas tipo "Eu também admiro as strippers. Principalmente quando estão se esfregando na minha cara". E minha irmã disse que uma das Pastels perguntou se Ella tinha vídeos da mãe ensinando a ela como chupar os clientes.

Consigo sentir minha expressão ficando mais fechada e mais furiosa a cada palavra. Lembro a mim mesmo que ele é apenas o mensageiro, e eu não posso matar o mensageiro.

Neiman está mais pálido do que um fantasma.

— E aí uma garota disse para ela que a mãe tinha morrido de vergonha por Ella ser tão piranha.

Percebo um movimento com o canto do olho e vejo Ella e Val atravessando o piso brilhante de madeira do refeitório, com bandejas vazias nas mãos.

Tenho vontade de ir atrás dela, mas, por mais que eu queira consolá-la, sei que ela não está interessada em falar comigo. Além do mais, um consolo não pode resolver tudo.

Wade estava certo. Alguma coisa tem de ser feita aqui na escola. Antes da fuga, ninguém, além de Jordan, talvez, ousaria falar com Ella assim.

Eu me viro para os garotos.

— Isso é tudo? — pergunto por entre os dentes apertados.

Neiman e o amigo trocam um olhar preocupado.

Não, não era. Eu me preparo para o resto.

O amigo continua a história.

— Quando estávamos no corredor, alguém perguntou pro Daniel Delacorte se caíram notas de dólar quando Ella abriu as pernas pra ele. Ele disse que não, que ela vale muito pouco. Só caíram moedas de vinte e cinco centavos.

Aperto os punhos contra os joelhos, com medo de destruir a porra da escola toda se perder o controle.

— Mande uma mensagem pra sua irmã — ordeno a Neiman. — Quero nomes.

Ele pega o telefone com mais rapidez do que se livra de um adversário atrapalhando nosso *quarterback*. Digita uma mensagem breve, e ficamos sentados ali por quase um minuto enquanto esperamos a resposta. Quando o celular apita, estou pronto para assassinar alguém.

— Foi Skip Henley quem falou a coisa da nota de um dólar...

Neiman nem terminou de ler a mensagem quando me levanto. Minha visão periférica me mostra que East também está se levantando, mas estico a mão para ele.

— Pode deixar — rosno.

Alguma coisa — um respeito ressentido? — brilha nos olhos dele. Hum. Talvez meu relacionamento com meu irmão não esteja completamente perdido.

Dou uma olhada pelo refeitório até encontrar meu alvo. Skip Henley. Esse garoto já está no meu radar há um tempo. Ele tem falado demais e adora se gabar das garotas com quem fica, dando detalhes degradantes.

Atravesso o refeitório na direção da mesa onde ele está, percebendo que todos ficam em silêncio quando me aproximo.

— Henley — digo friamente.

Skip se vira com cautela. Parece impossivelmente metido com o cabelo penteado com gel e o rostinho barbeado de menino bonito.

— O quê?

— Você teve aula de oratória antes do almoço?

Ele faz que sim.

— Tive. E daí?

— É o seguinte. Vou deixar você me dar um soco. Só um. Onde você quiser. Depois, vou te dar tanta porrada que nem sua mãe vai te reconhecer.

Ele olha ao redor, desesperado para encontrar uma rota de fuga. Mas não vai passar por mim, e os amigos fingem que não o conhecem. Todo mundo sentado à mesa desvia o olhar, mexe no celular, mexe na comida com o garfo. Skip está sozinho e sabe disso.

— Não sei o que você acha que eu fiz — diz ele —, mas...

— Ah, você precisa de ajuda para se lembrar? Claro. Vou dar uma ajudinha, mano. Você falou merda sobre Ella Harper.

O pânico surge brevemente nos olhos dele, mas depois se transforma em indignação. Ele percebe que não tem muitas opções, então decide ser ainda mais burro.

— E daí? — diz ele de novo. — Eu só falei a verdade. Todo mundo sabe que ela já passou tanto tempo de costas que a marca do colchão está estampada na pele...

Eu o arranco da cadeira antes que ele possa terminar. Meus dedos apertam a gola da camisa, amassando o tecido enquanto trago o rosto dele para perto do meu.

— Ou você é incrivelmente corajoso ou quer morrer. Eu acho que é o segundo.

— Vá se foder — grita Henley, fazendo a saliva voar na minha cara. — Você acha que manda nesta escola, Royal? Acha que pode trazer uma puta pra cá e enfiar pela nossa goela? Meu tataravô conheceu o general Lee! Não vou ficar perto de um lixo como ela.

Ele me ataca, e eu deixo que tenha a chance dele. O golpe é fraco, como ele é. Como todos os valentões são. É por isso que são valentões. Porque são idiotas inseguros tentando se sentir melhor.

O punho dele desliza no meu maxilar porque ele não sabe dar um soco. Rindo, eu pego o babaca pelo pescoço e o puxo para perto.

— Seu papai não te ama o suficiente pra te ensinar a brigar, Skippy? Preste atenção. Isto é um soco. — Dou dois socos sucessivos na cara dele. — Viu como funciona?

Ouço uma risada alta atrás de nós e sei que é de Easton. Meu irmão está gostando do show.

Henley choraminga de dor e cambaleia para trás. Um cheiro de urina se espalha no ar.

— Jesus Cristo, ele se mijou!

Com nojo, pego Skip pela nuca, chuto as pernas e o derrubo de cara no chão. Meu joelho afunda na coluna dele, e me inclino para perto da cabeça dele.

— Se você disser mais uma palavra pra Ella ou pra qualquer uma das amigas dela, vou fazer bem pior do que dois socos na cara, entendeu?

Ele assente enquanto chora de dor.

— Que bom. — Eu o empurro quando me levanto. — Isso vale pra todo mundo aqui — anuncio para a plateia. — Todos vocês vão mudar de atitude a partir de hoje, senão o que aconteceu com esse babaca vai parecer um chá da tarde.

O refeitório está em silêncio, e os olhares nervosos e temerosos que vejo por todos os lados me dão um sentimento de satisfação. Wade estava certo sobre isso também: essa gente precisa de um líder, de alguém que os impeça de devorarem uns aos outros.

Eu posso não ter me candidatado para a vaga, mas ela é minha, quer eu goste ou não.

Antes de ir para a aula, vou para o banheiro masculino do primeiro andar, perto do ginásio. Não existe uma regra clara, mas o banheiro só é usado pelo time de futebol americano.

E Wade faz bom uso desse banheiro. Ele tem aula de política americana nesse horário, mas, desde que sua mãe começou a dormir com o professor, ele não bota o pé na sala de aula.

Dizem que, depois de comer tanto carboidrato no almoço, ele tem que dormir ou trepar, e a segunda opção é mais divertida.

Faço barulho ao entrar para alertar os ocupantes de que não estão sozinhos, mas isso não incomoda Wade em nada. Ouço gemidos baixos e intercalados de "assim, Wade" e "mais, Wade" num ritmo familiar.

Entediado, eu me encosto na pia e vejo a porta de uma das cabines ser ruidosamente sacudida quando Wade começa a meter com mais força. Pela voz da garota, acho que a trepada da vez é com Rachel Cohen.

Wade não consegue se concentrar em nada, mas, quando está com uma garota, ele se dedica inteiramente. Não deixa nada a desejar. Eu olho para o relógio. Não quero perder a próxima aula.

Bato na porta.

— Estão acabando, crianças?

O barulho para imediatamente e ouço um gritinho abafado de surpresa junto com uns sussurros tranquilizadores:

— Relaxa, gata… — Uma movimentação. — Pronto. É bom assim, não é? Não se preocupe com Reed lá fora… Ah, você gosta disso. Quer que eu abra a porta? Não? Tudo bem, mas ele está ali fora. Está ouvindo você. Nossa, você está gostando disso, não está? Isso, gata, vem com tudo.

Há um gemido baixo e mais movimentação, seguida por um gemido longo e grave. O final é sinalizado pelo som da descarga.

A porta é aberta e encaro Wade, dando um tapinha no meu relógio. Ele assente, fecha o zíper, envolve Rachel com os braços e lhe dá um beijo úmido e barulhento.

— Nossa, gata, foi espetacular.

Ela suspira junto dele. Eu reconheço o som. Eu ouvia um parecido quando ficava com Ella. Estou doido para ouvir esse som de novo e me irrita um pouco ela não deixar que eu me aproxime.

Limpo a garganta alto.

Wade meio que acompanha e meio que carrega Rachel até a porta.

— A gente se vê depois da aula? — pergunta ela com esperança nos olhos.

— Claro, gata. — Ele faz uma pausa e olha para mim.

Balanço a cabeça dizendo que não.

Ele dá de ombros, como quem mostra que perguntar não ofende.

— Vou depois do jantar. Mantenha isso aqui quente pra mim, tá? — Ele toca na parte da frente da saia curta do uniforme. — Vou ficar pensando em você. Vai ser uma tarde difícil.

Mesmo depois de tantos anos de amizade com Wade, não consigo saber se ele está sendo sincero ou se é cafajeste assim.

— Acho que você quer dizer que vai ser uma tarde dura — diz ela.

Tudo bem, já chega.

— Wade — chamo com impaciência.

— A gente se vê mais tarde, Rach. Tenho que conversar com Reed. Se não fosse isso, juro que a gente ia repetir.

Ela hesita, e Wade é obrigado a levá-la para fora do banheiro. Ele fecha a porta, coloca a lata de lixo na frente para que ninguém entre e se aproxima. Abro a torneira para impedir que alguém escute a conversa.

Vou direto ao ponto.

— Encheram o carro de Ella de mel na noite de sexta, durante a festa das Montgomery, e eu acabei de dar uma surra em um babaca que falou merda sobre ela na aula de oratória. Porra, o que tá acontecendo?

— Você tá falando sério? Você não ouviu nada do que eu disse quando conversamos sobre isso? Na verdade, ouviu, sim. E disse que não se importava — diz ele.

— Bom, agora eu me importo. Quero saber por que Ella se tornou um alvo de novo. Todo mundo sabe que estou disposto a acabar com qualquer um que olhe torto pra ela. Não entendo por que estão no pé da garota.

Wade enfia as mãos embaixo da torneira e lava-as com calma, levando todo o tempo que quer para responder.

— Wade. — É um aviso.

— Tudo bem, não me bata. — Ele levanta as mãos. — Olha só esse rostinho bonito. — Ele dá um tapinha no próprio queixo. — Não vai haver mais Rachels neste banheiro se você acabar comigo.

Eu olho para ele, que é cinco centímetros mais baixo do que eu.

— Por que as pessoas estão se metendo com Ella? — insisto.

Ele dá de ombros.

— As pessoas morriam de medo de você. Agora já não tanto.

— O que isso quer dizer?

— Quer dizer que Delacorte ainda tem todos os dentes, e ele tentou estuprar Ella. Jordan pode dizer e fazer o que quer e não acontece nada. Todo mundo acha que você não tem mais nada com Ella, e, como você parou de proteger as pessoas, elas também não vão proteger ninguém. Ella é território neutro.

— Mais alguma coisa?

Wade dá de ombros com tristeza.

— Isso não é suficiente?

Eu faço que sim com frustração.

— Sim, é suficiente.

— Você vai fazer alguma coisa?

— O que você acha? — Empurro a cesta de lixo para longe da porta.

— Acho que, se vocês todos, os Royal, se unissem, todo mundo ia recuar. Ninguém gosta do que está acontecendo na escola, mas as outras pessoas têm medo ou preguiça. E, sinceramente, amigo, você está na segunda categoria.

Eu aperto os dentes, com raiva, mas ele não está errado. Gideon cuidava da escola muito melhor que eu. Ele prestava atenção. Descobria quem estava por trás das merdas e colocava as pessoas na linha. Normalmente, era eu quem entregava as mensagens.

Depois que ele saiu, todo mundo achou que eu assumiria o comando, e não fiz muita coisa para provar se isso era verdade ou mentira. Até agora.

Eu me viro para olhar para ele.

— Você tem razão. Eu tenho sido um babaca preguiçoso. Wade sorri.

— Eu sempre tenho razão. E o que você vai fazer sobre isso?

— Ainda não tenho certeza. Mas não se preocupe: as coisas vão mudar por aqui. — Lanço um olhar mortal para ele. — Deixe comigo.

Capítulo 19

ELLA

Chego em casa da escola e vou direto para o quarto, onde me jogo na cama e me encolho, deitada de lado. Só quero fingir que esse dia infernal não existiu. Quando acho que não posso ser ainda mais humilhada, os babacas da Astor Park Prep mostram que estou enganada.

Mas não vou chorar. Não. Não vou derramar nem uma única lágrima. Não vou permitir que tenham esse tipo de poder sobre mim.

Ainda assim, as humilhações tinham chegado a um novo nível de maldade na aula de oratória. As ofensas contra a minha mãe quase passaram do limite do que posso suportar. Não consigo acreditar que o professor ficou parado ali como um idiota durante cinco minutos até fazer a turma calar a boca.

Acho que eu deveria ter ido para a casa da Val, como ela queria. Nós poderíamos ter ficado jogadas na cama dela, tomando sorvete e fofocando sobre o novo crush dela, o que agora me parece ser bem melhor do que ficar emburrada no meu quarto.

Além do mais, eu não ficaria tensa cada vez que ouvisse passos no corredor. Não consigo acreditar que beijei Reed.

Não, foi mais do que um beijo. Ele abaixou minha calça e colocou as mãos na minha bunda. Quem sabe até onde eu o teria deixado ir se a história do bebê não tivesse surgido entre nós.

E se ele for mesmo o pai do filho de Brooke? Como vou conseguir morar na mesma casa que Reed, Brooke e o bebê secreto que o pobre Callum vai criar como se fosse dele sem saber a verdade?

Meu Deus. Quando minha vida virou uma novela?

Aperto o rosto entre minhas mãos, com força, até sentir os dentes pressionando as bochechas. A dor não afasta a que tenho no meu coração. Eu... sinto falta de Reed. Tenho raiva de mim mesma por isso, mas não consigo me controlar. Tudo o que falei sobre achar que ele me *entendia*... Eu ainda penso assim. Reed gruda aqueles olhos azuis intensos em mim e parece ver a minha alma. Ele enxerga além da fachada durona atrás da qual me escondo. Vê meus medos e minhas vulnerabilidades sem me julgar.

E eu achava de verdade que também o entendia. Foi imaginação? Aqueles momentos de risada em que nós dois baixávamos a guarda, aquele olhar visceral dele quando me disse que queria ser digno, aquela sensação pacífica que tomava conta de mim quando nós adormecíamos juntos...

Foi tudo imaginação?

Tiro o livro de matemática da mochila e me obrigo a me concentrar na matéria. Depois, me recompenso com dois episódios bobos de *The Bachelor*, mas não é divertido sem os comentários irônicos de Val sobre as competidoras.

— Ella. — A voz de Callum me chama, seguida de uma batida seca na porta. — O jantar está pronto. Você precisa descer.

— Não estou com fome — respondo.

— Desça — repete ele. — Nós temos visitas.

Franzo a testa. Callum não costuma agir como se fosse meu pai, mas agora seu tom é severo e paternal.

— Vamos comer do lado de fora — acrescenta. Eu o ouço bater nas outras portas e reunir a tropa. Ele está chamando cada um pessoalmente e parece um pouco… preocupado.

Eu me sento na cama com preocupação, querendo saber quem são essas "visitas". Brooke, obviamente, porque aquela bruxa vem aqui quase todas as noites desde que ela e Callum jogaram sobre nós a bomba da gravidez, mas quem mais? Até onde sei, o único amigo de Callum era Steve, e ele morreu.

Suspirando, eu me levanto e troco o uniforme da escola por uma coisa mais apropriada para o jantar. Infelizmente, vivo me esquecendo de comprar mais roupas, então tenho que usar um dos vestidos que comprei quando fui ao shopping com Brooke.

Chego ao corredor na mesma hora em que Easton e Reed estão saindo dos seus quartos. Ignoro os dois, e eles se ignoram. Descemos a escada em silêncio.

Quando chegamos à área externa, entendo imediatamente o motivo da preocupação de Callum. Temos duas convidadas para jantar: Brooke… e Dinah O'Halloran.

Ao meu lado, Reed fica tenso. Seus olhos azuis passam de uma vaca loura para a outra.

— O que está acontecendo? — pergunta ele, friamente.

Brooke abre um sorriso largo para nós.

— Estamos comemorando o noivado, bobinho! — Ela joga o cabelo por cima do ombro. — Não é o noivado oficial, claro, porque vamos fazer uma festa decente quando acertarmos os detalhes. E será em algum lugar sofisticado, como o Palace ou talvez o King Edward? O que você acha, Dinah? Um ambiente moderno ou um lugar mais elegante?

Dinah levanta o nariz com repugnância.

— O hotel King Edward perdeu o apelo, Brookie. Era bem mais exclusivo, mas, agora que reduziu os preços, a clientela é de classe bem mais baixa.

Callum olha para mim e para os garotos.

— Sentem — ordena ele. — Vocês estão sendo grosseiros.

Avalio os lugares disponíveis. Brooke e Dinah estão sentadas ao lado de Callum, enquanto Sawyer e Sebastian, os dois com uma expressão de mau humor, pegaram os lugares na outra extremidade da mesa.

Reed e Easton passam pelas cadeiras vazias perto das mulheres e se sentam ao lado dos gêmeos. Isso me deixa com duas opções não muito atraentes, mas decido que Dinah é o menor dos males e, com relutância, me sento ao lado dela.

Assim que me sento, Gideon passa pela porta que leva à parte externa da casa.

— Boa noite — murmura ele.

Callum assente em aprovação.

— Fico feliz que você tenha conseguido vir, Gid. — Há certa aspereza na voz dele.

O tom de Gideon é ainda mais áspero.

— Porque você me deixou escolha, não foi, pai? — Seu rosto se contrai quando ele percebe que o único lugar disponível é ao lado de Brooke. A futura madrasta.

Ela dá um tapinha na cadeira.

— Venha se sentar, querido. Vou servir uma taça de vinho pra você.

— Eu vou tomar água — diz ele com a voz tensa.

Um silêncio constrangedor se espalha quando estamos todos acomodados. Todos os filhos de Callum estão irritados com aquilo. O pai olha para eles com uma expressão decepcionada.

Mas o que ele esperava? Os cinco filhos quase não falam com ele desde o comunicado sobre o bebê. Vejo a raiva dos gêmeos cada vez que Brooke exibe o diamante em seu dedo. Easton passa mais tempo bêbado do que sóbrio. Gideon, ao que parece, precisa ser ameaçado para aparecer em casa. E Reed transou com a namorada de Callum duas, três ou cem vezes.

Sim, Callum está maluco se pensa que esse jantar em família vai ser qualquer coisa que não um desastre total.

— Muito obrigada por me convidar — diz Dinah para Callum. — Faz séculos que não venho ao palácio Royal.

O sarcasmo em suas palavras revela exatamente o que ela pensa sobre nunca ser convidada. Ela está linda, apesar do veneno nos olhos verdes. O cabelo dourado está preso e dois brincos de diamantes pendem das orelhas. Ela está usando um vestido branco com um grande decote em V, que exibe tanto o bronzeado como o contorno dos seios.

Dá pra entender por que meu pai se envolveu com ela. Dinah parece um anjo sexy. Eu me pergunto quanto tempo ele levou para perceber que ela, na verdade, era o demônio.

Callum deve ter contratado um bufê para o jantar, porque três mulheres uniformizadas, que não conheço, saem da cozinha para a área externa e começam a nos servir. Fico constrangida e preciso me grudar na cadeira para não dar um pulo e começar a ajudá-las.

Nós começamos a comer. A comida está deliciosa? Não faço ideia. Nem presto atenção no que estou enfiando na boca. Na verdade, estou mais concentrada em não vomitar. Brooke está se gabando sobre o bebê, e estou ficando enjoada.

— Se for menino, quero que o nome do meio seja Emerson, em homenagem ao pai de Callum, que Deus o tenha — diz Brooke para Dinah. — Você não acha que fica bonito? Callum Emerson Royal Segundo?

Ela quer que o bebê se chame Callum? *Por que não Reed?*, penso, com vontade de perguntar. Aperto o copo d'água com força, porque a ideia de Reed ser o pai biológico dessa criança é enervante. E nauseante. E simplesmente horrível.

Reed diz que ficou com Brooke pela última vez há mais de seis meses, e a gravidez dela não está tão avançada. Talvez eles *não tenham* transado na noite em que peguei os dois no flagra. Ele diz que não. Brooke diz que não.

Será que estão dizendo a verdade?

Sim, Ella, e o último namorado da mamãe estava mesmo de mãos dadas com a irmã. Idiota.

— Ella?

Levanto a cabeça e vejo que Callum está me olhando.

— Desculpe, o quê?

— Brooke fez uma pergunta — diz ele.

Olho com relutância para Brooke, que pisca para mim.

— Eu perguntei se você tem uma sugestão de nome de menina.

— Não — murmuro. — Desculpe. Sou péssima com nomes.

— Meninos? — pergunta ela aos Royal. — Alguma ideia?

Ninguém responde. Os gêmeos fingem estar concentrados demais na comida, mas Reed, Gideon e Easton a ignoram abertamente.

Como fui a única que contribuiu para a conversa, se é que seis palavrinhas podem ser chamadas de contribuição, logo viro o foco dos adultos.

— É uma pena que você não vá à cobertura com mais frequência — diz Dinah para mim. — Eu gostaria de conhecer melhor a filha do meu marido.

Ela diz "filha" como se fosse um palavrão. As feições de Callum se contraem, mas sua boca permanece fechada com firmeza.

— Eu não fui convidada. — Tento usar um tom igualmente frio.

O olhar de Dinah fica sombrio.

— Você não precisa de convite — responde ela com doçura. — Você é dona de metade da cobertura, lembra?

— É, acho que sim.

Ao ver meu rosto inexpressivo, ela dá de ombros e se vira para Gideon.

— Como está a faculdade, querido? Faz uma eternidade que não vejo você. Me conte o que anda fazendo.

— A faculdade está bem — diz ele brevemente.

— Você tem uma competição de natação em breve, não? — Dinah passa os dedos pela beirada da taça. — Acho que Brooke mencionou qualquer coisa sobre isso.

Um músculo no maxilar dele se contrai.

— Sim, tenho.

— Podíamos ir até lá para torcer por ele — sugere Brooke, com os olhos brilhando. — O que você acha, Callum?

— Ah... sim. Parece... ótimo.

Reed dá uma risada silenciosa.

Callum lança um olhar ameaçador na direção dele.

Eu odeio todo mundo nesta mesa agora.

A tensão só aumenta. Parece que as paredes estão se fechando ao meu redor e estou sufocando. E estamos ao ar livre!

— Eu queria que você tivesse conhecido seu pai — diz Dinah para mim. — Steve era... um homem tão formidável. E leal. Tão leal. Não é verdade, Callum?

Callum assente e se serve de outra taça de vinho. Tenho quase certeza de que ele está na segunda garrafa. Enquanto isso, Brooke bebe água com gás por causa da gravidez.

— O melhor homem que conheci — diz Callum com a voz rouca.

— Mas ele não era muito bom com dinheiro — comenta Dinah. Os olhos verdes dela se apertam na minha direção por um momento. — Você é mais parecida com sua mãe ou com seu pai, Ella?

— Com minha mãe — respondo vagamente, mas, na verdade, como eu poderia saber?

— Claro que você ia dizer isso — reflete ela. — Afinal, Steve não sabia que tinha uma filha. Você não existia para ele durante boa parte da sua vida.

Que cutucada sutil e perfeita, Dinah. Mas quer saber de uma coisa? Eu cresci rodeada de mulheres ferinas, que viviam com medo de que seu único bem, sua aparência, estivesse sumindo rapidamente. Posso aguentar tudo o que você jogar em cima de mim.

Sorrio para ela.

— Ele compensou essa ausência depois. Afinal, deixou tudo que pôde pra mim.

E teria deixado mais se você não tivesse contratado um monte de advogados para pegar tudo o que pudesse.

Ela me responde com um sorriso falso.

— Eu estava pensando em você outro dia... — *Por favor, não pense.* — E no quanto somos parecidas. Minha mãe não estava bem quando eu era nova, e nós nos mudávamos tanto quanto você. Ela tomou decisões ruins na vida. Sempre havia... — Ela faz uma pausa e toma um gole de vinho.

Contra a nossa vontade, ouvimos cada palavra, e ela adora a atenção.

— Sempre havia gente entrando e saindo da minha vida. Gente que não era o melhor tipo de influência. Às vezes, os homens queriam coisas de mim que nunca deviam ser pedidas a uma criança.

Dinah olha para mim esperando por algo. Acho que ela é como um daqueles antigos pregadores religiosos sulistas, que precisam de uma demonstração de aceitação para ter certeza de que a mensagem está sendo assimilada.

— Que pena — murmuro.

Mas ela está certa. Nossa história é parecida. Mas eu me recuso a sentir pena dela. Ela tem uma vida bem diferente agora.

— É mesmo uma pena, não é? — Ela limpa o canto da boca com um guardanapo. — Eu adoraria dar a você alguns conselhos, de garota para garota. Você não deve esperar pelo que quer na vida, porque, se esperar, vai acabar igual às nossas mães: usada e, no fim das contas, morta. E tenho certeza de que você não quer isso, quer, Ella?

Callum coloca o garfo na mesa com mais força do que o necessário.

— Não acho que essa conversa seja adequada para o jantar.

Dinah balança a mão, ignorando a intromissão dele.

— É uma conversa de meninas, Callum. Estou dando a Ella um pouco da minha sabedoria, conquistada com muita dificuldade.

E me avisando que vai tentar tirar tudo o que Steve deixou para mim.

— Esse é o enredo de um filme de mulherzinha do canal Lifetime? — interrompe Easton antes que eu possa responder. — Só estou perguntando porque eu bloqueei esse canal na minha TV.

— Eu também — diz Sawyer. — Cadê a sobremesa?

— Bom, se estão entediados com a história da minha vida e da vida de Ella, que tal falarmos sobre vocês, meninos? Sei que Easton e os gêmeos gostam de galinhar por aí. E vocês dois? Reed? Gideon? Estão namorando ou partindo corações como seus irmãos? — Ela dá uma risada provocadora. Ninguém ri com ela.

— Nós dois estamos solteiros — responde Gideon.

Isso chama a atenção de Brooke. Ela enrola uma mecha de cabelo com o dedo e me lança um olhar malicioso enquanto as garçonetes trazem as sobremesas.

— E você, Ella? Já encontrou alguém especial?

Callum também está olhando para mim agora. É óbvio que esse foi o momento que ele escolheu para tirar a cara bêbada da garrafa de vinho.

Eu baixo a cabeça para a sobremesa como se o tiramisù fosse a coisa mais interessante que já vi.

— Não, não estou saindo com ninguém.

A conversa morre outra vez. Como o doce o mais rápido possível, e reparo, pelo canto do olho, que todos os garotos estão fazendo o mesmo.

Gideon é o vencedor. Ele larga o garfo no prato vazio e empurra a cadeira para trás.

— Preciso fazer uma ligação.

Seu pai franze a testa.

— Ainda vamos servir o café.

— Não quero — resmunga Gideon, saindo dali como se não pudesse se afastar rápido o suficiente.

Reed abre a boca para dizer alguma coisa, mas Callum o silencia com um olhar que diz *Você não vai a lugar nenhum*. Reed se encosta com irritação na cadeira.

Os funcionários do bufê se aproximam com bandejas cheias de xícaras de *lattes* sofisticados, com desenhos na espuma do leite. O meu tem o desenho de uma folha. O de Brooke, de uma árvore, mas devia ser um tridente.

— Com licença — diz Dinah quando o café é servido. — Preciso ir ao banheiro das meninas.

Reed me olha, e nós dois reviramos os olhos, mas lamento o gesto quando um sorrisinho de satisfação aparece nos lábios dele.

Desta vez, Easton e eu somos mais rápidos e tomamos nossos cafés em tempo recorde. Batemos as xícaras nos pires e falamos ao mesmo tempo:

— Vou ajudar as garçonetes com esses pratos...

— Vou levar essa bandeja...

Nós nos olhamos por um momento, mas a necessidade de fugir inspira outro momento de aproximação.

— Ella e eu vamos ajudar — conclui Easton, e eu mexo a cabeça em gratidão.

Callum protesta rapidamente.

— A equipe pode perfeitamente tirar...

Mas Easton e eu já estamos recolhendo pratos e xícaras.

Quando saímos apressadamente na direção da porta, escuto um resmungo de irritação de Reed.

— Pessoas inteligentes sempre têm as mesmas ideias — murmura Easton.

Faço cara feia para ele.

— Ah, então agora somos amigos de novo?

Vejo a culpa no rosto dele. Quando chegamos à cozinha, ele coloca os pratos na pia, olha discretamente para a equipe do bufê e baixa a voz.

— Me desculpe pelo que falei na festa de Sav. Eu estava... doidão.

— Você não pode usar isso como desculpa — respondo. — Você está *sempre* doidão, mas nunca tinha dito algo assim pra mim.

As bochechas dele ficam vermelhas.

— Me desculpa. Eu sou um babaca.

— Sim, você é.

— Me perdoa?

Ele faz a cara de garotinho que normalmente derrete o coração das pessoas, mas não vou deixar que se safe com tanta facilidade. O comentário dele foi cruel. E me magoou. Balanço a cabeça em negativa e saio da cozinha.

— Ella. Para com isso. Espera. — Ele me alcança no corredor e segura meu braço. — Você sabe que eu digo essas merdas idiotas sem pensar.

Meu rosto fica quente.

— Você praticamente disse pra todo mundo naquela festa que eu sou uma piranha, Easton.

Ele geme.

— Eu sei. Eu errei, tá? Você sabe que não acho isso de você. Eu... — Ele franze o rosto. — Eu gosto de você. Você é minha irmãzinha. Por favor, não fique com raiva de mim.

Antes que eu possa responder, um barulho baixo chama minha atenção. Só existem três aposentos naquela parte da casa: um lavabo pequeno, o saguão de entrada e um closet.

— Você ouviu isso? — pergunto a Easton.

Ele assente com seriedade.

Alguma coisa me faz seguir pelo corredor. Paro perto do saguão de entrada, mas não ouço nada. O mesmo acontece perto do closet. Mas no banheiro...

Easton e eu paramos diante da porta quando ouvimos um gemido de prazer. É de mulher. Meu sangue gela, porque há seis mulheres na mansão, e cinco não estão no banheiro. Brooke está no pátio. As garçonetes estão na cozinha. E eu estou bem aqui.

O que quer dizer...

Eu me viro para Easton com os olhos arregalados, me sentindo enjoada.

Ele também deve ter entendido, porque sua boca se abre.

— Easton! — sussurro quando ele estica a mão até a maçaneta.

Ele coloca o indicador da mão livre na frente da boca. E, para o meu horror, gira a maçaneta e abre uma fresta de dois centímetros.

Dois centímetros é mais do que suficiente. Dois centímetros bastam para vermos o casal dentro do banheiro. O cabelo louro de Dinah. O cabelo escuro de Gid. As mãos dele nos quadris dela. O corpo dela se arqueando para perto do dele.

Com uma expressão de nojo, Easton fecha a porta sem fazer barulho e cambaleia para trás, como se tivesse levado um tapa na cara.

Em um acordo tácito, não dizemos nada até estarmos a uma distância segura.

— Ah, meu Deus! — sussurro para ele, horrorizada. — O que Gideon…

Easton coloca a mão na frente da minha boca.

— Cale a boca — diz ele em voz baixa. — Nós não vimos nada, entendeu?

A mão dele está tremendo quando ele a afasta de mim. Com um último olhar repreendedor, ele dá meia-volta e desaparece no saguão. Alguns segundos depois, a porta da frente é batida.

Capítulo 20

Meu celular toca à meia-noite. Não estou dormindo. Quando fecho os olhos, só consigo ver Gideon e Dinah e as mãos dele na bunda dela. É parecido demais com as cenas de Brooke e Reed que costumam passar pela minha cabeça, e me pergunto se foi daí que Reed tirou sua ideia idiota de transar com Brooke.

Estico o braço e pego o celular em cima da mesa de cabeceira. A tela mostra Val me mandando um beijo.

— Oi, amiga, o que houve? — sussurro.

Sou recebida por silêncio. Eu me sento.

— Val?

Depois de uma respiração tremida e um soluço curto, eu a escuto.

— Ella, sou eu. Val.

— Eu sei. Vi seu nome na tela do celular. O que foi? Onde você está? — Saio da cama e já visto uma legging enquanto espero a resposta dela.

— No South Industrial Boulevard, em um armazém. Numa *rave*.

— O que aconteceu? Você precisa que eu busque você?

— Preciso. Desculpe ligar pra você. — Ela parece infeliz. — Peguei uma carona pra cá porque soube que Tam estava aqui, mas não consegui encontrá-lo, e minha carona foi embora, e este lugar é horrível.

Dou um suspiro, mas tento não julgar a escolha dela. Afinal, eu não beijei Reed algumas noites atrás? Tenho tanta vergonha que não consegui confessar isso nem para a minha melhor amiga.

— Chego aí o mais rápido possível — prometo.

Ela começa a dizer alguma coisa, mas para.

— O quê? — pergunto, pegando a chave do carro em cima da cômoda.

— É que... esse lugar é perigoso. Acho melhor você vir com alguém.

Ela está falando de Reed? Ah, tá. Eu prefiro cortar minha perna fora a pedir ajuda para ele.

— Vou ver se Easton está em casa.

— Ótimo. Estou esperando você aqui.

Encontro meus sapatos, abro a porta e paro quando vejo Reed dormindo encostado na parede. A porta bate antes que eu consiga segurá-la e o som o acorda.

Olhos sonolentos observam minhas roupas, minha bolsa e a chave.

— Aonde a gente vai? — diz ele, instantaneamente alerta.

— Vou comer alguma coisa. — É uma péssima mentira, mas vai ter que servir. — Easton está em casa? — pergunto casualmente. — Talvez ele esteja com fome.

Reed se levanta.

— Talvez sim. Mas você vai ter que ligar pra ele, porque, pelo que sei, ele saiu pra beber com Wade e o pessoal do time.

Droga.

— Por que você não foi com eles? E por que está vigiando a porta do meu quarto igual a um tarado?

Ele me olha sem acreditar na pergunta.

— Não é óbvio?

Eu calo a boca porque é óbvio, mas, ainda mais importante que isso, tenho medo de que, se eu falar mais alguma coisa, uma nova série de perguntas sairá com tudo. Como há quanto tempo ele está fazendo isso e se é porque tem medo de que eu fuja ou porque quer ficar o mais perto possível de mim. Tenho ainda mais medo das respostas.

E tenho que buscar Val, então me viro e desço. Sem dizer nada, Reed vem atrás de mim.

Ele é minha sombra silenciosa enquanto passo pelo grande saguão, com o candelabro enorme, e sigo pela sala de jantar que nunca é usada e pela cozinha, onde já me sentei no colo dele desejando que ele fosse meu café da manhã, e não o prato preparado por Sandra.

— Pode subir, Reed. Não preciso de você.

— Em que carro você vai?

Eu paro de repente, e ele quase pisa nos meus calcanhares.

— Ah.

Percebo que não posso dirigir meu carro cheio de mel e de purpurina e infestado de formigas. Eu o estacionei na garagem que Callum nunca usa, pensando em deixá-lo lá até encontrar um lugar que pudesse limpá-lo, sem fazer ideia de como explicar aquela sujeira para ele.

Reed estica a mão, pega a chave do meu carro e coloca no bolso.

— Vem. Eu levo você.

O aviso de Val sobre ir com alguém surge na minha cabeça, mas não quero pedir nada a Reed.

— Não posso pegar seu carro emprestado?

— Primeiro, não é um carro, é uma SUV. Segundo, não, não pode.

Não tenho tempo para discutir com ele. Val precisa de mim. E, aparentemente, eu preciso de Reed. Mas não tenho de ser simpática, então solto um suspiro irritado e abro o closet onde ficam os casacos para pegar o primeiro que encontro. Assim que o fecho, percebo que peguei um casaco de Reed. Que ótimo. Agora meu nariz está tomado pelo cheiro dele.

— Tudo bem, mas, quando a gente chegar lá, você vai ficar no carro.

Ele grunhe uma resposta, que pode ser de concordância ou apenas um "não vou discutir com você enquanto você não estiver no carro".

— Pra onde a gente vai? — pergunta ele quando coloco o cinto. Dou o endereço, e ele me olha com cautela. — Eu não sabia que o píer era o único lugar onde se pode comer às duas da manhã.

— Ouvi falar que tem o melhor *fast food* da cidade — respondo com ar animado.

— Eu sei que você não vai lá só para comer. Não vai me dizer o que está acontecendo?

— Não, não vou.

Espero uma resposta tipo "o carro é meu, então quero saber", mas ele fica em silêncio. Os dedos se fecham com força no volante e o apertam. Ele deve estar imaginando que é meu pescoço e que, se apertar com bastante força, vou acabar contando tudo e ainda dizendo "Ah, meu Deus, Reed, não me importo que você tenha trepado com a namorada do seu pai e que ela talvez esteja grávida de você. Vem pro meu quarto tirar minha virgindade".

Bom, isso se ele ainda quiser tirar minha virgindade. Tudo bem, ele *diz* que me deseja, mas o que isso quer dizer? É apenas uma questão de orgulho para ele? Uma garota que o rejeitou incomoda seu ego, por isso ele vai atrás dela para recuperar a imagem?

Eu não posso mais confiar nos meus instintos. Afinal, deixei Reed se aproximar mesmo quando ele estava sendo um babaca comigo. Não posso confiar nele agora só porque está sendo legal.

Eu devia ter ouvido quando ele me disse para ficar longe, mas eu estava sozinha e era burra e havia algo nele que me atraía. Eu achei... Não sei o que achei. Talvez meus níveis de estrogênio estivessem altos, e eu tenha sido influenciada por algum tipo de alteração hormonal. Ou talvez eu seja assim mesmo. Vi minha mãe tomar uma decisão ruim atrás da outra quando o assunto era homens. É mesmo surpreendente que eu esteja fazendo a mesma coisa?

Reed estica a mão e aperta meu joelho.

— Você vai machucar seu cérebro de tanto pensar.

O toque dele acelera minha pulsação, e afasto o joelho da mão dele. Ele entende o recado e recoloca a mão no volante enquanto mantenho o olhar fixo no painel e tento esmagar o arrependimento que toma conta de mim.

— Meu problema não é pensar demais, e sim pensar de menos — murmuro.

— Você não tem problemas, Ella. Não como acha que tem. Você é ótima do jeito que é.

O elogio gera um calor dentro de mim. O Reed doce e fofo é mais poderoso e perigoso do que o Reed babaca. Não consigo lidar com isso agora. Estou cansada e minhas defesas estão baixas.

— Não seja legal comigo. Você não é assim.

Para a minha surpresa, Reed ri. Não é uma risada profunda, e tem até certo tom amargo, mas ainda é uma risada.

— Não sei mais quem eu sou. Acho que estou perdido. E acho que meus irmãos também estão.

Meu coração dá um pulo. Ah, não... O Reed vulnerável é ainda mais perigoso. Procuro mudar de assunto.

— É isso que está acontecendo com Easton?

— Se eu soubesse o que está rolando com East, não estaria saindo com você no meio da noite para tirá-lo do problema em que ele se meteu desta vez. Então, se você tiver alguma ideia de como lidar com ele, por favor, me conte.

— Nós não estamos saindo para ajudar Easton — admito. — E, se você quer ideias sobre como ajudá-lo, pergunta pra outra pessoa. Não tenho a menor ideia do que está rolando com ele. — Só sei que Easton tem problemas com vícios. Ele mesmo me contou isso. Sei que sente uma saudade desesperada da mãe, ama os irmãos e tem nojo do que viu no banheiro hoje.

O assunto está na ponta da minha língua. Quero perguntar a Reed sobre isso. Se ele sabe. Mas, como com tantas outras coisas que acontecem naquela casa, sinto que quanto menos eu souber, melhor.

— Acho que ele não gosta de se sentir excluído — digo com relutância. — Os gêmeos são colados, e você e Gideon também. Acho que ele se sente como se não fizesse parte.

Conheço esse sentimento, e talvez isso explique por que Easton ficou tão perturbado ao ver Gideon com Dinah. Por que ele está ficando com Abby e Savannah. Por que está bebendo e fumando igual a um louco. Talvez ele esteja tentando entender melhor os irmãos, mas fazendo isso do seu jeito especial e todo errado.

Reed grunhe:

— Acho que nunca pensei por esse lado.

Ele bate com os dedos no volante e muda de assunto.

— Você ainda não contou pro meu pai sobre seu carro.

— Como você sabe que não contei?

— Porque ele teria ficado irado, batido os pés pela casa e feito mil ligações. E seu carro infestado de formigas não estaria enfiado na garagem, onde meu pai não pode ver.

— Eu estou procurando um lugar que limpe.

— Eu cuido do seu carro.

Qualquer resposta que eu pudesse pensar em dar é interrompida quando chegamos ao local e vemos carros saindo do estacionamento e pessoas por todos os lados. Ouvimos sirenes ao longe. Quando Reed desacelera, abro a porta e pulo para fora do carro. Saio correndo, gritando:

— Val! Val! Cadê você?

Uma silhueta pequena sai de trás de um único arbusto na calçada e se joga em cima de mim.

— Ah, meu Deus, eu achei que você não ia chegar nunca! — Ela choraminga no meu ouvido.

Eu me afasto e vejo um hematoma no olho esquerdo dela e uma marca vermelha na testa.

— O que aconteceu? — pergunto.

— Eu conto no carro. Vamos, por favor.

— Claro. — Eu coloco o braço em torno dela, mas, quando começamos a andar para o carro, Val tropeça e quase me derruba junto com ela.

Reed aparece do meu lado e pega Val nos braços. Ele aponta para onde estacionou o carro.

— Vamos.

Desta vez, não hesito diante de uma ordem dele. As sirenes estão chegando mais perto, e as pessoas estão nos empurrando, correndo, fugindo.

Reed anda apressadamente até o Rover. Abro a porta do carro, e ele coloca Val no banco de trás. Eu entro atrás dela, e Reed senta no banco do motorista.

— Não me levem pra casa. Por favor, não vou aguentar a Jordan hoje — pede Val.

— Claro. Você pode ficar comigo.

Reed assente, indicando que me ouviu, e sai em disparada para casa.

— Quem fez isso com você, Val? — pergunta ele. — Vou acabar com a raça dele.

Val encosta a cabeça no banco. Ela está exausta, tanto emocional como fisicamente.

— Você não precisa falar nada. — Passo a mão pelo braço dela. Sua roupa é linda, uma blusa *cropped* e um short bordado, e parece intacta. Não vejo sinal de ferimentos além dos que ela tem no rosto.

— Está tudo bem, Reed. — Ela me dá um sorriso triste. — Encontrei uma ex do Tam. Tivemos uma briga idiota, então, se você tiver de acabar com a raça de alguém, vai ter que ser com a minha.

Ela fecha os olhos, e lágrimas silenciosas escorrem pelo seu rosto. Eu me aproximo e a abraço. Ficamos assim pelo resto do trajeto.

Quando chegamos em casa, eu a ajudo a subir até meu quarto, e ela se deita na minha cama. Tiro os sapatos dela, o short e a blusa e pego uma garrafa de água no meu frigobar. Ela aceita com um sorriso agradecido.

— Prefere a camisa do time de futebol americano da Astor ou essa velha do Homem de Ferro?

Ela olha para a camiseta do time, mas indica a outra.

— A do Homem de Ferro, por favor.

Jogo-a para ela, feliz por ela não perguntar por que ainda tenho uma das camisas velhas de academia de Reed. Eu diria que é confortável. É mesmo muito confortável, mas qualquer pessoa com um cérebro entenderia que guardei a camisa por outros motivos.

Val entra embaixo das cobertas na hora em que Reed aparece com um frasco de comprimidos.

— Valium — diz ele, entrando pela porta que eu tinha deixado aberta.

Não pergunto por que ele tem uma receita para comprar Valium. Só pego um comprimido e entrego pra Val.

— Vocês precisam de mais alguma coisa?

— Não, obrigada — respondo.

Ele fica inquieto e relutante, mas acaba saindo.

Val adormece quase imediatamente, mas ainda estou pilhada demais para dormir. Eu me encolho ao lado dela e fico deitada ali por um tempo, até um ruído no corredor chamar minha atenção. Tomando cuidado para não acordar minha amiga, atravesso o quarto e abro uma fresta da porta.

Como eu imaginava, Reed está se acomodando no chão, em frente à porta do meu quarto.

— Vá pra sua cama — sussurro.

Ele abre um olho.

— Essa é minha cama.

— Não tem nenhuma cama no corredor.

— Eu não preciso de uma.

— Tá bom. — Estou prestes a bater a porta, mas me lembro da Val. A porta se fecha suavemente, e me encosto nela, me obrigando a lembrar que não o amo. Que ele foi cruel comigo. Que passei minhas semanas longe atormentada por visões dele com Brooke, querendo apenas me encolher e morrer, mas acordando todas as manhãs e levantando para procurar trabalho.

Agora, ele está dormindo em frente à minha porta, tentando me fazer acreditar que mudou.

Abro a porta de novo e saio para o corredor.

— Por que você está aqui? — As palavras saem como uma súplica, e não uma acusação.

Reed se levanta. Ele está usando regata preta e calça de moletom, que está bem baixa nos quadris. O bíceps se contrai quando ele estica um braço para mim.

— Você sabe por quê.

O fogo que noto nos olhos dele me excita, mas, ao mesmo tempo, alimenta minha raiva.

— Não toque em mim.

Ele baixa o braço, e odeio a decepção que sinto. *Controle-se, Ella!*

— Tudo bem — diz ele com a voz rouca. — Então você toca em mim.

Meus olhos se arregalam quando ele tira a roupa no corredor.

Reed nu, com o peito musculoso e as coxas duras como pedras e aquela linha fina de pelos que desce até a cintura? Não. Não. *Não!*

— Vista sua roupa — ordeno, jogando a camiseta na cara dele.

— Não. — Ele a pega no ar e a joga para o lado.

E me puxa até me encostar nele.

Cada centímetro dele está duro. Cada centímetro.

Espero outra pegação desesperada, como a que aconteceu na porta da casa de Savannah, mas Reed me surpreende. Seu toque é gentil quando ele corre os dedos pela minha bochecha. A respiração é leve, e os dedos deslizam carinhosamente pelo meu cabelo, virando minha cabeça perfeitamente para um beijo.

É o beijo mais doce que já demos. Lento. Suave. O toque dos lábios dele leve como uma pena, o movimento hesitante da língua. Consigo sentir que ele está tremendo, mas não sei se é porque está nervoso, excitado ou as duas coisas.

Grito para mim mesma que tenho de me mexer, me afastar dele. Se eu gritar por ajuda, talvez ele pare de me beijar como se eu fosse a pessoa mais importante do mundo para ele.

Mas não faço nada disso. Meu corpo idiota gruda no dele. Meus lábios burros se abrem para ele.

Pegue o que quiser e depois se livre dele, sussurra uma voz baixa. *Use-o.*

Não é uma desculpa conveniente?

No atordoamento da minha necessidade crescente, cedo um centímetro, e Reed se aproveita completamente, me pega no colo e me carrega para o quarto dele. Fecha a porta com um chute e me deita no colchão.

— Eu senti sua falta — sussurra ele, e, quando abro os olhos, vejo que os dele estão transbordando de emoção. — Diz que você também sentiu a minha falta.

Engulo as palavras antes que possam sair da minha boca.

A decepção no rosto dele some rapidamente.

— Tudo bem, não precisa dizer. Você pode mostrar.

Ele afasta a mão do meu cabelo e coloca-a entre as minhas pernas, e, quando os dedos se dobram dentro de mim, não consigo não mover os quadris. Ele geme de prazer na minha boca e massageia aquele ponto cheio de desejo, me fazendo gemer.

Odeio o fato de que ele ainda tem poder sobre mim. Odeio não ter mais controle sobre nada. Odeio estar aqui. Minha mãe estar morta. Ter me apaixonado por Reed.

Lágrimas começam a escorrer pelo meu rosto, deslizando até nossas bocas.

— Você está chorando? — Reed afasta abruptamente o rosto.

Não consigo me impedir de abraçá-lo com mais força. Parece que uma parte de mim está dizendo que já tive perdas demais na vida e que devo me agarrar às migalhas que Reed Royal estiver disposto a me dar.

Mas também não consigo parar de chorar. As lágrimas caem intensamente. Reed as limpa, mas elas continuam vindo.

— Pare de chorar, gata. Por favor — implora ele.

Eu tento. Prendo o ar, mas as lágrimas que ainda não caíram sacodem meu corpo em uma onda de tremores.

— Eu vou parar. Não vou mais tocar em você. Eu prometo. Ella, você está me matando.

Ele puxa minha cabeça contra o peito dele e acaricia meu cabelo. Demoro mais do que gostaria de admitir para me controlar, e Reed fica pedindo desculpas e repetindo sua promessa de ficar longe de mim.

É o que eu quero, digo para mim mesma, mas as promessas dele de não tocar em mim só me fazem chorar mais.

Finalmente, eu me recomponho o suficiente para afastá-lo.

— Desculpe — sussurro.

Ele me observa com olhos tristes.

Eu me levanto e me afasto da cama, ficando a uma distância necessária. Meus pensamentos ficam mais claros quanto mais longe estou de Reed.

— Nós não podemos ficar juntos. Não somos bons um para o outro.

— O que isso quer dizer?

— Você sabe o que quer dizer.

Ele se levanta e coloca as mãos nos quadris. Afasto o olhar do seu corpo nu e do rosto perfeito. Se ele ficasse feio da noite para o dia ajudaria muito.

— Então, você não vai se importar se eu ficar com outra pessoa? Se eu beijar outra garota? Se ela botar as mãos em mim?

Quase vomito no tapete creme do quarto dele, mas me obrigo a me recuperar respirando fundo pelo nariz. E minto.

— Não vou.

Sinto o peso do olhar dele durante o que parece uma eternidade. Quero pular nele e implorar que fique, mas, por autopreservação, mantenho a cabeça abaixada e os pés firmes no chão.

— Vai, sim — diz Reed, baixinho. — Você está sofrendo e tentando se afastar, mas não vou desistir.

Ele anda até mim, e eu me preparo, mas ele só beija a minha testa e me deixa sozinha no quarto dele.

As últimas palavras ficam no ar. Eu escorrego até o chão e puxo os joelhos contra o peito. Estou chateada por ele não ter tentado me pressionar. Eu sei que teria cedido. Estou chateada por ele jurar que vai continuar atrás de mim.

Não, isso não é verdade. Estou chateada comigo pela alegria calorosa que sinto com a declaração dele de que, não importa o que eu diga, ele vai me reconquistar.

Capítulo 21

Vou para o meu quarto, onde consigo adormecer duas horas antes de o despertador tocar. Tiro a mão de baixo da coberta e procuro o telefone. Escolho a opção "soneca" e olho para o outro lado. Metade do corpo da Val está para fora da cama: uma das pernas fora do edredom e um braço esticado na beirada do colchão.

Eu sacudo o ombro dela.

— Hora de acordar, Bela Adormecida.

— Não. Não quero — resmunga ela.

— As aulas começam daqui a… — Minha mente lenta demora um minuto para fazer o cálculo. — Uma hora e dez.

— Me acorde em vinte minutos.

Eu me obrigo a sair da cama, pego uma garrafa de água no frigobar e entro no banheiro. Pisco algumas vezes até a versão de mim que vejo no espelho entrar em foco.

Não há evidências do toque de Reed na minha pele. Não há marca nos pontos do meu pescoço que a boca dele chupou. Não há provas externas da minha fraqueza. Aperto um dedo no lábio inferior e finjo que é Reed.

Val aparece atrás de mim, me poupando da minha imaginação idiota. O hematoma no olho dela está feio.

— Sei que você disse pro Reed que se meteu em uma briga, mas, se alguém machucou você, vou matar essa pessoa. — E eu não estou brincando.

— Então você vai ter de começar por mim, porque isso — diz ela, apontando para a própria testa — é resultado da porrada que dei com a cabeça na ex do Tam.

Eu faço uma careta.

— Que tal usar uma garrafa de cerveja da próxima vez? Ou, melhor, me levar junto? — Olho nos olhos dela no espelho. — Você não comentou sobre uma rave. Por que não me chamou para ir? Eu teria ficado do seu lado contra essa ex do Tam.

— Só fiquei sabendo dessa festa ontem e já era muito tarde. Recebi uma mensagem de uma garota que também estuda na Jefferson, junto com Tam, e ela jurava que tinha visto ele. Eu nem parei pra pensar no que estava fazendo. Só me vesti, peguei carona com a Jordan, que estava indo para a casa do Gastonburg, e, quando me dei conta, estava numa briga idiota com uma estranha por causa do Tam.

— Achei que fosse uma ex, não uma estranha. Ela era da faculdade dele?

Val olha para mim como se tivesse levado um soco no estômago.

— Não. Acho que ele estava me traindo havia anos. Foi por isso que chamei a menina de ex.

— Ah, não, Val... — Passo o braço em volta dela, e ela se encolhe no meu peito.

— Eu sou tão burra.

Você não é a única.

Eu limpo a garganta.

— Eu beijei Reed ontem à noite.
— Sério? — Ela parece quase esperançosa.
— Sério. Ele tem dormido em frente ao meu quarto. É meio apavorante, não é?

Val se afasta e consigo ver seus olhos arregalados.

— Muito — concorda ela, mas de um jeito que não parece convincente.

Eu me encosto na pia.

— É, também não acho apavorante. Eu devia, mas só acho estranhamente... fofo ele se dedicar tanto a garantir que eu não fuja novamente. — Massageio a testa, constrangida pela minha própria fraqueza.

— Ele deu uma surra em Skip Henley por sua causa.

Eu pisco, surpresa.

— O quê?

Val se mexe e parece constrangida.

— Eu não disse nada porque sei que você não gosta de falar de Reed, mas... é isso. Ele deu um soco em Skippy no meio do refeitório por causa das coisas que ele falou de você na aula de oratória.

Uma onda de emoções corre por mim. Alegria. Satisfação. Os comentários horríveis na aula de oratória tinham sido brutais. E, culpa, porque... droga, porque eu estou afastando Reed desde que voltei, e, enquanto isso, ele dorme na frente da minha porta e briga com outros garotos para defender minha honra.

Talvez eu... Deus, será que ele merece outra chance?

— Eu só achei que talvez você se sentisse melhor sabendo que ele fez isso — diz Val, dando de ombros. — E pelo menos Reed não te traiu e não está tentando evitar qualquer contato com você. Ele não é mentiroso igual ao Tam. — Val aperta meu braço. — Você tem uma escova de dentes pra mim? Parece que um bicho morreu na minha boca.

Eu me inclino e dou uma olhada no armário embaixo da pia, onde encontro uma cesta de sabonetes lindamente embrulhados e uma pilha de escovas de dentes novas. Entrego uma para ela e coloco pasta na minha escova elétrica. Enquanto Val escova os dentes e lava o rosto, volto para o quarto e olho para o armário cheio de roupas escolhidas por Brooke. Mas não vejo nada. Só consigo pensar numa frase: *Reed não traiu você.*

Quando Val falou, meu primeiro instinto não foi negar. Porque é verdade.

Não acredito mais que ele me traiu. Não sei se o bebê é dele. Mas... se acredito que ele não me traiu, eu devia acreditar quando ele diz que não é o pai do filho de Brooke.

E Val está certa sobre outra coisa: Reed não é um mentiroso. A única coisa que ele não fez no tempo que passamos juntos foi mentir para mim. Ele sempre foi seco, sempre disse que planejava sair da cidade depois da formatura, que não é bom em relacionamentos, que destrói as pessoas ao redor.

E não estava falando sobre garotas nem nenhum tipo de baboseira adolescente. De repente, me dou conta de que ele estava falando dos pais. Ele os amava desesperadamente, e os dois falharam com ele.

A mãe se matou, deixando aos cinco filhos o peso de enfrentar essa perda. O pai se afoga em bebida e mulheres horríveis. É alguma surpresa que Reed tenha dito que sexo é só sexo? Que ele tenha tentado usar isso como arma? Ele usa o sexo para punir a si mesmo e aos outros. Está seguindo o legado deixado para ele por pais fracos, mas existe uma luta dentro dele, e foi essa luta que me chamou atenção.

— Você vai se babar toda — comenta Val ao sair do banheiro.

Passo a mão no rosto, sentindo culpa, e corro até a pia para cuspir e enxaguar a boca. Admitir a Val que ainda tenho sentimentos por Reed é uma coisa, mas admitir que estou pensando em perdoá-lo é uma história totalmente diferente. Uma história que não sei como vai terminar.

— O que você acha que vou encontrar no meu armário do colégio hoje? — pergunto enquanto me junto a ela na frente do meu guarda-roupas. — Lixo? Comida de ontem? Absorventes usados?

Val aponta para o hematoma.

— E isso na minha cara? Eu pareço uma daquelas garotas que aparecem em campanhas contra violência doméstica.

— Eu posso disfarçar o roxo com maquiagem, se quiser. Já tive de fazer isso. — Quando vejo a expressão de choque dela, me apresso para explicar. — Não na minha mãe, nem em mim, mas em garotas com quem ela trabalhava.

— Aff.

— Pois é.

Eu me viro de costas para o armário.

— Quer saber? Acho que vou matar aula de novo e ir ao shopping. O que você acha?

A boca de Val se abre lentamente em um sorriso.

— Acho que quero comer um pretzel enorme e almoçar frozen yogurt.

Batemos nossos punhos.

— Vamos fingir que estamos doentes?

— Que nada, vamos só matar aula. Vamos ao shopping, vamos comer coisas horríveis e vamos usar o cartão de crédito dos nossos tutores para comprar coisas. Depois, vamos usar a maquiagem da Sephora. Depois, vamos encher a cara de frutos do mar no píer, até só sermos atraentes para criaturas marinhas.

Abro um sorriso largo.

— Estou *superdentro*.

— Como foram as compras?

Eu me viro ao ouvir a voz de Brooke. Eu estava preparando um lanche para mim na cozinha, mas, como sempre, a presença dela acaba com meu apetite. Empurro a tigela de *nachos* para o lado e me afasto da bancada.

Brooke se aproxima de mim em cima dos saltos de dez centímetros. Eu me pergunto se ela vai continuar usando esses saltos altos quando estiver com oito meses de gravidez, sacudindo-se de um lado para o outro com a barriga enorme. Provavelmente. Ela é vaidosa o bastante para correr o risco de tropeçar e cair.

Argh. Por que estou pensando na gravidez dela? Isso só está me deixando mais enjoada.

— Você vai me evitar? Mesmo? — Brooke ri a caminho da geladeira. — Eu esperava mais de você, Ella.

Reviro os olhos para as costas dela.

— Como se você realmente se importasse com o meu dia. Só estou nos poupando de uma conversa que não interessa a nenhuma de nós duas.

Brooke pega uma jarra de água filtrada e enche um copo alto.

— Na verdade, ando esperando ansiosamente por uma oportunidade de falar com você.

Aham. Claro.

— Callum e eu estávamos conversando outro dia e achamos que seria uma boa ideia que você e Dinah planejassem meu chá de bebê.

Eu fico rígida. Ela está de sacanagem?

— Seria uma ótima oportunidade para vocês se aproximarem — diz Brooke. — Callum concorda comigo.

Ah, tá. Não tem como isso ter sido ideia de Callum. No dia em que me levou para conhecer a viúva de Steve, ele encheu a cara até quase entrar em coma e implorou que eu não me importasse com uma palavra que Dinah O'Halloran dissesse.

Brooke me olha com expectativa.

— O que você acha, amorzinho?

— O que eu acho? — repito com um tom adocicado. — Acho que eu gostaria de ver o resultado do exame de paternidade antes de perder meu tempo com um chá de bebê.

O maxilar delicado dela se contrai.

— Você não precisa falar assim.

— Acho que preciso, sim. — Apoio o quadril na bancada e dou de ombros. — Você pode ter feito Callum acreditar que esse bebê é mesmo um Royal, mas tenho minhas dúvidas, *amorzinho*.

— Ah, o bebê é um Royal, sim, mas você tem *certeza* de que quer saber de qual Royal esse pacotinho de amor é feito? — Ela bate na barriguinha e sorri para mim.

Aperto as mãos. Ela deu um golpe certeiro e sabe disso.

Você não pode bater em uma mulher grávida, diz uma voz firme na minha cabeça.

Engulo a raiva e forço meus dedos a relaxarem.

Brooke assente, como se tivesse invadido meus pensamentos e soubesse quanto quero bater nela.

— Voltando ao chá de bebê — diz ela, como se esse atrito horrível não tivesse acontecido —, você devia pensar no meu convite. Dinah não ficou feliz com o jeito como você a tratou no jantar.

— Eu quase nem falei com ela.

— Por isso mesmo. — Brooke franze a testa para mim. — Ela não é uma pessoa que você queira como inimiga, Ella.

Franzo a testa para ela.

— O que isso quer dizer?

— Quer dizer que ela não aceita ser tratada com grosseria, e seu comportamento, o seu e o dos garotos, a deixou puta da vida.

Ela não pareceu puta da vida quando estava transando com o filho de Callum no lavabo, penso e quase digo.

— Quando falei com ela, na manhã seguinte, ela até mencionou aquela palavra com C — diz Brooke com uma voz cantarolada.

Meu queixo cai. Uau. Dinah me chamou de...

— Contestação — esclarece Brooke, rindo da minha expressão horrorizada.

Olho para ela sem entender.

— Dinah ameaçou contestar o testamento de Steve — esclarece ela. — E, se for em frente, garanto que vai lutar contra você no tribunal por anos. E, quando ela terminar, não haverá mais dinheiro para nenhuma das duas, porque os advogados vão ter ficado com tudo. Eu já aconselhei a ela que não faça isso, mas Dinah sempre foi teimosa, e ficou extremamente ofendida com a forma como você a tratou.

— Que diferença faz pra ela a forma como eu a trato? — Eu balanço a cabeça com irritação. — Eu não conheço Dinah e não conheci Steve.

Brooke bebe um gole d'água.

— Foi sorte sua não ter conhecido Steve.

Minha testa se franze. Por mais que eu odeie falar com essa diaba, não posso negar que minha curiosidade aumenta cada vez que alguém menciona meu pai biológico.

— Por quê?

— Porque, apesar do que Callum Royal pensa, Steve era um péssimo amigo.

Considerando que a fonte dela deve ser Dinah, que acho que está um passo à frente de Brooke na classificação demoníaca, não acredito em uma palavra, mas dou um sorriso e faço que sim porque essa é a forma mais fácil de dar fim a uma discussão.

— Se você diz.

— É verdade. Você tem sorte por ele estar morto. Eu odiaria ver o que ele faria com uma garota jovem e inocente como você. — As palavras ditas assim, de um jeito direto, tão diferentes do discurso adocicado de sempre, deixam os cabelos da minha nuca em pé.

— Sei que Dinah está com raiva por causa do testamento, mas não tive nada a ver com isso.

Brooke faz uma expressão horrível.

— Steve teria deixado tudo pra uma tartaruga se isso significasse que o dinheiro ficaria fora do alcance de Dinah. O choque foi ele ter deixado pra você. Até Callum achou que o dinheiro iria para os filhos dele.

Isso me faz pensar. Será que é por isso que Gideon não gosta de mim? Porque acha que roubei a herança dele?

— Os garotos já têm montes de dinheiro do Callum — respondo.

Brooke balança a cabeça em uma consternação fingida.

— Nunca se tem dinheiro demais. Você ainda não aprendeu isso? — Ela coloca o copo na bancada entre nós. — Não é tarde, Ella. Dinah e eu podemos ser sua família. Você não precisa ficar aqui com esses homens. Eles são ruins. Vão usar e machucar você.

Olho para ela sem acreditar no que ouvi.

—- Ninguém aqui me machucou mais do que você. Vejo que está tentando destruir essa família, e não entendo por quê. Qual é seu objetivo? O que tem contra eles?

Ela suspira como se eu fosse uma criança burra.

— Meu objetivo é sobreviver, e, meu Deus, como eu tentei ensinar isso a você. Eu disse para você se afastar. Várias vezes. Tudo o que fiz quando você chegou aqui foi pra ajudar. — O tom dela muda. Não é mais doce, mas sim duro e ferino. — Mas estou vendo que você é como todas as outras. Tão cega pelos sorrisos dos lindos Royal que não consegue ver sua própria salvação. Minha mãe sempre me disse que não se deve jogar pérolas aos porcos.

— E eu sou um porco porque acho que os Royal não vão ser meu fim?

— Você não sabe muita coisa e está perdida na sua luxúria adolescente, o que é triste, mas não posso fazer você entender. — Ela dá de ombros delicadamente. — Você vai ter de aprender as duras lições sozinha.

— Acho melhor assim, porque você não leva nenhum jeito pra professora. E devia se concentrar em se cuidar, porque, quando o exame de paternidade for feito, a carteira de Callum vai estar fechada para você. — Pego minha tigela de *nachos* e sigo para a porta.

— E você também se cuide — diz ela atrás de mim —, porque não vou oferecer meu ombro para você chorar quando Reed partir seu coração. Ou talvez você devesse tentar com Gideon. Eu soube, de fontes seguras, que ele é selvagem na cama.

Não consigo esconder o choque.

Brooke cai na gargalhada.

— Você é tão infantil. O horror no seu rosto é adorável. Vou te dar mais um conselhinho: ignore os Royal. Eles são maus. Deixe Dinah e eu ajudarmos você a lidar com seu dinheiro, e vamos todas viver felizes para sempre.

— Eu confiaria novamente em Reed antes de confiar em você.

Ela não se incomoda com meu comentário. Apenas sorri e continua, como se eu não tivesse falado.

— Se você fizer boas escolhas, pode ser a dama de honra no meu casamento. Não seria divertido?

Rá. Prefiro andar descalça por quinze quilômetros numa estrada feita de lava.

— Não, obrigada.

Sinto os olhos dela me queimarem quando saio da cozinha. Imediatamente, dou de cara com o rosto sorridente de Reed.

— Eu sabia que você ainda gostava de mim — murmura ele.

Quero negar, dizer que ele está louco, mas as palavras ficam na minha garganta. Não posso dizer o que ele quer ouvir. Ainda estou… magoada demais com todas as coisas que estão girando na minha cabeça. Não estou pronta para ter essa conversa com ele.

— Você acabou de me defender — insiste ele quando não respondo.

Balanço a cabeça.

— Eu não defendi você. Eu me defendi.

Capítulo 22

REED

Eu me defendi.

Dois dias depois de ter ouvido essas palavras de Ella, ainda não conseguia parar de pensar nelas. Também não conseguia parar de pensar naquela noite no meu quarto. Em suas lágrimas. Em como ela tinha insistido que não éramos bons um para o outro.

Ela está certa. Bem, em parte. Ela é boa para mim, sem dúvida, mas que bem eu faço a ela? Fui um babaca quando ela chegou aqui. Eu a tratei como lixo porque odiava o fato de meu pai ter trazido a filha bastarda de Steve para a nossa casa quando nunca se deu ao trabalho de prestar atenção nem nos próprios filhos. Estava na cara que nosso pai gostava dela, então, eu e meus irmãos fizemos o oposto: nós a afastamos.

E, sim, eu mudei aos poucos. Cedi à atração. Minha guarda baixou cada vez mais, até eu estar completamente sob o feitiço dela. Mas, mesmo depois que me apaixonei, ainda guardei segredos, ainda a afastei, ainda a deixei fugir em vez de explicar imediatamente sobre Brooke.

Eu disse a Ella que a reconquistaria, mas o que estou fazendo para que isso aconteça? Dei um soco no queixo de Henley, mas o que tenho a oferecer a alguém como ela? Ela sabe cuidar de si mesma perfeitamente bem.

Ela está sempre lutando as próprias batalhas e se defendendo porque... ninguém nunca fez isso por ela.

Isso vai mudar. Hoje.

— Você não vai mesmo me deixar em casa primeiro? — resmunga Wade ao meu lado no Range Rover. Ele olha para todos os carros no estacionamento quando paro na frente da French Twist.

— Por que eu levaria você primeiro? — A confeitaria fica a cinco minutos da escola enquanto a mansão da família de Wade fica a vinte minutos na outra direção. — Só vou demorar cinco minutos.

— É que tem uma pessoa me esperando em casa.

— Quem?

— Rachel. — Ele dá um sorriso sem graça. — E Dana, amiga dela.

Eu dou uma risadinha.

— Então era melhor você não ter batido o Porsche ontem à noite. Mas bateu, e agora vai depender de minhas caronas até ter rodas à sua disposição de novo.

Ele mostra o dedo do meio.

— Estou atrasado para um *ménage* por sua causa, Royal! Nunca vou perdoar você.

— Vou chorar a noite toda. — Deixo a chave na ignição e abro a porta. — Espere aqui. Não vou demorar.

— É melhor não demorar mesmo.

A confeitaria está surpreendentemente vazia. Em geral, fica lotada a esta hora, mas só vejo dois alunos da Astor Park e três senhoras a uma mesa no canto.

A antiga chefe de Ella franze a testa quando me aproximo do balcão.

— Senhor Royal — diz ela educadamente. — Como posso ajudar?

Eu respiro com constrangimento.

— Eu vim pedir desculpas.

Ela levanta as sobrancelhas.

— Entendo. Bem, vou ser sincera e dizer que você não me parece o tipo de garoto que entende o significado dessa palavra.

— Acredite, eu sei pedir desculpas. — Dou um sorriso triste. — Acho que é a única coisa que tenho feito ultimamente.

Recebo um sorriso relutante em resposta.

— Olha, foi por minha culpa que Ella fugiu — explico. — Não sei se ela comentou, mas nós estávamos mais ou menos juntos.

Lucy assente.

— Ela não me contou, mas eu sabia que ela estava com alguém. Na semana antes de ir embora, ela estava mais feliz do que nunca.

Sou tomado pela culpa. Sim, Ella estava feliz. Até eu pegar essa felicidade e transformá-la em uma coisa feia. Como sempre faço.

— Eu fiz uma besteira. — Eu me obrigo a ter coragem e encaro Lucy. — Ella não ficou doente. Quando fugiu, foi porque eu não deixei alternativa pra ela. Mas saiba que ela se sente péssima por ter decepcionado você.

— Ela mandou você vir aqui e me dizer isso? — pergunta Lucy, franzindo a testa de novo.

Eu sufoco uma risada.

— Você está brincando? Ela me mataria se soubesse que estou aqui. Já conheceu alguém tão orgulhosa quanto Ella Harper?

Lucy aperta os lábios para segurar uma risada.

— Ela amava esse trabalho — digo com sinceridade. — Na minha família, ninguém queria que ela trabalhasse, incluindo eu. É, ahn, uma coisa de status. — Eu sou um babaca. Nós, ricos, somos horríveis, percebo. — Mas ela arrumou um trabalho mesmo assim, porque é esse tipo de pessoa. Ela não gosta de aceitar caridade, nem de passar o dia todo à toa como todo mundo da Astor Park. E ela gostava muito de ter você como chefe.

— Eu gostava de trabalhar com ela — diz Lucy contra a vontade. — *Mas* isso não muda o fato de que ela me deixou sem ajuda por mais de duas semanas.

— Por culpa minha — repito. — Estou falando sério. A culpa é toda minha. E me sinto mal por isso. Odeio ter custado a ela um emprego do qual ela realmente gostava. Por isso, queria pedir que você reconsiderasse a demissão. Por favor.

— Eu já contratei outra pessoa, Reed. Não posso pagar dois funcionários.

Minhas entranhas são tomadas pela decepção.

— Ah... Eu entendo.

— Mas...

Sinto uma pontada de esperança.

— Mas o quê?

— Kenneth só pode trabalhar à tarde — diz Lucy, deixando claro que ela não gosta muito disso. — Não consegui ninguém para o turno das cinco e meia, que era o que Ella fazia. — A dona da confeitaria sorri. — Não há muitos adolescentes dispostos a acordar ao amanhecer.

— Ella está disposta — digo na mesma hora. — Ela gosta de trabalhar. Você sabe disso.

Lucy fica pensativa.

— Sim, acho que sei.

Apoio as duas mãos no balcão e olho para ela com esperança.

— Você pode dar outra chance a ela?

Ela não responde na mesma hora, mas, um tempo depois, diz:

— Vou pensar no assunto.

Como isso é tudo que posso pedir, aperto a mão dela, agradeço pela atenção e saio da loja com um sorriso no rosto.

Pela primeira vez desde as notícias do noivado e da gravidez, nossa casa está livre de Brooke. Ela e sua amiga do mal, Dinah, vão passar duas semanas procurando um vestido de noiva em Paris. Quando meu pai nos conta a novidade, os gêmeos soltam um gritinho feliz. Ele nos olha de cara feia e anuncia que vamos jantar na parte externa da casa. Dou de ombros e saio, porque, desde que Brooke e Dinah não estejam aqui, não tenho problema nenhum com um jantar em família.

Sandra traz duas travessas enormes para a mesa externa, que já está posta para sete pessoas.

— Preciso ir embora agora — diz ela para Callum. — Mas deixei comida suficiente na geladeira para a semana e o fim de semana.

— Ah, Sandy, não. Você vai sair de férias de novo? — pergunta Sawyer, consternado.

— Eu não chamaria exatamente de férias... — Ela suspira. — Minha irmã teve um bebê. Ela mora em São Francisco e vou ajudá-la por uma semana. Prevejo muitas noites sem dormir.

— Fique o tempo que for necessário — diz meu pai com um sorriso caloroso. — Uma semana a mais, se você precisar.

Sandra ri.

— E depois eu volto e descubro que esses dois tentaram botar fogo na minha cozinha de novo? — brinca ela, apontando para os gêmeos. — Vejo vocês semana que vem, Royal.

Meu pai ri enquanto Sandra, gordinha e de cabelo escuro, anda até a porta dos fundos. Vozes chegam da cozinha, e Ella passa rapidamente pela porta.

— Me desculpem pelo atraso — diz ela, sem ar. Ela se senta ao lado de Callum. — Você não vai acreditar em quem me ligou!

Meu pai dá um sorriso indulgente para ela. Eu escondo o meu para não revelar nada, mas tenho quase certeza de que sei quem ligou.

— Lucy! — Os olhos azuis de Ella mostram sua empolgação. — Ela está disposta a me dar uma segunda chance na confeitaria. Você acredita?

— Sério? — comento secamente. — Que boa notícia.

Com o canto do olho, reparo em East, que está me lançando um olhar estranho, mas ele não diz nada.

— É uma novidade mesmo — diz meu pai com uma voz infeliz.

Ella franze a testa para ele.

— Você não está feliz por eu ter meu emprego de volta?

— Eu nunca quis que você tivesse um emprego para começo de conversa — resmunga ele. — Eu gostaria que você se concentrasse nos estudos.

— Vamos discutir sobre isso novamente? — Ela suspira alto e estica a mão para pegar uma colher de servir. — Sou perfeitamente capaz de ter um emprego e estudar ao mesmo tempo. Quem quer lasanha?

— Eu — dizem os gêmeos ao mesmo tempo.

Enquanto Ella serve todo mundo, reparo que meu pai e meus irmãos observam cada gesto dela. Os gêmeos estão sorrindo. Meu pai parece satisfeito. Mas East parece incomodado. Não está feliz por Ella ter voltado? Ele ficou louco quando ela fugiu. A presença dela não devia fazê-lo feliz?

— Por que você está tão quieto, East? — pergunta meu pai quando começamos a comer.

Meu irmão dá de ombros.

— Não tenho nada pra dizer.

Os gêmeos dão risadinhas.

— Desde quando? — diz Seb.

Ele dá de ombros novamente.

— Está tudo bem com você? — insiste meu pai.

— Aham. Tudo bem na Eastonlândia.

Esse tom alegre me preocupa. Eu conheço meu irmão. Sei que ele está sofrendo, e, quando está sofrendo, ele perde o controle. Depois que nossa mãe morreu, ele começou a beber demais. Então, começou com a oxicodona. Com a jogatina. Com a brigas. Com o fluxo eterno de garotas.

Gideon e eu conseguimos ajudá-lo. Jogamos os comprimidos na privada. Comecei a lutar mais nas docas para poder ficar de olho nele. Achei que tínhamos conseguido controlá-lo, mas agora ele está desabando de novo, e é horrível vê-lo assim.

Meu pai desiste de East e se vira para Sawyer.

— Não vi Lauren por aqui ultimamente. Vocês terminaram?

— Não, ainda estamos juntos.

Isso é tudo que Sawyer está disposto a dizer sobre o assunto, e meu pai mais uma vez dá de cara com a parede.

— Reed? Easton? — chama ele. — Como está a temporada? Quero ir ao jogo de sexta. Já pedi para Dottie esvaziar minha agenda.

Não consigo esconder minha surpresa. Meu pai ia a todos os nossos jogos quando minha mãe estava viva; eles sentavam atrás do banco de reserva e torciam como loucos. Mas, desde que ela morreu, ele não voltou ao estádio. Parece que parou de se importar. Ou talvez nunca tenha se importado, e minha mãe tinha de arrastá-lo para os jogos.

Ao meu lado, East está igualmente incrédulo.

— O que você quer com isso? — pergunta ele.

A expressão alegre do meu pai desaparece. Acho que ele pode ter ficado genuinamente magoado.

— Não quero nada — diz ele com a voz tensa. — Faz um tempo que não vejo meus filhos jogarem.

East ri com deboche.

Um silêncio desconfortável se espalha na mesa até que Ella finalmente o rompe com a voz hesitante.

— Callum — diz ela. — Podemos conversar depois do jantar?

— Claro. Sobre o quê?

Ela olha para o prato.

— Hum. Sobre minha... herança. Eu tenho algumas perguntas.

— Claro — diz ele de novo, mas desta vez com uma expressão mais animada.

O resto do jantar passa rápido. Depois, os gêmeos desaparecem na sala de jogos enquanto Ella e meu pai vão para o escritório dele. Eu e East ficamos para arrumar tudo. Normalmente, tentaríamos tornar a tarefa menos chata contando piadas e falando besteira, mas ele não diz nada enquanto enchemos a lava-louça e colocamos as sobras na geladeira.

Porra. Sinto falta do meu irmão. Quase não nos falamos desde que Ella voltou. Quase não nos falávamos mesmo antes disso. Odeio essa briga. Minha vida parece desequilibrada quando East e eu não estamos bem.

Ele fecha a geladeira e segue para a porta, mas eu o paro antes que ele possa sair da cozinha.

— East — digo com a voz rouca.

Ele se vira lentamente.

— O quê?

— Vamos voltar a nos falar em algum momento?

Ou imagino ou realmente vejo um lampejo de remorso nos olhos dele, mas é rápido demais para que eu possa ter certeza.

— Preciso fumar — murmura ele.

Eu me sinto derrotado quando ele se vira de novo. Mas ele não anda. Fala sem olhar para mim:

— Você vem?

Vou rapidamente atrás dele, torcendo para minha ansiedade não ser tão óbvia. Mas, porra, é a primeira vez que ele quer ficar perto de mim em séculos.

Saímos da casa pela porta lateral em direção à garagem.

— Aonde vamos? — pergunto.

— A lugar nenhum. — East abre a parte de trás da picape e pula para se sentar na caçamba. Pega uma latinha no bolso, abre e tira um baseado bem enrolado e um isqueiro.

Depois de um momento, eu me sento ao lado dele.

Ele acende o baseado e dá uma tragada longa. Quando fala, a fumaça sai entre os lábios.

— Você conseguiu uma nova chance para Ella na confeitaria.

— Quem disse?

— Wade. — Ele me passa o baseado. — Eu fui pra casa dele depois da aula.

— Achei que estavam esperando ele pra um *ménage*.

— Virou um *ménage* de quatro.

Solto uma cortina de fumaça.

— É? Achei que você só estivesse interessado em ex-namoradas dos Royal.

Ele dá de ombros.

— Ninguém nunca disse que sou inteligente.

— Ninguém também nunca disse que você é vingativo — digo, baixinho. — Eu entendo. Você está puto comigo, e foi por isso que partiu pra cima de Abby. Mas Savannah? Você sabe que Gid ainda é a fim dela.

East tem a decência de parecer culpado.

— Eu não estava pensando em Gid quando peguei Sav — admite ele. — Simplesmente não estava pensando, na verdade.

Eu devolvo o baseado.

— Você vai contar pra ele?

Meu irmão dá um sorriso triste.

— Vou ser sincero com Gid quando ele decidir ser sincero comigo.

O que isso quer dizer? Não entendi a acusação, mas não vim consertar o relacionamento de East com Gideon. Vim salvar o *meu* relacionamento com East.

— Eu errei — digo para ele.

Ele franze a testa.

— Errou em quê?

— Em tudo. — Pego o baseado e dou uma tragada longa, que me deixa com a cabeça vazia. Ao expirar, cito todos os meus atos idiotas naquele ano. — Eu não devia ter ficado com Brooke. Não devia ter escondido isso de você. Não devia ter escondido isso de Ella. — A erva solta não só as teias na minha cabeça, mas minha língua. — Foi culpa minha ela ter fugido.

— Sim. Foi culpa sua.

— Desculpe.

Ele não responde.

— Vi como você teve medo quando ela foi embora. Sei que você sofreu. — Eu me viro para observar seu perfil contraído e fico tenso quando uma possibilidade me ocorre. — Você ama Ella? — pergunto com a voz rouca.

Ele vira a cabeça para mim.

— Não.

— Tem certeza?

— Não amo. Não como você.

Relaxo um pouquinho.

— Mas você gosta dela.

Claro que gosta. Nós todos gostamos, porque essa garota entrou na nossa casa como um furacão e fez tudo ganhar vida novamente. Ela trouxe força e vida. Ela nos fez rir de novo. Ela nos deu um propósito: primeiro, nos unirmos contra ela; depois, ficar ao lado dela, protegê-la, amá-la.

— Ela fez com que eu me sentisse feliz outra vez.

Indefeso, eu concordo.

— Eu sei.

— E aí ela foi embora. Foi embora e nem olhou para trás. Igual…

Igual à mamãe, penso, e uma pontada de dor atravessa meu peito.

— Deixa pra lá — resmunga East. — Não é nada de mais, tá? Ela voltou e agora está tudo bem.

Ele está mentindo. Consigo ver que morre de medo que Ella faça as malas e vá embora de novo.

Isso também me apavora. Ela mal falou comigo desde a noite em que nos beijamos. A noite em que ela chorou. Chorou tanto que acabou comigo. Não sei como melhorar as coisas pra ela. Não sei como melhorar as coisas pro East. Nem pro Gideon.

Mas sei que o problema não é só Ella. Os problemas de abandono de Easton são mais profundos.

— Mamãe não vai voltar — digo a ele.

— Jura, Reed? Deve ser porque ela está morta. — Easton começa a rir, mas é um riso duro e sem humor. — Eu matei ela.

Jesus.

— Quantos baseados você já fumou hoje, maninho? Porque o que você está falando é um absurdo.

Os olhos dele estão tristes.

— Não, eu nunca estive mais são. — Outra risada sai, mas nós dois sabemos que ele não está se divertindo com essa conversa. — Mamãe ainda estaria aqui se não fosse eu.

— Isso não é verdade, East.

— É, sim. — Ele dá uma tragada rápida e solta outra nuvem de fumaça cinzenta. — Foi minha oxicodona, cara. Ela tomou e teve uma overdose.

Eu olho para ele.

— Do que você está falando?

— Ela encontrou meus comprimidos. Alguns dias antes de morrer. Ela estava no meu quarto, guardando umas roupas lavadas, e aquela porra estava na minha gaveta de meias, e ela encontrou. Ela me confrontou, confiscou tudo e ameaçou me mandar pra uma clínica de reabilitação se me pegasse com remédio controlado de novo. Achei que ela tinha jogado os comprimidos na privada, mas... — Ele dá de ombros.

— East... — Paro de falar. Ele acredita mesmo nisso? Acredita há dois anos inteiros? Eu respiro lentamente. — Mamãe não teve uma overdose de oxicodona.

Ele aperta os olhos.

— Papai disse que sim.

— Essa era só uma das coisas que ela estava usando. Eu vi o relatório toxicológico. Ela morreu por causa de uma combinação de um monte de merdas. E mesmo que tivesse sido só a oxicodona, você sabe que ela conseguiria uma receita se quisesse. — Tiro o baseado da mão frouxa dele e dou uma tragada. — Além do mais, nós dois sabemos que foi culpa minha. Você mesmo disse que fui eu que a matei.

— Eu falei isso pra magoar você.

— Deu certo.

Easton observa meu perfil.

— Por que você acha que foi sua culpa?

A vergonha se espalha pelo meu corpo.

— Parece que eu não fiz o suficiente — admito. — Eu sabia que você estava viciado em comprimidos. Sabia que tinha alguma coisa errada com Gid. Na noite antes de ela morrer, ela e papai discutiram por causa de uma briga em que me meti. Minhas brigas a irritavam. Eu gostava demais de brigar. Ela sabia e odiava que eu fizesse isso. Eu... eu era só mais um estresse pra ela.

— Você não foi o motivo da morte dela. Ela estava mal muito antes disso.

— É? Bom, o motivo também não foi você.

Ficamos em silêncio por um tempo. Estamos sem jeito agora, e minha inquietação aumenta. Os Royal não conversam sobre seus sentimentos. Nós os enterramos. Fingimos que nada nos toca.

East apaga o baseado e guarda a bituca na latinha.

— Vou entrar — murmura ele. — Vou deitar cedo hoje.

Mal passa das oito horas, mas não o questiono.

— Boa noite — digo.

Ele para perto da porta lateral.

— Vamos juntos para o treino amanhã?

Quase engasgo com a onda repentina de felicidade que toma conta de mim. Porra, sou um idiota, mas... não vamos juntos há semanas.

— Claro. A gente se vê de manhã.

Ele desaparece dentro de casa. Fico sentado na picape, mas minha alegria e meu alívio duram pouco. Eu sempre soube que conseguiria ajeitar as coisas com East. Espero ajeitar com Ella também. E com os gêmeos. E com Gid. Meus irmãos nunca ficaram putos comigo por muito tempo, por maior que fosse a merda que eu tivesse feito.

Mas trocar confissões com East só me lembrou de que ainda estou escondendo algo do meu pai. Pior, eu estava tão desesperado para guardar esse segredo que o encorajei a trazer Brooke de volta para nossa vida.

De repente, sinto vontade de vomitar, e isso não tem nada a ver com minhas emoções nem com toda a erva que fumei. Brooke está de volta porque eu fui medroso demais para assumir meus erros. Por que eu não a mandei se ferrar? E daí se ela contasse para o mundo que sou o pai do bebê? Um exame de DNA bastaria para acabar com a história dela.

Mas preferi fazer um acordo com ela. Pedi ao meu pai para recebê-la de volta só para ele não descobrir o que eu fiz. Pra Ella não descobrir. Mas Ella sabe a verdade agora. Respiro fundo. E talvez seja hora de meu pai também saber.

Capítulo 23

ELLA

Depois de uma conversa frustrante com Callum, subo a escada e me jogo na cama. Ele está irritado por eu voltar a trabalhar e por querer devolver minha herança. Ouvi um sermão de vinte minutos sobre isso até interrompê-lo perguntando se ele estava tentando me controlar porque não consegue controlar os filhos. A coisa não correu muito bem depois disso.

Não entendo qual é o problema. A herança é minha, não é? E eu não quero. Enquanto eu tiver o dinheiro de Steve, pessoas como Dinah e Brooke sempre tentarão tirá-lo de mim. Então, que tirem. Que diferença faz pra mim?

Permito-me uma hora de autocomiseração antes de finalmente mandar uma mensagem para Val.

O que você está fazendo?

Churrasco com a família. Terrível.

Jordan tá perturbando?

Não, tá fazendo as malas. Vai visitar a avó paterna. Eles mandam Jordan pra lá periodicamente pq a velha é podre de rica. Pelo jeito como falam dela, acho que ela é só um saco de notas de cem dólares.

Dou uma gargalhada.

Parece que ela vai viver para sempre.

É possível. Acho que tem uns oitenta anos.

Tanto $$$ me deixa nervosa. Sinto que, se não tivessem nada, os Royal seriam mais felizes.

Gata, ninguém é feliz pobre.

Pondero sobre essa ideia. Quando minha mãe estava viva, eu era feliz. Sim, nós tínhamos problemas, e às vezes eles pareciam gigantes e insuperáveis, mas havia muita risada na nossa vida. Nunca tive dúvida de que ela me amava com todo o coração. É desse amor incondicional que sinto falta. Do amor puro, doce e inabalável que ela tinha por mim, que me mantinha aquecida à noite e enchia meu estômago vazio durante o dia.

Mas ser rico tb não é garantia de felicidade.

Estudos recentes provaram que dá pra comprar felicidade.

Tá! Eu desisto. Vamos comprar felicidade com meu $.

A gente foi feliz fazendo compras no outro dia. Eu topo ir ao shopping se você quiser. Mas não hoje. Hoje, eu tenho que sofrer. Aliás, minha tia está me olhando de cara feia. Tenho de ir.

Deixo o celular na cama e olho para o teto. Acho que o dinheiro pode melhorar a vida até certo ponto. Talvez eu esteja vendo as coisas do jeito errado. Talvez eu possa comprar a felicidade dos Royal se comprar Brooke. Ela quer segurança na forma de uma conta bancária, certo? E se eu oferecesse minha herança para que ela fosse embora? Callum não quer o dinheiro. Eu poderia viver sem. Acho que... Hum, acho que pode ser uma ideia das boas. Eu só queria ter alguém com quem discuti-la.

Bato os dedos na colcha. *Há* uma pessoa que conhece Brooke melhor do que eu e, por acaso, mora nesta casa.

Argh! Isso é uma desculpa para falar com Reed? Talvez. Afasto esse pensamento e me levanto para conversar com ele.

Não o encontro com facilidade. Parece que todos saíram. Seb e Sawyer devem estar na casa de Lauren. A porta do quarto de Easton está fechada, e a música lá dentro está tão alta que ele não me ouve bater. Ou talvez tenha ouvido e decidido me ignorar. No corredor, espio o quarto de Reed. A porta está aberta, mas ele não está lá.

Ando pela casa até finalmente ouvir um barulho. Vem da sala de ginástica. Baques rítmicos me levam escada abaixo até o porão. A porta está aberta, e vejo Reed dando socos em um saco de areia. O suor escorre pelo rosto dele, e o tronco está brilhando.

Ugh, ele é tão lindo.

Mando meus hormônios se comportarem e empurro a porta para abri-la. Ele vira a cabeça para mim na mesma hora.

— Oi — digo baixinho.

Ele segura o saco de areia e dá um passo para trás, passando a mão enrolada em esparadrapo no rosto. Os olhos estão vermelhos, e me pergunto se parte da umidade no rosto dele pode não ser de suor.

— O que foi? — pergunta ele, e a voz falha. Usando o pretexto de precisar beber alguma coisa, ele baixa a cabeça e pega uma garrafa d'água.

— Os gêmeos saíram. E a porta de Easton está trancada.

Ele assente.

— Os gêmeos foram ver Lauren. Easton está… — Ele para e procura as palavras certas. — Easton está… — Ele para de novo e balança a cabeça.

— O que foi? — pergunto. — Ele está bem?

— Melhor do que duas horas atrás.

— *Você* está bem?

Há uma pausa de um segundo. E ele balança a cabeça lentamente de novo.

Apesar dos alarmes que disparam na minha cabeça, dou um passo para a frente. Isso é ruim. Minhas defesas desmoronaram. Consigo sentir que estou me rendendo a ele. Ele está sempre me atraindo com seus beijos viciantes, sua força e essa vulnerabilidade que parou de esconder de mim.

— O que aconteceu? — pergunto.

Eu o vejo engolir.

— Eu… — Ele limpa a garganta. — Eu tentei contar pra ele.

— Contar o que pra quem?

— Meu pai. Fui até o escritório dele pronto pra contar o que eu fiz.

— O que você fez? — repito estupidamente.

— Com Brooke — diz ele. — Eu ia contar pra ele sobre Brooke. Mas amarelei. Fiquei parado na frente da porta e não tive coragem de bater. Fiquei imaginando o nojo e a decepção dele e… dei pra trás. Dei meia-volta e vim pra cá, e agora estou socando esse saco e fingindo que não sou um covarde e um babaca egoísta.

Um suspiro se aloja na minha garganta.

— Reed.

— O quê? — murmura ele. — Você sabe que é verdade. Não é por isso que você me odeia? Porque eu sou um babaca egoísta?

— Eu… não odeio você — sussurro.

Alguma coisa brilha nos olhos dele. Surpresa? Esperança, talvez? Mas o brilho some, substituído por uma nuvem de dor.

— Você disse que nunca ia me perdoar — lembra ele.

— Perdoar você pelo quê? — Dou um sorriso amargo. — Por ter transado com alguém antes de me conhecer? Por me avisar pra ficar longe de você?

Ele aperta os lábios com insegurança.

— Por tudo. Por não contar a você sobre Brooke. Por não estar ao seu lado quando você precisou de mim. Por ficar com você na noite em que Daniel te drogou…

— Eu sabia o que estava fazendo naquela noite — interrompo. — Se eu tivesse dito que não em algum momento, você não teria tocado em mim. Eu queria que acontecesse, então por favor não me faça me sentir mal transformando aquilo em algo que não é.

Ele joga a garrafa para o lado e diminui a distância entre nós.

— Tudo bem. Não me arrependo mesmo daquela noite. Tenho muitas coisas pelas quais pedir desculpas, mas não vou mentir pra você. Aquela foi uma das noites mais incríveis da minha vida. — Ele levanta a mão até a minha bochecha. — E cada dia depois daquele foi melhor porque eu sabia que abraçaria você à noite.

Eu sei o que ele quer dizer. Depois que nós baixamos a guarda, as coisas foram tão… perfeitas. Eu nunca tinha tido um namorado de verdade, e cada segundo que passei com Reed, beijando, conversando, adormecendo, foi novo e maravilhoso, e eu amei.

— Sinto falta da minha mãe — diz ele com a voz engasgada. — Eu não tinha percebido quanto eu sentia falta dela até você chegar. Acho que você foi meu espelho. Eu olhei pra você e vi como era forte e percebi que não tinha nem um grama da sua força.

— Isso não é verdade. Você não se dá valor suficiente.

— Ou é você que me dá valor demais?

Não posso evitar uma risada.

— Acho que esse não é mais o caso há algum tempo.

Ele dá um sorriso triste.

— É, não é. — O rosto dele fica sério. — Quero contar a você sobre a minha mãe. Você topa ouvir?

Eu faço que sim lentamente. Não sei o que está acontecendo entre nós, mas, seja o que for, parece... certo. Alguma coisa nesse cara sempre me pareceu certa, mesmo quando era errado, mesmo quando jurei que nunca mais me apaixonaria por ele.

— Vou tomar um banho. — Ele me solta. — Não vá embora — murmura ele enquanto recua. — Promete?

— Prometo.

Ele foge para o banheiro ao lado da sala. Se fosse eu ou Val, o banho levaria pelo menos vinte minutos, mas Reed acaba em dois, literalmente. Ele ainda está molhado quando volta com uma toalha enrolada na cintura e outra na mão, que usa para secar o cabelo.

As gotas de água fazem um caminho interessante pelo peito dele, por cima do abdome ondulado, parando no tecido atoalhado na cintura. A toalha parece bem presa ali, mas tenho certeza de que cairia com um puxão.

— Seu quarto ou o meu?

Levanto a cabeça de repente. Ele sorri para mim, mas não diz nada. Garoto esperto.

— O meu — respondo.

Ele estica a mão.

— Vá na frente.

Capítulo 24

No andar de cima, Reed vai ao quarto trocar de roupa enquanto pego dois refrigerantes no frigobar e o espero. Quando ele volta, entrego uma lata de Coca para ele, que se acomoda na cama ao meu lado, virando o corpo largo para ficarmos de frente um pro outro.

— Você sabe que meu pai traía minha mãe, né?

Eu hesito. Callum disse que nunca tocou em outra mulher enquanto era casado com Maria, mas, por algum motivo, os filhos se recusam a acreditar nele.

Reed vê a dúvida no meu rosto.

— É verdade. Ele chifrava ela quando viajava pelo mundo com tio Steve, que, aliás, traiu Dinah desde o primeiro dia.

Engulo uma sensação de infelicidade. Odeio ouvir coisas assim sobre o meu pai, o que é estranho, porque nem conheci o sujeito.

— Mas Dinah não ligava. Ela se casou com tio Steve pelo dinheiro. Todo mundo sabia. E também tinha suas aventuras. Mas minha mãe era diferente. Ela *ligava*.

— Ela tinha provas das traições de Callum? — pergunto, hesitante.

— Ele passava o tempo todo longe, sempre com Steve, um cara que não conseguia manter o pau dentro da calça.

Faço uma careta.

— Isso não é uma prova, Reed. É só uma desconfiança. Por que você tem tanta certeza de que ele traiu sua mãe?

— Porque ele traiu. — Reed é taxativo. Quero discutir mais sobre isso, mas ele não me dá chance. — Minha mãe estava deprimida, tomando muitos comprimidos.

— Eu soube que houve uma confusão com a receita dela. E o médico foi pra cadeia, não é isso?

— Não houve confusão — diz ele com amargura. — Ela tomava remédios pra depressão e insônia, mas começou a aumentar a dose por conta própria, a tomar mais do que devia. E estava bebendo muito também… — A voz dele treme. — Foi ficando cada vez pior, e meu pai nunca estava em casa, então a gente tinha de cuidar dela.

— É horrível se sentir impotente — murmuro, pensando em como precisei cuidar da minha mãe quando ela ficou doente.

A compreensão surge nos olhos dele quando se dá conta de que sei exatamente o que ele sentiu. Sei como é ver uma pessoa que você ama ser consumida por uma doença que está fora de controle e saber que não pode fazer nada.

— É. É a pior coisa do mundo.

— Como você sabe que não foi um acidente? — pergunto.

Ele respira fundo e lentamente.

— Ela disse pra gente, pra Gid e pra mim, que nos amava, mas que não aguentava mais. E pediu muitas, muitas desculpas. — Ele faz uma cara de desprezo. — Essa palavra é tão insignificante, não é? — Ele fecha os olhos com nojo de si mesmo, como se estivesse lembrando quantas vezes disse a mesma palavra para mim desde que voltei a Bayview.

A despedida de Maria provavelmente fez mais mal do que bem. Se ela tivesse morrido sem professar seu amor e seu arrependimento, talvez Gideon e Reed tivessem conseguido se convencer de que a morte dela foi um acidente. Agora, eles viviam carregados de culpa por não terem sido o suficiente para mantê-la viva.

Percebo que Maria era tão ruim para os filhos quanto Callum. Egoísta do mesmo jeito. Carente. É alguma surpresa que os filhos tenham os mesmos defeitos?

— Eu o odiei pelo que ele fez com ela. Nós todos o odiamos. Seis meses depois que ela morreu, ele começou a trazer Brooke pra cá. Eu queria matá-lo. Era como se ele estivesse cuspindo no túmulo da minha mãe.

Eu expiro me perguntando como Callum conseguiu ser tão burro. Ele não podia ter esperado um pouco mais antes de desfilar com a namorada nova na frente dos filhos?

— Eles estavam juntos havia um ano quando Brooke começou a dar em cima de mim — admite Reed. — Eu errei. Sei que errei. E a parte irônica é que fiz isso pra me vingar do meu pai, mas nunca consegui contar pra ele.

— Por que você ficou parado lá e não disse nada naquela noite? — pergunto, nervosa. — Por que me deixou pensar o pior?

Ele levanta a cabeça para olhar nos meus olhos.

— Eu fiquei com vergonha. Sabia que tinha de contar pra você sobre Brooke, mas tive medo de que você me odiasse. Ela me contou que estava grávida. Eu sabia que o filho não podia ser meu, mas... fiquei paralisado. Não consegui me mexer. Literalmente. Eu tentei, mas não consegui. Depois, fiquei puto da vida, muito puto, comigo, com ela, com *você*.

Fico tensa.

— Comigo?

— É, por ser tudo que eu queria poder ser. — A voz dele fica rouca. — Olha, os Royal são conhecidos pelo dinheiro e pela aparência, e pronto. Nós cedemos sob o primeiro sinal de pressão. Se os negócios do meu pai vão mal, ele começa a transar com todo mundo. Minha mãe se automedicava e... morreu. Eu... — Ele engole em seco. — Eu estava com raiva do meu pai e transei com a namorada dele.

Trinco os dentes, mas não digo nada.

— Quando ouvi a porta bater, senti que havia sido libertado de uma prisão. Saí correndo atrás de você. Passei a noite inteira te procurando.

Mas eu já estava longe, sentada em um ônibus, determinada a estar o mais longe possível de Bayview.

— Me desculpe. — Ele segura minha mão e entrelaça os dedos nos meus. — Me desculpe por ter magoado você. Me desculpe por não ter contado a verdade antes.

Solto o ar, trêmula.

— Reed.

— O quê?

— Eu perdoo você.

A respiração dele treme.

— Perdoa?

Eu faço que sim.

A mão de Reed treme quando ele segura meu queixo.

— Obrigado.

O polegar traça um arco no meu rosto, enxugando uma lágrima que eu não tinha percebido que tinha escapado.

A emoção acumulada na minha garganta dificulta as palavras seguintes.

— Quero esquecer...

Ele me beija antes que eu consiga terminar a frase. Lábios quentes grudam nos meus, e instintivamente passo os braços em volta dos ombros fortes e o puxo para mais perto.

O hálito dele faz cócegas nos meus lábios.

— Senti falta disso. Senti falta de *você*.

Ele me beija de novo. Beija meu rosto todo. A boca roça nas minhas bochechas, no meu pescoço e até nas minhas pálpebras fechadas. É uma exploração doce e prazerosa, e eu absorvo tudo. Uma das coxas dele desliza entre minhas pernas e pressiona, causando um desejo insuportável.

— Reed — sussurro, sem saber o que estou pedindo.

Mas ele sabe.

— Hoje não.

Aperto as coxas contra a perna dele. O corpo dele vibra junto do meu, e ele solta um gemido. Então, ele se move e se deita ao meu lado, puxando minha cabeça contra o peito.

É bom estar junto dele outra vez. Também senti falta disso. Mas tenho medo de esse momento de felicidade não durar muito, porque ainda há tantos obstáculos na nossa vida.

— Reed.

— Hum?

— O que a gente vai fazer sobre a Brooke?

— Não sei.

— E se eu der minha herança pra ela?

A respiração dele treme.

— Meu pai nunca vai deixar você fazer isso.

— Eu sei. — Meus ombros murcham. — Eu tentei dar a herança pra ele. Brooke me disse que seu pai esperava que a herança de Steve ficasse para os Royal.

Reed olha para mim.

— Por favor, me diz que ele disse não.

— Ele disse não.

— Que bom. Nós não precisamos desse dinheiro. Ele é seu. Nós temos o suficiente.

— Brooke diz que nunca se tem dinheiro demais.

— Brooke é uma puta sugadora de dinheiro.

A frustração borbulha dentro de mim.

— Por que ele a aceitou de volta? Só porque ela está grávida? Nós não estamos vivendo no século passado. Até Callum sabe que não precisa se casar com uma pessoa só porque a engravidou.

Reed fica tenso.

Levanto a cabeça na mesma hora.

— O que você fez? — pergunto.

— Eu fiz um acordo com ela — admite ele. — Ela não inventaria que o bebê é meu, o que eu sei que é mentira, e em troca eu falaria bem dela para o meu pai.

— Ai, meu Deus. Que ideia horrível!

— Eu sei. Sou um idiota, mas eu estava desesperado. Eu teria aceitado qualquer coisa naquele momento.

— Obviamente — digo com a voz sombria.

Nós ficamos quietos por um segundo.

— Nós temos de encontrar um jeito de nos livrar dela. — A voz dele soa baixa e ameaçadora. — Não posso viver aqui com aquela mulher. Não quero ela perto de você.

Eu mordo o lábio, com medo de que, se a verdade for descoberta, as coisas fiquem complicadas para Reed. Callum já acha que é leniente demais com os filhos; se descobrir sobre Reed e Brooke, vai ver mais um sinal de que precisa puxar mais as rédeas. Não sei se discordo dele. Um pouco de castigo faria bem para os Royal. O problema é que não sei que caminho Callum escolheria para castigá-los. Escola militar?

Não consigo me imaginar morando nesse museu gigante sem os garotos aqui. Acho que também sou um pouco egoísta.

— Não faça nada de que vá se arrepender — aviso.

Ele me abraça com mais força.

— Não vou fazer promessas que não posso cumprir. Você sabe que eu faria qualquer coisa por você. Por nós.

Chego mais perto de Reed. Acabei de recuperá-lo e não quero brigar. Não hoje. Entrelaço os dedos nos dele.

— Tem certeza de que todo mundo aceitou que eu fique com metade da empresa, com toda a parte que era de Steve?

— Tenho, por quê?

— Porque Gideon não gosta de mim.

— Na verdade, gata, você entendeu errado. Gideon acha que eu não sou bom pra você.

É esse o problema de Gideon? Ele nunca me tratou mal, mas sempre manteve distância.

— Por que ele acha isso? — pergunto com desconforto.

— A vida de Gid não está muito boa. Ele tem... problemas.

Problemas? Tipo trepar com a viúva do meu pai? Fico pensando se Reed sabe sobre isso.

— Que problemas?

— Ele não está em um momento bom.

É, essas respostas não estão me deixando feliz. Sopro uma mecha de cabelo caída no meu rosto.

— Acho que precisamos acabar com os segredos entre nós.

Reed levanta a mão livre.

— Juro que, se pudesse contar os detalhes, eu contaria. Mas são problemas de Gideon, não meus.

Eu me sento.

— Chega de segredos — repito com mais firmeza. — Quer que eu comece? Tá bom, eu começo.

— Começar com o quê?

— Easton e eu pegamos Gideon e Dinah transando no banheiro — declaro.

Ele se senta.

— Você está falando sério? E só está me contando isso *agora*?

Eu observo o rosto dele.

— Você não parece tão surpreso. — Meu tom fica aguçado. — Por que você não está surpreso, Reed? Você sabia?

Ele hesita.

— Você sabia! — acuso.

Reed dá de ombros.

Tiro o cabelo dos olhos com irritação.

— Por que ele está transando com Dinah? — pergunto. — E por que ele se importa se eu e você estamos juntos? Na noite em que peguei você com Brooke, Gideon tinha pedido pra se encontrar comigo. Ele contou isso pra você? Foi por isso que fui até seu quarto naquela noite. Eu queria conversar com você sobre isso.

— Não, ele não me contou — diz Reed, franzindo a testa. — O que ele disse?

— Disse que eu devia ficar longe de você. Disse que você me magoaria e que gente demais já tinha sido magoada. O que ele quis dizer com isso?

Ele dá de ombros de novo.

— Reed — aviso. — Eu juro que, se você não me contar o que está acontecendo, nós *não* vamos voltar. Não aguento mais mentiras. É sério.

Ele expira.

— Pouco depois que minha mãe morreu, Gideon e eu entramos escondido em um evento beneficente em que meu pai tinha que ir, mas não foi. Ele estava ocupado demais com Steve em algum lugar. Nós enchemos a cara lá.

Resmungo, irritada.

— O que isso tem a ver?

— Você não queria saber o que está acontecendo com Gid? Eu estou contando. — Reed faz cara feia para mim. — Dinah estava no evento.

— Ah. — Eu mordo o lábio inferior. Droga, talvez eu não queira saber os detalhes, afinal.

— É. Ela estava dando em cima de Gid já tinha um tempo, e ela o encontrou saindo do banheiro, e eles... há... eles se pegaram por um tempo.

— Reeeeeeed! — digo, cheia de exasperação. — Foi daí que você tirou a ideia de transar com a namorada do seu pai?

Uma expressão culpada o entrega.

— Talvez. — Ele suspira. — De qualquer modo, depois dessa festa, ela não deixou Gid em paz. Ela o encurralava o tempo todo e fazia comentários baixos, dizendo que gostava de coisas frescas, jovens e gostosas.

Não consigo esconder minha repugnância.

— Que nojento.

— Muito. Ela queria mais. E ainda está seriamente obcecada por ele. Depois da festa, ela não teve vergonha nenhuma de tentar várias coisas pra seduzir Gid. Ele me contou tantas histórias horríveis que você nem vai querer saber. Mas ele se apaixonou pela Savannah e não quis mais saber da interesseira do Steve. Uma noite, ela pediu a Gid pra ir na casa dela, dizendo que tinha uma coisa pra mostrar pra ele. Meu pai e Steve estavam viajando, como sempre. Gid foi até a cobertura. — Reed faz uma pausa. — Quando voltou pra casa naquela noite, ele me disse que tinha transado com Dinah.

— Eca. *Por quê?*

— Porque ela o chantageou — diz Reed, secamente.

— Você está falando sério? Com *o quê?*

— Fotos. Ela tinha fuçado o celular de Gid. Acho que, uma vez, ele deixou o celular na cozinha enquanto ela estava aqui. Ela xeretou e encontrou um monte de fotos que Sav e Gid trocaram.

— *Nudes?*

— É.

— E daí? — Ainda estou confusa. — As pessoas mandam *nudes* o tempo todo.

— Mas agora há uma vigilância contra isso. Dois adolescentes em Raleigh sofreram sete acusações de pornografia infantil quando os pais de uma garota descobriram que eles estavam trocando *nudes* e fazendo sexo virtual. A bolsa da garota na Universidade da Carolina do Norte foi cancelada. Se fosse só Gid na mira, ele provavelmente teria mandado Dinah para o inferno, mas ela jurou que ia arrastar Sav junto e até divulgar as fotos dela pra toda a escola.

Sinto-me ainda mais enojada.

— Então Dinah chantageou Gid a ir pra cama com ela?

— Basicamente. Faz mais de um ano agora. Ele terminou com Sav, e ela ficou arrasada.

Penso em Savannah, uma garota tão delicada e fechada. Os sorrisos dela são breves e suas palavras são cortantes. Se ela realmente amava Gideon, deve estar sofrendo muito.

— Que horror.

Reed faz uma careta.

— Ele vai me matar por ter contado tudo a você.

— Estou feliz que você tenha contado — digo a ele com seriedade. — Porque agora podemos pensar num plano.

— Um plano pra quê?

— Pra salvar Gideon. Não podemos deixar que Dinah continue fazendo isso com ele. Senão, ele vai perder a cabeça.

— Às vezes, parece que isso é parte de um plano de Brooke e Dinah. Como se elas tivessem nos dividido e decidido que destruiriam um de cada vez. Incluindo Steve. — Reed balança a cabeça. — Parece loucura falando assim.

— Você acha mesmo que Brooke e Dinah planejaram isso?

— Elas são amigas. Acho que meu pai já estava trepando com Brooke antes da minha mãe morrer, mas não sei nada sobre elas. Steve apareceu com Dinah de repente, e ela já estava com uma aliança no dedo. Mas casar com ela não diminuiu o ritmo dele.

— O que mais nós sabemos sobre Dinah? E onde você acha que ela guarda as provas contra Gid? Você acha que ela mostrou para alguém?

— Duvido, senão Gid já teria sido preso há um tempão.

— Se conseguirmos botar as mãos nessas fotos, Dinah não vai ter nada. Não vai ter o que usar contra Gid. — Eu paro para pensar. — Como podemos encontrar as fotos? Ela seria burra o bastante para deixar essas provas na cobertura? Inteligente o bastante para fazer cópias?

— Não sei. Mas talvez você esteja certa. Se conseguirmos encontrar as coisas que ela tem contra ele, podemos deixar essa história para trás.

— Mas e Brooke?

— Brooke. — Ele repete o nome com nojo. — Precisamos de um exame de paternidade. Não sei por que meu pai não pede um.

— Nem eu. — Mordo a ponta do polegar com força.

— Você vai arrancar o dedo se ficar pensando nisso — diz Reed. — Podemos parar de falar sobre Brooke e Dinah? Pelo menos um pouco?

— Por quê?

O olhar dele se aquece.

— Porque há jeitos melhores de passarmos nosso tempo.

— Como o que por exemp...

Antes que eu possa terminar de falar, ele rola para cima de mim e encosta os lábios no meu pescoço.

— Assim — sussurra ele.

Eu ofego.

— Ah... certo.

Os dedos inteligentes exploram uma área acima da cintura da minha calça, e, ainda que uma garota mais forte talvez pudesse sufocar um tremor, eu nunca consegui resistir a Reed. Parece sem sentido tentar fazer isso agora. Principalmente gostando tanto do toque dele.

Ele encosta o nariz no meu pescoço e continua a passar a mão na minha cintura, como se estivesse feliz fazendo apenas isso. Por um tempo, também é tudo de que preciso. Deixo o silêncio se espalhar à nossa volta e aprecio o toque simples. No meio dessa paz, percebo que é a primeira vez em muito tempo que tenho um momento silencioso com outra pessoa.

— Você me perdoa de verdade? — pergunta ele.

Passo a mão pelo cabelo brilhante e escuro dele. Às vezes, quando olho para o corpo musculoso e o rosto sério de Reed, esqueço que ele tem um coração tão frágil quanto o meu. Mas os homens não são encorajados a ser emotivos, então escondem os sentimentos por trás de seriedade, de imaturidade ou de um comportamento babaca.

— Eu perdoo você de verdade.

— Mesmo eu sendo um babaca?

— Você já parou de ser um babaca comigo? — Eu puxo o cabelo dele com um pouco mais de força do que o necessário.

Ele baixa a cabeça como quem diz "eu mereci isso".

— Eu já parei há muito tempo. Desde nosso primeiro beijo. Eu não olhei pra nenhuma garota desde que conheci você, Ella.

— Que bom. Então, se você me tratar como a deusa que eu sou e não me trair, está perdoado.

— Eu posso ser um cara difícil.

Ou seja, ele ama muito intensamente e tem medo que eu fuja de novo... como fiz antes, como a mãe dele fez de forma permanente.

— Pode... mas é o meu cara difícil — sussurro.

A risada dele é abafada quando sua boca desce pelo meu ombro, pontilhando meu peito com beijos leves. A renda suave do sutiã de repente parece áspera e dura. Eu me mexo com inquietação. Ele chega mais perto, empurrando com o peito a maciez do meu abdome, pousando entre as minhas pernas.

Meus dedos agarram o cabelo dele, sem ter certeza se quero puxá-lo até a minha boca ou empurrá-lo para baixo. Mas Reed tem seus próprios planos. Levanta a barra da minha camiseta, arrastando o tecido devagar demais. Com impaciência, seguro minha camiseta e puxo-a pela cabeça.

Ele sorri.

— Eu já falei quanto gosto da sua roupa de dormir?

— Ela é confortável, tá? — digo, na defensiva.

— Hummmm — murmura ele, mas o sorriso arrogante continua no seu rosto quando ele estica o braço para as costas e tira a camiseta.

Esqueço o comentário espertinho que eu ia fazer e passo a mão pelo peito dele.

Ele fecha os olhos e estremece. As mãos estão ao lado do corpo, se abrindo e fechando. Esperando por mim? Gosto disso, de vê-lo na minha coleira até eu o soltar.

— Quero que você toque em mim — murmuro.

Ele abre os olhos, e o tesão que vejo me deixa ofegante. Ele me empurra para trás e ataca minha legging como se ela tivesse feito alguma coisa para ofendê-lo. Levanto os quadris e empurro o tecido justo pelas pernas porque também não quero nada entre nós. Quero ele encostado em mim.

Os dedos chegam às minhas costas e soltam o sutiã. A boca me cobre, e meu corpo todo começa a tremer. Quando ele beija um mamilo, emito um som engasgado e desesperado e aperto os dedos nos ombros dele.

Eu estava enganada. O toque dele não me tranquiliza. Só me deixa mais louca, mais excitada, mais descontrolada. E quanto mais para baixo ele vai, mais excitada eu fico.

— Reed — digo, gemendo, com a cabeça virada para trás.

— Shhh — diz ele. — Deixa.

Deixar o quê? Ele descer até seus ombros me abrirem mais do que jamais pensei que seria certo? Sua boca estar *lá* e sua língua estar fazendo as coisas mais incríveis naquele ponto latejante? Ele me tocar de formas que antes eu achava que seriam constrangedoras e desconfortáveis?

Ele geme de prazer quando deixo que ele me faça esquecer tudo e não conseguir pensar em nada. Minhas costas se arqueiam e meus dedos dos pés se dobram, e eu seguro os lençóis quando uma onda de pura alegria me percorre.

Ele se levanta, e eu estou tremendo e ofegando. Ele se deita de lado perto de mim, e não dá pra não notar o volume na cueca dele.

Reed sorri quando me vê olhando.

— Ignore isso. Daqui a pouco passa.

Chego mais perto.

— Por que ignorar?

Ele fica tenso quando coloco a mão no peito dele.

— Eu queria que esta noite fosse só pra você — protesta ele, mas os olhos me mostram seu desejo quando deslizo um dedo até a cueca.

— Bom, e eu quero que seja pra nós — sussurro.

A sensação de tocá-lo assim é tão boa, e consigo perceber pelas pálpebras pesadas e pela respiração entrecortada que ele está gostando de cada segundo.

— Ella... — Ele movimenta os quadris para a frente, querendo mais. — Porra. Mais rápido.

Ver o rosto dele é a coisa mais emocionante do mundo. As bochechas estão vermelhas e os olhos estão enevoados; quando o beijo, a língua se embola com a minha até estarmos sem ar.

O latejar entre as minhas pernas começa de novo, e Reed parece sentir isso, porque os dedos dele me encontram, e de repente estamos tentando freneticamente enlouquecer um ao outro. E dá certo. Eu o aperto com mais força, porque, se vou perder o controle, ele vai ter que vir comigo. A boca dele está na minha, e nos movemos em perfeita sincronia até eu me perder, afogada em um estado de felicidade eufórica.

Capítulo 25

— Você viu Reed? — pergunta Callum a alguém no corredor.

O som da voz dele tão próximo da minha porta me faz pular de susto. Um braço pesado me empurra de volta sobre o colchão.

— Deve ter ido para o treino de futebol americano — responde Easton.

— Há, está cedo. Você não devia estar no treino também?

— Estou tentando ir pra lá, mas tem uma pessoa me interrogando sobre o paradeiro do meu irmão — responde Easton sarcasticamente.

Callum grunhe ou ri ou bufa. Não sei direito. Sacudo o ombro de Reed até ele abrir os olhos.

— É o seu pai — sussurro.

Ele fecha os olhos e esfrega a bochecha na minha mão.

Callum fala de novo.

— Recebi uma ligação da Franklin Auto Body dizendo que Reed levou um carro, mas o Rover dele está lá fora. E o carro de Ella sumiu. Ela não fugiu de novo, fugiu? — Há uma certa tensão na voz dele. Eu me pergunto se o chateei com a conversa do dinheiro. Ou se ele acha que *me* chateou e por isso está com medo de eu ter fugido.

— Não, houve um incidente infeliz com o carro de Ella, envolvendo um pote de mel, e ela ficou constrangida de contar a você. Reed levou o carro para ela.

— Incidente com mel?

— É, não se preocupe, pai — diz Easton. Os passos deles somem no corredor.

Olho para o relógio, que me diz que tenho de me arrumar se quero chegar à confeitaria a tempo. Lucy me deu uma segunda chance, e não vou decepcioná-la de novo. Saio do abraço possessivo de Reed e percebo que só estou usando calcinha e sutiã.

Andar quase nua na frente de Reed é mais constrangedor do que tirar a roupa na frente de estranhos. Encontro a camiseta dele ainda pendurada na beirada da cama e visto rapidamente.

Reed rola na cama até ficar deitado de costas e coloca as mãos embaixo da cabeça. Fica olhando para mim com interesse enquanto ando de um lado para outro, me arrumando.

— Você não precisava se cobrir por minha causa — diz ele.

— Eu não me cobri por sua causa. Eu me cobri por minha causa.

Ele ri num som baixo, sexy, grave.

— Você ainda tem sua virgindade, senhorita Inocente.

— Não me sinto muito inocente — murmuro.

— Também não parece muito inocente.

Paro na frente do espelho largo da minha escrivaninha. Meu cabelo está desgrenhado. Parece que uma família de roedores está vivendo ali.

— Ah, meu Deus! É isso que é cabelo de sexo? — *Mas será que é considerado cabelo de sexo mesmo se você não fez sexo?*

Atrás de mim, Reed se levanta da cama, bonito demais para esta hora da manhã. Ele move algumas mechas do meu cabelo desgrenhado e dá um beijo quente no meu pescoço.

— Você está linda e gostosa, e, se eu ficar aqui por mais tempo, sua virgindade vai acabar no chão, perto da sua calcinha.

Ele dá um tapa forte na minha bunda e sai do meu quarto só de cueca. Felizmente, não é recebido por exclamações horrorizadas de Callum.

Quando Reed sai, molho meu cabelo na água da pia mesmo e visto uma calça jeans, tênis e uma blusa preta de renda, meio ousada, que eu usava na parada de caminhões onde trabalhava antes de Callum me encontrar.

Reed passa pelo meu quarto na hora em que chego ao corredor. Ele para, olha meu corpo e levanta um dedo.

— Espere aqui.

Eu não espero, pois, como já falei um milhão de vezes a ele, eu não sou um cachorro.

Vou atrás até o quarto dele, onde o encontro mexendo no armário.

— O que você está fazendo?
— Procurando um uniforme.

Reviro os olhos.

— Não usamos uniforme às sextas.

Esse é o único dia em que temos permissão para usar outras roupas, embora o diretor Beringer prefira que todo mundo use alguma coisa que mostre apoio ao time de futebol americano nos dias de jogo.

— Isso não quer dizer que você deva usar uma roupa que vai provocar uma rebelião na escola. — Reed pega uma camisa de botão branca com um padrão quadriculado pequenininho em azul. — Você não usaria minha camisa do time, usaria?

Faço uma careta. Não estou pronta para declarar ao mundo que voltei com Reed Royal. Já preciso encarar merdas demais na escola e não sei quanto isso vai complicar as coisas.

Reed suspira, mas não discute.

Eu o deixo colocar meus braços na camisa de botão e balanço o tecido que sobra na cara dele.

— Como é que eu vou usar isto?

Ele balança o indicador em círculo.

— Faz aquela coisa nas mangas. De enrolar. Usar as roupas do namorado não está na moda?

O uso da palavra "namorado" me deixa uns cinco graus mais quente, mas não posso permitir que Reed note como me afeta facilmente, senão ele vai usar isso contra mim o tempo todo.

— São calças *boyfriend* que estão na moda, mas tudo bem, só por hoje — resmungo, enrolando as mangas para poder usar as mãos na confeitaria hoje sem sujar os punhos da camisa.

Pegamos alguma coisa para comer na cozinha e saímos.

— O que você quer fazer no fim de semana? — pergunta Reed quando chegamos à rua da confeitaria.

— Não quero ir a nenhuma festa da Astor. — Eu franzo o nariz. — E queria fazer alguma coisa com Val, porque Tam é um babaca e não quero que ela fique sozinha.

— Nós podíamos visitar uma fazenda aqui perto, que tem um labirinto enorme e abóboras para arremessar.

— Nós? Você, seus irmãos e eu? — pergunto, esperançosa.

— É, todos nós. A gente gasta nossa testosterona com as abóboras e depois você e eu podemos dar uns beijos no labirinto.

— Você está muito cheio de confiança.

Ele dá um sorrisinho.

— Estou muito cheio de arranhões nas costas.

— Não está! — exclamo. — Está mesmo? — pergunto baixinho, olhando minhas unhas.

Reed continua sorrindo, mas sabiamente muda de assunto.

— Como está Val?

Eu coloco as mãos embaixo das coxas.

— Não está nada bem. Ela sente falta do ex. — Eu queria que ela pudesse ver quanto está melhor sem aquele traidor do Tam, mas não dou conselhos de relacionamentos. Nos camarins dos clubes de strip, vi mais de uma amizade chegar ao fim quando uma mulher tentou mostrar os defeitos óbvios do homem da amiga.

Um pensamento repentino me ocorre. Reed é um ano mais velho do que eu. No ano que vem, ainda vou estar na Astor Park, mas ele vai ter ido embora. Uma vez, ele disse que queria estar a um oceano de distância de Bayview. Agora eu sei por que ele disse isso, mas a ideia de ele estar tão longe dá um nó no meu estômago.

— Vou ter que me preocupar quando você estiver na faculdade? — pergunto com nervosismo.

— Não. — Ele estica a mão até meu joelho e aperta-o para me tranquilizar. — O cara da Val quer experimentar coisas diferentes, mas eu já... — Ele faz uma pausa à procura da palavra certa. — Não quero falar mal do seu pai, mas Steve teve todas as mulheres que quis, e nada disso o fez feliz. Eu não preciso transar com todo mundo pra saber o que quero.

As palavras dele, ah, as palavras dele são como a luz do sol enchendo de doçura cada poro do meu corpo. De repente, rezo para não ter cometido um erro ao dar outra chance a ele. Se ele me machucar de novo, acho que não consigo sobreviver.

Reed para na frente da confeitaria e se inclina para mim, colocando a mão no meu pescoço. Antes que eu possa protestar, ele dá um beijo forte e possessivo nos meus lábios.

— Encontro você no estacionamento — diz ele com a boca perto da minha.

Ele não espera uma resposta e segue disparado para o treino. Dou um tapa mental em mim mesma por gostar desse comportamento de homem das cavernas, mas não consigo tirar o sorriso do rosto quando entro na confeitaria.

A manhã passa rapidamente. Achei que ia se arrastar e que eu sentiria saudade de Reed, mas estou cheia de energia. Talvez um bom quase-sexo faça isso com uma pessoa. Eu me pergunto como vou me sentir depois que acontecer pra valer. Como uma super-heroína? Capaz de pular de prédios altos usando saltos e segurar com uma das mãos um avião caindo do céu?

Na escola, encontro uma calcinha usada no meu armário, mas isso nem me incomoda. É claro que vou ter que começar a usar luvas de borracha, mas nem as pessoas que me atormentam na Astor Park conseguem me botar para baixo.

— Você transou? — pergunta Val assim que nos sentamos para almoçar mais tarde.

Tenho um letreiro na minha cabeça?

— Por que você acha que transei?

— Você está com uma cara boba e feliz de pessoas que transam sempre e transam bem. — Ela afunda com repulsa na cadeira.

— Eu não transei — juro para ela.

— Mas você fez alguma coisa. — Ela me examina com atenção, como se houvesse alguma prova dos dedos de Reed no meu rosto. — Com ele? — Ela inclina a cabeça na direção do caixa, onde Reed está pagando pelo almoço. Meu rosto deve ter revelado que sim, porque ela geme. — Fez! Você perdoou Reed. *Por quê?*

Sinto um arrepio. Val não costuma ser crítica, mas a reprovação está na cara dela.

— O que foi? Você vai deixar de ser minha amiga por isso? — pergunto com sarcasmo.

A expressão dela suaviza de repente.

— Não! Claro que não. Mas não entendo. Você disse que não conseguiria perdoar ele.

— Acho que eu estava errada. — Suspiro. — Eu amo Reed, Val. Talvez isso me torne a garota mais burra do planeta, mas quero muito tentar fazer as coisas darem certo com ele. Eu... sinto falta dele.

Ela emite um ruído frustrado.

— Eu também sinto falta do Tam. Você viu a burrice que fiz naquela noite, e pra quê? Nós não podemos aceitar esses babacas de volta. Não podemos nos humilhar assim.

— Eu sei, Val, e, acredite, se eu estivesse no seu lugar, também estaria revirando os olhos pra mim. — Mordo o canto do lábio. Não posso revelar quais são os problemas de Reed, porque são coisas particulares, mas quero que Val entenda. Ela só está me pressionando assim porque se importa comigo, o que agradeço muito.

— O que foi, então? Ele é bom em se humilhar?

Por que eu perdoei Reed? Não foi porque ele tem uma história de vida triste nem porque me fez sentir bem, porque esses não são motivos para estar com alguém que tratou uma garota do jeito que Reed me tratou.

Minha relação com ele é... complicada. Nem eu consigo entender direito. Só sei que eu o compreendo em um nível mais profundo, que a perda dele se conecta com a minha.

Que a felicidade dele desperta a minha. Que a luta dele para encontrar sentido neste mundo maluco é tão familiar para mim quanto minha própria pele.

Com cuidado, tento explicar isso a Val.

— Eu o perdoei porque não sei se existe alguém que eu entendo melhor nem que me entende como ele. Eu não te contei, mas, duas semanas depois que cheguei aqui, tive um surto com Reed e comecei a bater nele dentro do carro.

Val sorri, completamente surpresa.

— Sério?

Fico feliz ao vê-la sorrindo. A amizade dela é muito importante para mim.

— É. Ele me segurou com uma das mãos e continuou dirigindo até em casa. E, mesmo dizendo que me odiava, ele ainda me trazia para a escola todos os dias. Não sei explicar, mas sinto que somos iguais. Há dias em que estou toda sensível e chorosa, e dias em que ele é um babaca, mas somos tão parecidos. Temos as mesmas emoções distorcidas.

— Você já tentou outro cara?

— Não. E, mesmo que tentasse, não daria certo. Ele não seria... Reed.

Ela suspira, mas decide aceitar.

— Não vou fingir que entendo. Depois daquela noite, decidi que vou seguir em frente.

— Talvez você queira esperar esse hematoma sumir do seu rosto. Como explicou para sua família?

— Eu falei que bati de cara numa porta. É quase verdade, só que a porta era a cara de uma garota.

— Você vai ao jogo hoje?

Ela cutuca a salada de quinoa.

— Não sei. Acho que não quero mais saber desses caras da Astor.

— E aquele gato sentado do lado de Easton? — pergunto.

Ela olha por cima do meu ombro.

— Liam Hunter?

— Ele parece… intenso.

— Ele é intenso. E está no topo da minha lista de caras a evitar. Ele é igual ao Tam. Um garoto pobre que se acha injustiçado e quer ser rico. Ele me usaria como um lenço de papel e me jogaria fora. — Ela abre a garrafa de água. — Eu preciso de um garoto rico, porque eles não se apegam muito a pessoas, só a coisas. Se não se apegarem a mim, eu não vou me apegar a eles.

Tento dizer a ela que não é assim que funciona, que é possível se apaixonar por alguém que não suporta você. Veja o que aconteceu entre Reed e eu. Eu me apaixonei por ele enquanto ele me rejeitava e me tratava mal. E continuei amando-o mesmo quando descobri coisas horríveis sobre ele. Mas Val não está me ouvindo. Ainda está tomada pela dor, e essa é a única voz na cabeça dela agora.

— Se você precisa de um garoto rico, pode me usar.

Nós nos viramos e vemos Wade ao lado da nossa mesa. Val o avalia friamente. Consigo perceber que ela está gostando do que vê, mas isso não é surpresa. Wade é um gato.

— Se eu usasse você, você teria que se abster das outras garotas.

— O que isso quer dizer? — pergunta ele, parecendo genuinamente confuso. A fidelidade é um conceito estranho para ele.

— Ela quer dizer que, enquanto vocês dois estiverem se usando, você só usa ela — explico a ele.

Ele franze a testa.

— Mas…

Val o interrompe.

— Esquece, Wade. Eu faria coisas que você nem imagina e aí você nunca mais conseguiria se divertir com outras garotas sem se decepcionar.

Ele fica parado ali, de boca aberta.

Sorrio, porque é a primeira vez que vejo alguém deixá-lo sem palavras.

— Ela sabe umas coisas — confirmo, sem fazer ideia do que estou querendo dizer.

— Você sabe umas coisas — diz ele com a voz rouca.

Val assente.

— Sei.

Wade se ajoelha na mesma hora.

— Ah, querida donzela, por favor, me permita inserir meu membro em sua caverna do prazer e levar você a alturas que só os imortais conheceram.

Val se levanta e pega a bandeja.

— Se é assim que você fala putaria, você tem muito a aprender. Venha comigo.

Ela sai andando.

Wade se vira para mim e fala apenas com movimentos labiais:

— Falar putaria! — Seu rosto brilha com uma alegria infantil.

Eu dou de ombros e levanto as mãos, e ele sai correndo atrás da Val. Correndo mesmo.

— Será que quero saber o que foi aquilo? — pergunta Reed, chegando à mesa e colocando a bandeja ao lado da minha.

— Acho que não. Sinceramente, eu nem conseguiria explicar.

Capítulo 26

No jogo de futebol, todo mundo parece conhecer Callum Royal. Ou pelo menos todo mundo quer fingir que o conhece. Pessoas nas arquibancadas se levantam e o cumprimentam com um aceno. Algumas o param na parte de baixo da arquibancada antes de conseguirmos encontrar um lugar. Ele aperta algumas mãos. Mais de uma pessoa comenta sobre a perda dele, o que me parece uma grosseria. A esposa de Callum morreu dois anos atrás. Para que falar nesse assunto agora? Mas Callum sorri e agradece a todo mundo por pensar nele e na família. Demoramos trinta minutos para subir a arquibancada e encontrar um lugar na seção reservada aos pais.

— Tem certeza de que não quer se sentar com seus amigos? — Ele aponta para o meio da arquibancada, organizada em azul e dourado, apertando os olhos. — Todas as garotas que estão usando a camisa do time estão ali.

Meus ombros coçam debaixo da camisa de Reed, que não usei para ir à aula, para a frustração dele, mas estou usando agora. Achei que, ao me sentar ao lado de Callum, a camisa pareceria uma demonstração de torcida da família, e não minha por Reed. Callum está usando a camisa de Easton, que tem um caimento bom nele. Eu poderia nadar dentro da minha.

— Não, estou bem aqui. Tenho que guardar um lugar para a Val — lembro a ele.

Mesmo se Val não aparecesse, eu continuaria preferindo me sentar longe dos meus "amigos". Acho que todo mundo da Astor Park Prep se resume a um bando de babacas. As maldades na escola diminuíram, mas não pararam completamente. Outro dia, meu armário estava emperrado, e não consegui abri-lo a tempo de ir pra aula. Felizmente, o professor aceitou minha explicação para o atraso. Depois da aula de educação física, no vestiário, vi que minha calcinha tinha sumido, e eu tive que andar sem nada por baixo durante o resto do dia.

Cometi o erro de contar isso pro Reed, e ele me arrastou para uma sala de música para "verificar". Isso fez com que eu me atrasasse para a aula de biologia, e Easton, que é da mesma turma, adivinhou o motivo do atraso e me provocou incessantemente.

— Você jogou futebol americano quando estava no colégio, Callum? — pergunto enquanto vemos o time se aquecer em sincronia.

— Joguei. Eu era muito bom em bloquear a bola.

Eu dou um sorrisinho. Esses termos usados no futebol americano são muito pornográficos.

Callum pisca como se soubesse exatamente o que estou pensando.

— E seu pai jogava na mesma posição que Reed. Ponta defensivo.

— Você sabia que a minha mãe tinha dezesseis anos quando conheceu Steve? — Pensei nessa diferença de idade outro dia e fiquei meio horrorizada. Callum tem quarenta e tantos anos, e, se os dois estudaram juntos, Steve devia ter a mesma idade. Minha mãe tinha dezessete anos quando me teve. Dezesseis quando engravidou. Então, acho que Steve já era um galinha naquela época. Mas não fico feliz por ele estar morto.

— Nunca pensei sobre isso, mas, sim, você está certa. — Callum me olha com desconforto. — As garotas que frequentam os bares perto das bases são... É difícil saber quantos anos elas têm.

Reviro os olhos.

— Callum, eu dançava em clubes de strip quando tinha quinze anos. Sei que é difícil perceber a diferença. Foi só uma coisa que surgiu na minha cabeça.

— Steve não se aproveitaria de uma mulher. Ele não era assim.

— Eu nunca disse que ele era. Minha mãe nunca falou nada de ruim sobre o doador de esperma.

Callum faz uma careta.

— Eu queria que você tivesse conhecido seu pai. Ele era um bom homem. — Ele estala os dedos. — Nós devíamos marcar alguma coisa com alguns dos nossos amigos do SEAL. Você só conhece mesmo um cara depois de dormir com ele em um buraco no deserto por sete dias.

— Isso parece bem ruim. — Franzo o nariz. — Acho que prefiro fazer compras.

Ele ri.

— Está certo, está certo... Ah, Valerie chegou. — Ele se levanta e faz um sinal para ela.

Val está cheia de sorrisos quando se senta ao meu lado.

— Oi, gata, e aí?

— Ah, que bom que você chegou para me salvar das histórias de guerra de Callum — digo em voz alta.

Quando Val olha para nós sem entender, Callum explica.

— Eu estava dizendo que Ella precisa conhecer uns amigos do pai dela.

— Ah... Eu vi Steve uma vez. Já te contei isso?

— Não, quando? — pergunto com curiosidade.

— Foi na festa de outono do ano passado. — Ela se inclina para olhar para Callum. — Lembro que você levou os garotos de helicóptero.

Meu queixo cai.

— É sério? De helicóptero?

Callum solta uma gargalhada.

— Eu tinha esquecido! Foi, sim. Estávamos testando um protótipo, e Steve quis pilotar. Nós pegamos os garotos e suas acompanhantes e voamos pela costa por uma hora antes de pousar no terreno da escola. Beringer quase teve um ataque cardíaco. Tive de fazer uma doação para um novo projeto de paisagismo da escola. — Ele abre um sorriso. — Valeu a pena.

— Nossa, então não é nenhuma surpresa que as garotas se matem para sair com os Royal.

— Ella — diz Callum, fingindo estar magoado —, meus filhos são a própria virilidade. É a personalidade deles que atrai as mulheres, não a carteira.

— Repita isso pra você mesmo até acreditar.

Alguém aborda Callum antes que ele possa responder. Quando ele se inclina, Val me cutuca.

— Vocês voltaram a ser uma família feliz no palácio Royal?

— Não sei. Parece que estamos bem?

— É a primeira vez desde que Maria morreu que Callum Royal vem ver um jogo dos filhos — diz ela. — Não é possível que eu tenha sido a única que reparou. E todo mundo está olhando para vocês de um jeito estranho.

— De que jeito? — Observo as pessoas, mas, fora os olhares que costumo receber, não sei o que está diferente.

— É que vocês ficam tão à vontade um com o outro. Está na cara que ele gosta de você, e não do jeito nojento como as pessoas gostam de dizer nas fofocas. Você está rindo, e ele está bem falante. Está diferente. Callum é uma pessoa importante, e muitos adultos querem sua aprovação.

— Ou acesso à conta bancária dele.

Ela dá de ombros.

— É a mesma coisa. Talvez isso ajude você na escola. Se os pais desses babacas souberem que a tutelada de Callum Royal está sendo maltratada, muitas mesadas serão suspensas.

— Já está melhorando — admito. — A pior coisa que me aconteceu esta semana foi ter uma calcinha roubada.

— Ah, é, eu soube que isso foi um problemão pra você! — Ela revira os olhos. — Talvez seja um tanto óbvio o meliante por trás desse roubo.

Sorrio.

— Reed não precisa roubar minhas roupas pra pôr as mãos em mim.

— Você é nojenta — diz ela, com afeto evidente.

— Você ainda é a melhor que já tive na minha cama — garanto a ela. — Como estão as coisas com Hiro?

— Não sei. Ele é gato e tudo, mas não mexe comigo.

— E Wade? — De acordo com Val, eles mataram o quarto tempo para se pegar em uma salinha de suprimentos, mas eu não sabia mais detalhes.

— Ele tem prática demais. Nada que sai da boca dele é sério. Eu não sei o que ele faria se uma garota dissesse que o ama. Talvez seja o pior pesadelo dele. O seu e o meu são aranhas entrando nas nossas bocas. — Eu tremo. — O dele é uma legião de garotas dizendo "Wade, eu te amo. Vamos ter um relacionamento sério". Aposto que, quando sonha com isso, ele acorda suando de medo.

— Você anda pensando bastante sobre ele.
— É melhor do que ficar pensando no Tam.
— Verdade.

Todos nas arquibancadas se levantam quando a banda começa a tocar o hino nacional, interrompendo nossa conversa. Callum se ergue ao meu lado, em posição de sentido. Acho que alguns hábitos nunca morrem. Val está à minha direita. Reed está no campo. O nome Royal está escrito na minha camisa emprestada.

Eu nunca me senti tão aceita. É estranho e maravilhoso, e não consigo tirar o sorriso do rosto. O jogo é um massacre em cima do adversário, e, no final, todo mundo só fala sobre a proximidade das finais.

Quando estamos descendo a arquibancada, Callum para e se estica na frente de algumas pessoas para cutucar um homem baixo e magro.

— Mark, como vai? — pergunta Callum.

A tensão se espalha nos meus ombros quando noto o tom repentinamente frio de Callum.

— Pode descer comigo por um minuto? Eu gostaria de ter uma palavrinha com você.

Não é um pedido, mas uma ordem. Todo mundo à nossa volta percebe, porque a fileira se levanta para abrir caminho para Mark.

— É o meu tio — sibila Val ao meu ouvido.

Eu não conheço os pais de Jordan, e Callum não nos apresenta. Ele só estica o braço, quase formando uma barricada, forçando Mark Carrington a descer na nossa frente. Mark para ao chegar ao fim da arquibancada, mas alguma coisa no rosto de Callum o faz se virar e continuar na direção da escada que leva até o chão.

— O que está acontecendo? — murmuro com a lateral da boca.

Val me olha com perplexidade, sem saber o que dizer. Como Callum não me mandou esperá-lo em outro lugar, eu o sigo, e Val vem logo atrás.

— Aqui é longe o suficiente — diz Callum quando estamos a uns seis metros da arquibancada.

— O que está acontecendo, Royal?

Callum estica a mão para trás e segura meu pulso sem nem me olhar. Ele me puxa para a frente.

— Acredito que você ainda não conheceu minha nova tutelada. Ella Harper. Filha de Steve.

Mark empalidece, mas estica a mão para mim. Atordoada, eu a aperto.

— É um prazer conhecê-la, Ella.

— Também é um prazer conhecê-lo, senhor. Sou amiga da Val. — Eu a puxo para o meu lado como Callum me puxou antes.

Val dá um aceno leve.

— Oi, tio Mark.

— Oi, Val.

— Isso é ótimo, não é? — comenta Callum. — Minha tutelada e a sua serem amigas?

Mark assente com insegurança.

— Sim, é bom ter amigos.

Val coloca a mão na minha.

— Ella é muito importante para a minha família, e fico feliz que ela tenha sido recebida de braços abertos pela comunidade da Astor Park. Eu ficaria muito incomodado se ela fosse maltratada de alguma maneira. Tenho certeza de que você não toleraria isso, não é, Mark?

— Claro que não.

— Sua filha é bem popular na Astor, não é? — O tom de Callum é tão brando que ele poderia estar falando sobre o tempo, mas alguma coisa nas palavras dele empalidece Mark.

— Jordan tem muitos amigos.

— Que bom. Sei que a simpatia dela se estenderá a Ella, assim como minha boa vontade se estende à sua família.

Mark limpa a garganta.

— Não tenho dúvida de que podem ser boas amigas.

— Eu também acho, Carrington. Eu também acho. Pode voltar agora. — Callum dispensa Mark com um olhar e se vira para mim. — Por que vocês não procuram os garotos enquanto eu peço a Durand para trazer o carro?

— Há, claro — gaguejo, mas, quando ele se afasta, a vontade de descobrir exatamente o que ele sabe toma conta de mim e largo a mão de Val para ir atrás dele. — Callum, espere.

Ele para.

— Sim?

— Por que você fez aquilo?

Ele me olha com impaciência.

— Eu nunca fui o primeiro a saber o que estava acontecendo. Eu deixava isso para Maria, mas sempre acabo descobrindo. Sei que seu carro passou uma semana na limpeza porque alguém jogou mel nele, sei que Reed e East brigam nos fins de semana só por curtição e sei que você não está usando essa blusa só para ajudar o time. — Ele passa o dedo na manga da camisa de Reed e, com um sorriso torto, me vira para o campo. — Vá procurar nossos garotos, querida. Vejo vocês em casa. Não chegue muito tarde e fique perto dos seus irmãos. — Ele para e suspira. — Bom, acho que eles não são bem seus irmãos, não é?

Meu Deus, espero que não. Com a mente em turbilhão, ando até Val.

— Callum acabou de ameaçar o tio Mark? — pergunta ela, confusa.

— Acho que sim.

— Você contou a ele sobre seu carro?

Balanço a cabeça.

— Não, eu fiquei com vergonha. Reed cuidou de tudo pra mim e me entregou o carro limpo hoje.

— Callum definitivamente sabe de alguma coisa.

— Está na cara que sim. Mas você acha que essa conversa com seu tio vai mudar alguma coisa?

— Claro. Tio Mark pode cortar a grana da Jordan. Se ela prejudicar os negócios dele, ele vai cair com tudo em cima dela.

— Não sei. Vamos ver. — Não estou totalmente convencida.

Val aperta a minha mão.

— Acho que agora você mesma vai ter que perder sua calcinha.

Mostro a língua para ela.

— Quem disse que eu uso calcinha?

— Por favor, me digam que isso é o início de um beijo — interrompe Easton. Ele sorri quando olhamos para ele.

— Se a gente se beijasse, não seria pra sua alegria — respondo.

— Ah, eu não ligo. Só quero ver. Preferivelmente em um lugar mais íntimo, com muito mais luz e muito menos roupas.

— É preciso ter mais de dezoito anos pra esse show — provoca Val.

— Então já sei o que quero de aniversário. Olha, é em abril. Podem começar a planejar. Gosto muito daquelas fantasias de empregada sexy.

— O Halloween já passou, irmão — diz Reed quando se aproxima de nós. Ele se inclina e me dá um beijo rápido na bochecha. — O que vamos fazer agora?

Easton sacode a perna com impaciência.

— Decidam logo. Estou cansado de ficar parado.

Reed e eu trocamos olhares preocupados.

— Você acabou de jogar uma partida de futebol americano — lembro a Easton.

— Por isso mesmo. Estou cheio de adrenalina pra gastar. Meus vícios preferidos são sexo, álcool e comprimidos. Vocês não querem que eu beba nem fique doido, então só sobra sexo. — Ele olha diretamente para Val.

Ela ri e levanta a mão.

— Eu não posso ajudar. Acho que meu pobre corpo não aguentaria a energia que você tem pra dar. Mas vamos procurar alguém pra você. Vou ser sua guia espiritual pelo caminho tortuoso das ficadas adolescentes.

— Deixo meu delicado corpo em suas mãos. — Easton passa o braço pelos ombros de Val. — Vocês vão ter que se virar sozinhos — diz ele, virando o rosto para trás.

Arqueio as sobrancelhas.

— Adrenalina demais?

Reed pisca.

— Tem alguma verdade nisso.

— Não quero ir a festa nenhuma.

Um sorriso malicioso se abre no rosto dele.

— Ah, é? Tenho algumas ideias de como podemos fazer nossa própria comemoração pós-jogo. Quer ouvir?

Abro um sorriso.

— Acho que quero.

Capítulo 27

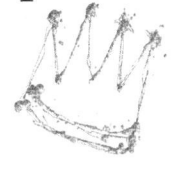

REED

Levo Ella para a praia. Uma coisa que sempre amei na nossa casa é quanto fica perto do mar. A praia não é grande; na verdade, não passa de um trecho de quinze metros por três metros de largura até a maré engolir a areia de um lado. Do outro lado, uma região rochosa forma um muro natural desde o gramado dos fundos até a margem.

Mas ainda é só nossa: silenciosa, tranquila e, o mais importante, particular.

Eu abro um cobertor de lã, jogo um edredom em cima e espalho o resto dos suprimentos.

— Pode se sentar enquanto acendo a fogueira.

Ela deixa os sapatos numa beirada do cobertor e se senta. Vejo as unhas dos pés pintadas com esmalte de cor escura antes de desaparecerem embaixo das pernas dela.

Há sempre uma pilha de madeira perto das pedras, e em pouco tempo acendo uma pequena fogueira, suficiente para nos oferecer um pouco de luz e calor. Não quero que minha garota sinta frio.

— Ver você fazer uma fogueira é bizarramente sexy — comenta ela enquanto escolho os melhores pedaços de madeira.

Eu me viro para sorrir para ela.

— Caras habilidosos são tipo pornografia pras garotas. Você gosta que eu saiba fazer coisas.

— Se eu fosse uma mulher das cavernas, ia arrastar você pra minha toca — concorda ela.

— Era assim que funcionava naquela época? Os homens criavam fogo e as mulheres se aproximavam e batiam no cara escolhido com o melhor pedaço de madeira para fazer o que quisessem com ele?

— Era, mas deixamos os homens escreverem outra versão da história porque o ego frágil deles precisavam de um estímulo.

Jogo mais madeira no fogo para ficarmos aquecidos e me junto a ela no cobertor. Ela puxa o edredom sobre as minhas pernas quando me estico ao seu lado. Por um tempo, vemos o fogo dançar e ouvimos o estalar da madeira quebrando por causa do calor. Sinto um prazer leve na nossa proximidade. O mar é amplo, o céu é infinito, e Ella e eu estamos juntos. Finalmente.

Os pés dela estão ao lado das minhas coxas. Meu braço está ao longo das costas dela, e minha mão está tocando aquela bunda linda. Eu queria que ela estivesse usando o uniforme da escola, para eu poder enfiar a mão por baixo até não encontrar nada além de pele, calor e maciez.

— Obrigada por conseguir meu trabalho de volta — diz ela.

— Por que você acha que eu fiz isso?

Ela me olha com uma expressão sarcástica.

— Quem mais poderia ter sido?

Dou um sorriso encabulado.

— Estou falando sério, Reed. Obrigada.

Puxo minha mão exploradora e coloco-a embaixo da cabeça. Se ela quer conversar, vamos conversar. Claro que enquanto isso meu pau vai morrer sufocado dentro da calça jeans, mas vale a pena se é para tê-la sempre comigo.

— Era o mínimo que eu podia fazer. Foi culpa minha você ter perdido o emprego.

— Não exatamente, mas agradeço pelo gesto. — Ela passa a mão rapidamente pela minha coxa.

Fecho os olhos. É um toque encorajador, tenho certeza, e alguns centímetros a mais para a esquerda podem me dar um pouco de alívio. Respiro fundo.

— As coisas na escola não estão tão ruins. Você também é responsável por isso? — pergunta ela. A mão subiu, e agora ela está passando um dedo pela costura lateral da minha camisa de mangas compridas.

Ela está tentando me deixar maluco? Viro a cabeça para olhar para ela, mas ela está olhando para a água.

Eu me deito de costas e me concentro em encontrar a constelação Ursa Maior, e não em como gostaria que os dedos dela levantassem minha camisa e explorassem meu abdome.

— Não totalmente — admito. — Falei com Wade e com alguns outros caras. Disse que queria saber o que estava acontecendo, mas nós dois sabemos que é Jordan quem está por trás dessa merda. Se fosse um garoto, eu o levaria para o estacionamento e socaria a cara dele até ele cagar os dentes.

— Que imagem adorável...

Dou uma risada.

— Você preferiria que eu o levasse ao shopping e mandasse fazer pulseiras da amizade?

— Sei lá. Essa violência resolve alguma coisa? Você bateu em Daniel, e eu ajudei a humilhá-lo, mas isso não mudou nada. Ele não parece nem… envergonhado. — O dedo errante dela desce até a barra da minha camisa.

— É fingimento — digo para ela. — Ele é bom em fingir que está tudo bem, mas foi expulso do time de lacrosse e a candidatura dele para presidente do corpo estudantil já era. — Franzo a testa. — Ainda não é suficiente.

— Mas é um começo. — Ella estica a mão para acariciar meu braço, e esse toque inocente acende em mim um fogo mais quente do que a fogueira a um metro e meio de nós. — Falando em Jordan, seu pai ameaçou o pai dela hoje.

— Sério? — Não consigo esconder minha surpresa.

Ela assente.

— Ele disse que odiaria saber que alguma coisa ruim aconteceu comigo e que isso viesse a afetar os negócios deles.

— Ele mandou bem. Eu não sabia que ainda era capaz desse tipo de atitude. Nem que ele sabe o que acontece na Astor.

— Acho que ele sabe mais do que demonstra. Ele também deu a entender que sabe sobre nós dois.

Abro um sorriso.

— Sabe o que sobre a gente?

— Que eu estar usando sua camisa do time talvez signifique alguma coisa.

Coloco alguns fios soltos do cabelo dela atrás da orelha, aproveitando a desculpa para tocar nela.

— Eu sei o que isso significa pra mim. Quer me dizer o que significa pra você?

Ela segura meu pulso e beija a palma da minha mão. Parece uma marca. A marca dela. Quero fechar a mão e segurar o beijo ali.

— Significa que todas as outras garotas têm de sumir. Você é meu. — Ela vira os olhos brilhantes para os meus. — Sua vez.

Novamente, preciso respirar fundo. Desta vez, é porque meu coração está batendo com tanta força que parece estar na garganta.

— Significa que todos os outros caras precisam passar longe. Você é minha. — Paro de ser paciente e puxo-a para o meu colo. — Quero resolver todos os seus problemas pra você. Quero fazer Jordan sumir. Quero apagar Brooke da nossa vida. Quero tudo perfeito, brilhante e lindo pra você.

— Desde quando você é tão romântico? — provoca ela.

— Desde que conheci você. — Puta merda. Se algum dos meus amigos estivesse aqui, mandaria fazer uma busca nacional pelas minhas bolas. Mas não ligo. Todas as palavras que digo são sinceras.

Ella aninha minha cabeça entre as mãos.

— Bom, eu não preciso que você faça nada disso — sussurra ela, com os lábios a centímetros dos meus.

— Eu faço qualquer coisa. Me diga do que precisa.

— De você. Só de você. Sempre só precisei de você.

Ela me beija de leve. Os lábios encostam nos meus selando a promessa que ela fez para mim. Que é minha e sempre foi. Desde antes de nos conhecermos, ela era minha, e eu era dela. Lutei por muito tempo, mas estou cedendo agora. Estou completamente entregue.

Retribuo o beijo e deito-a no cobertor para sentir o corpo inteiro dela no meu. É inocente no começo. Não arranco a camisa dela nem enfio a mão em sua calça, apesar de estar morrendo de vontade de fazer as duas coisas. Nós só nos beijamos até ela começar a se mover com inquietação embaixo de mim.

Ela abre as pernas, e eu me acomodo entre elas, pressionando minha ereção em seu corpo macio e receptivo. As mãos dela saem da minha cabeça e mexem na barra da minha camisa. Estico uma das mãos até as costas e a arranco.

— Você não vai ficar com frio? — pergunta ela, meio de provocação e meio séria.

— Acho que eu não sentiria frio nem se começasse a nevar. — Seguro a mão dela e aperto-a no meu peito. — Eu estou pegando fogo.

Os dedos dela pressionam meu peito e exploram com cuidado. Sei que ela não tem muita experiência. Mas nunca senti tanto tesão antes, nunca cheguei tão perto do limite. Nem na minha primeira vez. Eu poderia afastar a mão dela e dar a desculpa de que meu autocontrole está acabando, mas quero que ela toque em mim.

Fico sobre ela, usando os cotovelos como apoio, e deixo que ela me explore. Seus dedos passam por cada costela. Suas mãos medem meu peito, e sinto um prazer de homem das cavernas quando vejo como sou grande em comparação a ela. As palmas percorrem meus ombros e descem pelas minhas costas. Eu tremo acima dela, um animal selvagem pronto para me libertar, só esperando um sinal.

Porra. Essa garota está me destruindo.

Ela usa meu corpo como apoio e se ergue um pouco para passar a língua na pulsação frenética do meu pescoço.

É demais. Eu rolo para o lado e me deito de costas. Meu peito sobe e desce como se eu tivesse corrido uma maratona.

— O que foi? — pergunta ela, aconchegando-se ao meu lado.

Entrelaço os dedos dela nos meus.

— Fale comigo. Me ajude a me acalmar.

— Tem certeza de que não quer que eu ajude de outra forma?

Isso me faz sorrir.

— Mais tarde. Agora, quero ficar deitado aqui curtindo estar com você.

— É sempre assim?

— Assim como?

Ela fica quieta por um momento e, então, diz:

— Como se meu coração fosse explodir.

— Você fala como se eu estivesse matando você.

— Às vezes, parece que vou morrer. Às vezes... eu me assusto com o que você me faz sentir.

Meus dedos apertam a mão dela.

— Eu sinto a mesma coisa, e não, nunca foi assim.

— Nem com Abby?

— Consigo ver que ela se arrependeu da pergunta, que saiu antes que ela conseguisse segurar.

Eu inclino a cabeça para olhar para o rosto dela.

— Nem com Abby. Você quer mesmo falar sobre ela?

— Mais ou menos. — Ela faz uma careta. — Mas não precisamos.

Eu a puxo para perto, sem deixar nenhum espaço entre nós. Não gosto de falar sobre Abby com Ella. Não por sentir alguma coisa por Abby, mas justamente porque não tive sentimentos fortes o suficiente por ela e sinto culpa por isso.

— Eu comecei a sair com Abby depois que a minha mãe morreu — admito. — Nunca tinha tido uma namorada. Só umas ficadas ocasionais. Eu não era igual ao East, mas saía com uma garota aqui e outra ali. Perdi a virgindade aos quinze, com uma garota do último ano. Depois que minha mãe morreu, eu fiquei meio... surtado. Muita coisa ruim aconteceu aqui... — Eu faço uma pausa e digo com certa tristeza: — Ainda acontece, eu acho, mas Abby apareceu e me lembrou minha mãe. Eu achei que estar perto dela seria como se minha mãe tivesse voltado.

— Deu certo?

— Por um tempo, mas depois... parei de sentir tanta falta da minha mãe. Quero dizer, eu ainda sentia falta dela, mas Abby nunca seria capaz de me manter interessado. Ela é quieta demais. Passiva demais, eu acho. — Eu morria de tédio com ela por perto, mas dizer isso soaria grosseiro, e não quero que Ella volte a pensar que sou um babaca. — Eu terminei com ela perto do Natal. Já percebeu que não existe nenhum bom momento no outono para se terminar com alguém? É bizarro. Gid sempre disse que não dá pra terminar com uma garota antes da festa de inverno nem logo antes das festas de fim de ano. Mas eu terminei, porque ficar adiando aquilo não seria bom pra nenhum de nós. Ela não ficou feliz. Ela me procurava mesmo depois que eu terminei, e, quanto mais ela vinha atrás de mim, mais eu me arrependia de ter namorado ela.

Ella passa a bochecha no meu ombro.

— Por que você fala com tanta culpa?

— Porque eu me sinto culpado — resmungo.

— Mas não devia. Você não é responsável por Abby. Se foi sincero com ela, se não fez promessas que não pretendia cumprir, ela mesma precisa lidar com o que está sentindo.

— Você é a única garota para quem fiz promessas — digo com a voz rouca.

— Faça uma promessa para mim agora.

— Prometo qualquer coisa.

— Prometa que você sempre será sincero comigo. Que, se um dia se arrepender de estar comigo, vai me contar.

Eu a rolo e seguro as mãos dela junto à cabeça.

— Posso prometer o seguinte: eu nunca vou me arrepender nem de um segundo que você e eu passamos juntos.

Eu a beijo mais uma vez para silenciar qualquer discordância. Não foi a promessa que ela pediu, mas é a única que posso fazer, porque nunca vou me cansar dela.

Eu me afasto, dou beijos em seu maxilar, em seu pescoço. Ela não sabe quanto é linda, quanto o cabelo dourado, os olhos azuis de fogo e o corpo esguio fazem todos os caras da escola ficarem de pau duro quando ela anda pelo corredor. Ela não sabe porque não é como as outras garotas da Astor. Ela não é vaidosa, egoísta, convencida.

Ela é só… Ella.

— Você usando minha camisa hoje foi a coisa mais deliciosa que já vi — sussurro no ouvido dela antes de morder o lóbulo da orelha.

— É?

— Ah, é.

Os dedos dela dançam com mais fome e com algum desespero na minha pele. Eu enfio a coxa entre as pernas dela, e ela se roça em mim.

— Eu quero cuidar de você. — Eu me roço nela. — Deixa.

— Aqui? Agora? — Ela parece escandalizada, mas intrigada.

— Não tem ninguém a quilômetros.

Levanto a camisa do time e o top que ela está usando por baixo até a pele macia estar completamente exposta. Dou uma lambida lenta no mamilo duro, e ela se arqueia para cima, não satisfeita com a minha provocação.

Rindo, tomo o mamilo todo na boca. Quando provoco com a ponta da língua, ela ofega. Enfia as mãos nos meus cabelos e me puxa para mais perto. Como se eu precisasse de encorajamento! A maré poderia subir, um furacão se aproximar, mas eu não a largaria.

Deslizo para baixo do edredom e puxo a calça jeans dela.

— Você é linda, gata. Perfeita.

E, então, tenho outras coisas para fazer com a boca além de cuspir palavras que não fazem justiça a ela. Ao meu lado, ela enfia os calcanhares na areia. Os dedos apertam meus ombros enquanto eu a beijo e provoco até ela enlouquecer e eu não conseguir pensar direito. Meu pau está tão duro que dói, mas não ligo. Quando estamos juntos, tudo é sempre para ela. Fico incrivelmente excitado quando ela está quase lá.

Ela estremece enquanto meu nome passa pelos lábios dela repetidas vezes. Subo pelo corpo dela e a abraço com força até acalmar o coração disparado. Uso esse tempo para dizer para o meu próprio corpo se acalmar. É uma dor danada, mas deixar minhas necessidades de lado é fácil quando minha garota está em êxtase nos meus braços.

— Está ficando frio aqui. Quer entrar? — pergunta ela, sonolenta.

Na verdade, não. Eu queria ficar aqui com ela até o próximo milênio. Com relutância, eu me afasto.

— Claro.

Eu a ajudo a fechar a calça e o zíper e a beijo mais vezes. Recolho os cobertores, jogo tudo no ombro e seguro a mão dela.

— Reed.

— O quê?

— Sinto sua falta à noite.

Meu peito se aquece. Antes de ela fugir, eu dormia na cama dela quase todas as noites. Queria estar sempre com ela.

Eu aperto a mão dela com força demais antes de responder.

— Eu também sinto a sua falta.
— Dorme comigo de novo?
— Sim.
É só uma palavra, mas é a resposta que eu daria para qualquer coisa que ela me pedisse.

Capítulo 28

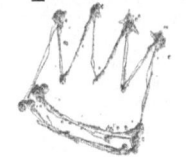

— Você está nojento — reclama Easton na segunda-feira de manhã enquanto esperamos Ella chegar à escola depois do trabalho na confeitaria.

Passo as costas da mão no rosto.

— Por quê? Tem xarope no meu rosto? — Depois do treino, fomos para o refeitório, onde eu engoli umas dez panquecas.

— Não, é seu sorriso, cara. Você parece feliz.

— Babaca. — Estico a mão para dar um tapa na cabeça dele, mas ele se esquiva com rapidez.

Nós dois vemos Ella ao mesmo tempo, e East corre e se esconde atrás dela.

— Me salva, maninha. O mano tá implicando comigo.

— Reed, escolha alguém do seu tamanho — diz ela.

Paro um momento para observá-la, para absorver todas as partes individuais que adoro nela, do sorriso lindo ao rabo de cavalo que balança quando ela anda. O uniforme da escola, com saia de pregas, camisa branca de botão e blazer azul que todas as garotas usam fica tão sexy nela. Provavelmente porque estou imaginando o que tem embaixo.

— Você está certa. East é meio fracote. Eu acabaria com ele com facilidade.

Quando ela chega perto, estico a mão e a puxo até ela estar colada em mim. Eu me inclino e a beijo demoradamente até East começar a tossir atrás de mim.

Quando ela se afasta, os lábios têm um tom rosado perfeito. Quero matar aula, levá-la para o carro e fazer todas as partes do corpo dela ficarem daquela cor.

— Oi, garotinho. Você quer um doce? — pergunta ela com um sorriso malicioso.

— Com certeza — respondo na mesma hora. — Onde está a van? Estou pronto pra ser sequestrado. — Eu finjo olhar em volta.

— Não tem van, mas… — Ela se vira e balança a mochila. Dentro, na parte mais alta, descubro uma caixa branca. — Trouxe *donuts* pra vocês — diz ela.

Easton pula na caixa e enfia metade de um *donut* na boca antes de me devolver o pacote. Ele faz um joinha com as duas mãos. Enquanto devoro meu doce, vejo os gêmeos atravessando o gramado com Lauren. Eles assentem quando aceno para se aproximarem e ficam contentes quando veem os *donuts*.

— Tem um pra você também, Lauren — diz Ella.

Lauren baixa a cabeça com um sorriso tímido.

— Obrigada.

— Não foi nada. — Ella se encosta em mim enquanto destruo o resto do meu *donut*. — Como foi o treino?

— Foi bom. Todo mundo está animado para o estadual. Fomos eliminados na semifinal no ano passado. Um cara da Saint Francis Prep deixou Wade inconsciente, e os médicos o proibiram de voltar pro jogo. E nosso reserva não conseguiria acertar o alvo nem com uma arma apontada para a cabeça dele.

Ella ri.

— Acho que vocês não se importam tanto assim em ganhar, né?

— Ah, nem um pouco. — Abro um sorriso. Nós dois sabemos que eu sou viciado em vencer, dentre outras coisas.

Gritos nos degraus da entrada da escola chamam nossa atenção.

Ella aperta os olhos.

— O que está acontecendo?

— Provavelmente alguma coisa relacionada às eliminatórias. Você vai ouvir muito disso nas próximas semanas. Pode ir se preparando — avisa Easton.

Ella solta um "viva" nada entusiasmado, mas ainda vamos transformá-la em uma verdadeira torcedora.

— O bom das quatro semanas de eliminatórias é que a gente não precisa usar uniforme em alguns dias — informa Lauren. — Tem tipo os dias azuis. Os dias dourados. Os dias de chapéu maluco.

— O dia do pijama. — Easton balança as sobrancelhas.

Wade e Hunter se juntam a nós.

— Por que você está sorrindo assim? — Wade pergunta a East.

— Dia do pijama.

— O melhor dia da porra do ano.

Wade e East batem as mãos em comemoração.

— Você se lembra da Ashley M.? — pergunta meu irmão. — Ela usou aquele negócio rosa...

— Um *baby doll* — diz Wade. — Eu me lembro. Durante um mês, fiquei de pau duro toda vez que vi alguma coisa rosa. — Ele se vira pra Ella. — O que você vai usar?

— Um camisolão até o pé e calcinha de velha — diz ela, exasperada. — E você? Imagino que os garotos venham pra escola de cueca boxer.

Wade adora.

— Cara, se eu pudesse, ficaria pelado o dia todo. Liberdade total vinte e quatro horas por dia. É meu sonho.

Antes que East ou eu possamos fazer alguma piada sobre não querermos ver as bolas nem a linguiça de Wade na aula, a gritaria e o barulho na entrada ficam mais altos.

Hunter, o companheiro mudo e sempre presente de Wade, se afasta para investigar. Nós o seguimos porque as aulas já vão começar.

O barulho não causaria estranhamento, mas aquela multidão de alunos sim. Só jogos de futebol americano atraem tanta gente. Mesmo assim, pra maioria das pessoas os jogos são só uma desculpa para se encontrar e socializar.

Troco um olhar cauteloso com East e Wade. Até Hunter reconhece que isso é estranho. Nós seguimos em frente. A mão de Ella está nas minhas costas, e eu estico a minha mão para trás para segurar o pulso dela. Não quero perdê-la. O que quer que esteja acontecendo, não parece bom.

O espetáculo que encontramos é o pior possível. Uma garota quase nua está presa com fita adesiva na parede de tijolos ásperos da estrada principal. A cabeça está abaixada, e, mesmo de longe, consigo ver que uma parte do cabelo dela foi cortada. Os braços e as pernas estão bem abertos, e ela parece estar sendo sustentada ali só pela fita adesiva. Um monte de fita cruza o corpo dela, acima do peito e nas coxas, enfatizando as partes cobertas só pela calcinha e pelo sutiã.

Meu estômago dá um nó.

— Jesus, qual é o *problema* de vocês? — grita Ella.

Antes que eu consiga piscar, ela corre por mim, larga a mochila e arranca o blazer. A garota está numa posição alta demais pra Ella cobri-la totalmente, mas ela tenta.

Chego até lá junto com Hunter e começamos a arrancar a fita enquanto Ella segura o blazer para cobrir a garota. Ao meu lado, vejo ele tirar uma faca da bota. Ele começa a cortar os pedaços de fita e eu começo a puxar.

Tem tanta fita adesiva que demoramos cinco minutos para soltar a garota da parede. East me passa uma jaqueta, que tento colocar nos ombros dela. Ela se encolhe, chorando tanto que tenho medo que ela vomite. Ou desmaie.

Ella tira a jaqueta da minha mão.

— Está tudo bem. Aqui. Coloque isso — diz ela, tranquilizadora. — Qual é seu nome? Qual é seu armário no vestiário? Você tem uma roupa lá?

A garota não consegue ou não quer responder e continua chorando.

Meus punhos estão fechados na lateral do corpo. Quero matar alguém.

— Tenho umas coisas no carro — diz um dos gêmeos. — Aguentem aí.

Mais duas jaquetas são jogadas para nós, que Ella usa para cobrir a menina.

— Lauren, vem cá — pede Ella.

Lauren corre para perto dela e se agacha junto da garota. Com cuidado, Ella passa a garota maltratada para os braços de Lauren. Quando a mudança é feita, Ella se levanta e olha para os alunos reunidos.

— Quem fez isso?! — rosna ela para a multidão. — Alguém viu alguma coisa. Quem fez isso?!

Ninguém responde.

— Eu juro por Deus que se alguém não disser alguma coisa agora todos vocês serão responsabilizados!

— Eu vou descobrir quem foi, Ella — murmura Wade. — Consigo descobrir qualquer coisa.

— Foi Jordan — digo, secamente. — Isso é a cara dela.

— *Foi* Jordan — diz a garota, engasgando nas palavras. — Ela... — A voz dela está baixa demais e não consigo entender. Ella se inclina perto da menina e ouve com atenção. Quando se levanta, vejo a fúria nos olhos dela.

Desta vez, sou eu que me dirijo à multidão.

— Jordan Carrington. Onde ela está?

— Lá dentro — grita alguém.

— Ela estava perto do armário — diz outra voz.

Ella não espera nem um segundo. Dá meia-volta e abre uma porta. Easton e eu vamos atrás enquanto os gêmeos ficam ao lado de Lauren.

Quando chegamos ao corredor onde ficam os armários dos alunos do último ano, Ella está correndo, mas para de repente quando vemos Jordan rindo com as Pastels e tirando selfies na frente dos armários.

Jordan baixa o telefone lentamente quando Ella se aproxima.

— Pra que tanta pressa, princesa? Não consegue passar nem mais um segundo sem um pau dos Royal dentro de você?

Ella não responde. Rápida como um relâmpago, estica a mão, segura Jordan pelo cabelo e a joga contra o armário. O celular voa da mão dela. As Pastels recuam. Gastonburg aparece no corredor quando Jordan grita, mas mostro os dentes para ele, que desaparece. Covarde.

Ella não terminou. Bate o cotovelo no nariz de Jordan. *Pá!* O sangue jorra.

East faz uma careta.

— Nossa, isso deve ter doído.

— Com certeza.

Jordan se solta com um grito. Quando Ella sacode os dedos, vejo que a fuga não foi sem custo. Vários fios escuros caem da mão de Ella. Isso aí. Essa é a minha garota.

Com as unhas à mostra, Jordan pula para enfiá-las na cara de Ella. Easton se prepara para se meter na briga, mas eu o seguro.

— Deixe — murmuro.

Também quero proteger Ella, mas sei que é a hora dela. Se ela derrubar Jordan... não, *quando* derrubar, ninguém nesta escola vai voltar a mexer com ela. Ninguém vai tentar desmoralizá-la. Todos vão ter medo dela.

E é isso o que eu quero. Sei que vai precisar desse medo quando eu for embora.

Quando Ella avança, Jordan recua, tropeça e perde o equilíbrio. Ella pula em cima e monta em Jordan, segurando as mãos da garota acima da cabeça.

— O que ela fez pra você? — pergunta Ella. — Olhou pra você do jeito errado? Usou a marca de roupa errada? O quê?

— Ela existe — cospe Jordan, contorcendo-se embaixo de Ella. — Sai de cima de mim, sua vaca!

Ella olha para mim.

— Tem uma corda aí? — Vejo sangue no rosto dela. Uma parte pode ser de Jordan, mas uma parte é da própria Ella.

Ela nunca esteve tão linda.

— Não. Use minha camisa. — Eu tiro a camisa e entrego para ela.

Ela olha para o tecido e para mim com incerteza.

— Posso ajudar? — peço, delicadamente.

Quando ela assente, eu torço a camisa e amarro os pulsos de Jordan.

— O que você está fazendo? Pare com isso! Isso é agressão! — grita Jordan, debatendo-se. — Tirem esse lixo de cima de mim!

Uma das Pastels se adianta. Eu olho pra ela e faço que não com a cabeça enquanto Easton dá um passo ameaçador na direção das garotas. A pequena exibição de resistência some na mesma hora.

Ella se levanta e testa os nós.

— Eu sei dar nós. Cresci em um iate — lembro a ela.

— Me solta, sua puta! — grita Jordan. — Meu pai vai colocar você na cadeia em cinco minutos.

— Que bom. — Ella sai andando pelo corredor na direção da saída, arrastando Jordan atrás de si. — Estou ansiosa para ouvir o que trezentos alunos vão dizer sobre o que encontramos na entrada da escola.

— Que importância isso tem? Eu não fiz nada com você, como seu "pau amigo" mandou. — Jordan tenta afrouxar o nó, mas Ella a mantém presa com firmeza.

— Eu me importo porque você se acha, porque você é uma garota rica e mimada que pensa que pode sorrir com um canto da boca enquanto vomita veneno com o outro. Você não é intocável. Hoje, você vai encarar o resultado da sua maldade. — Ela anda de forma implacável na direção da porta da escola, puxando Jordan.

Nós vamos atrás.

— Não acredito que vocês estão deixando ela fazer isso! — grita Jordan para nós, como se East e eu estivéssemos interessados em salvá-la. — Ela não é nada. Ela é um lixo.

— Não fale com eles — ordena Ella. — Você não existe pra eles.

Meu irmão sorri como um bobo.

— Eu amo essa garota — diz ele com movimentos labiais.

Eu também.

Ella é incrível quando resolve ser vingativa. Luta com unhas e dentes pelo que quer. A chave é ser exatamente o que ela quer. Porque ela deixaria você para trás se achasse que você não vale a pena.

Alguns professores botam a cabeça para fora da sala, mas, quando nos veem, voltam para dentro. Eles sabem quem manda neste zoológico, e não são eles. Mais de um aluno já fez um professor ser demitido por causa de algum deslize.

— E agora? — pergunta Jordan. — Você vai mostrar pra todo mundo que é mais forte do que eu? E daí?

Nas portas de entrada, eu vou para um lado e Easton, para o outro. Abrimos as portas com tudo, e o som forte chama a atenção da multidão.

Ella arrasta Jordan pelas portas e para. Ainda há fita pendurada na parede, como uma bandeira obscena. Ella arranca uma tira e gruda na boca de Jordan.

— Estou muito cansada da sua falação — diz Ella.

A expressão de choque no rosto de Jordan é risível, mas, quando olho para a menina maltratada por ela, ainda encolhida nos braços de Lauren, a graça desaparece.

Ella puxa Jordan pela entrada. Um susto coletivo ecoa ali.

A garota que foi grudada na parede está sentada, coberta por um monte de casacos, cercada por Lauren e algumas outras garotas que oferecem consolo. Os gêmeos, junto com Wade, Hunter e metade do time de futebol americano, estão parados nos degraus, perguntando-se com quem deviam estar brigando e frustrados por não haver um alvo.

Eu os entendo perfeitamente, mas, como indiquei a East, esse show é de Ella e vou brigar com qualquer um para que ela possa terminá-lo do jeito que quiser.

— Olhe pra ela. — Ella solta a corda improvisada e segura o cabelo de Jordan. Com a mão livre, arranca a fita da boca de Jordan. — Diz na cara dela por que ela mereceu o que você fez. Explica pra todos nós.

— Eu não obedeço a você — reage Jordan, mas a voz não está tão forte quanto antes.

— Diz por que não devemos tirar sua roupa e grudar você na parede — rosna Ella. — *Diz*.

— Ela achou que eu estava dando mole pro Scott — diz a garota, às lágrimas. — Mas eu não estava. Eu juro. Eu tropecei, e ele me segurou, e eu agradeci. Só isso.

— Só isso? — Ella se vira com incredulidade para Jordan. — Você humilhou essa garota só porque achou que ela tinha dado mole pro seu namorado boca suja? — Ela balança Jordan com uma raiva descontrolada. — *Só por isso?*

Jordan tenta se soltar, mas Ella não permite. Acho que o apocalipse poderia chegar e, ainda assim, ela não soltaria.

Ela se vira, obrigando Jordan a olhar pro resto dos alunos. Os braços de Ella estão tremendo por causa do esforço, e consigo ver que ela não tem mais muita força. Arrastar Jordan pelo corredor enquanto a garota se debatia não deve ter sido fácil, mesmo comigo e East atrás.

— Ela não vai conseguir — murmura Easton.

— Vai, sim. — Eu me adianto e fico atrás dela. Ela pode contar comigo se precisar. Estou aqui para apoiá-la. Ao meu lado, sinto a presença dos meus irmãos. Todos nós estamos com ela.

As mãos de Ella estão tremendo. Os joelhos estão travados para não cair, mas sua voz sai clara e forte:

— Vocês têm tanto, mas, em vez de apreciar o que têm, só tratam uns aos outros como lixo. Seus joguinhos são nojentos. Seu silêncio é nojento. Vocês são covardes, patéticos e frouxos. Talvez ninguém tenha dito a vocês como são pequenos. Talvez vocês estejam tão descontrolados pelo dinheiro que não veem quanto isso é horrível. Mas é horrível. É pior do que horrível. Se eu tenho que estudar aqui até me formar, essas merdas não vão mais acontecer. Se for preciso, vou atrás de cada um de vocês e vou grudar suas bundas na parede da escola.

— Você e que exército? — grita um babaca burro no meio da multidão.

Easton e eu nos adiantamos mas empurro meu irmão para trás.

— Pode deixar que eu cuido disso. — digo a ele.

A multidão se abre, e o babaca fica sozinho no meio dela. Eu me aproximo e dou um soco no maxilar dele. O garoto cai como uma pedra. Caramba, como isso foi bom.

Dou um sorriso para todo mundo e pergunto:

— Quem é o próximo?

Quando todos se viram num silêncio amedrontado, limpo as mãos e volto até minha garota e meus irmãos. Wade joga uma camiseta para mim, que visto rapidamente.

— Foi um belo toque final — murmura Ella.

— Obrigado. Eu estava guardando pra ocasião certa. — Seguro a mão machucada dela. — A família que briga junta permanece junta.

— É *esse* o lema dos Royal? Eu achava que era outro.

A adrenalina passou, e vejo que ela está tremendo. Eu a puxo para perto. A cabeça se acomoda embaixo do meu queixo e o corpo, dentro dos meus braços.

— Talvez fosse outro antes de você, mas acho que agora é esse.

— Não é um lema ruim. — Ela dá um olhar irônico para as pessoas, que estão indo embora, para os restos de fita caídos na escada e para as gotículas de sangue no chão. — Então... Esse foi nosso primeiro encontro?

— De jeito nenhum. Nosso primeiro encontro foi... — Paro de falar. Qual foi nosso primeiro encontro?

— Você não me convidou para um encontro, idiota. — Ela dá um soco em mim... ou tenta. Parece um beijo de passarinho, considerando que os braços dela estão molengos como uma água-viva.

— Droga. Acho que você está certa.

— Não precisa se torturar. Nunca saí com alguém em um encontro. As pessoas ainda vão a encontros?

Abro um sorriso, porque finalmente posso fazer alguma coisa por ela.

— Ah, gata, você tem muito a aprender.

Não demora muito para que a notícia dos acontecimentos da manhã chegue ao diretor. Eu mal me sento na cadeira para a primeira aula e o professor já me avisa que estou sendo chamado na sala de Beringer. Quando chego lá, descubro que Ella e Jordan também foram tiradas de suas aulas e os pais foram chamados. Porra. Isso não vai ser bom.

A sala do diretor está lotada. Ella e eu nos sentamos de um lado, com meu pai atrás. Jordan está ao meu lado, com uma expressão pétrea, e consigo senti-la vibrando entre o medo e a fúria.

A vítima de Jordan, uma caloura chamada Rose Allyn, está sentada do outro lado da sala. A mãe dela está reclamando sem parar por ter perdido uma reunião importante por causa daquilo.

Finalmente, Beringer entra e fecha a porta com força. Ella dá um pulo com o barulho, e meu pai e eu esticamos a mão para acalmá-la, ele segurando o ombro dela e eu, o joelho. Nossos olhares se encontram, e, pela primeira vez, vejo aprovação. O que quer que Beringer decida fazer, meu pai não vai se importar. O que importa para ele é que defendi nossa família e não fui o babaca egoísta que costumo ser na maior parte do tempo.

Beringer limpa a garganta, e todos nós nos viramos para ele. Com seu terno de mil dólares, ele poderia fazer parte do conselho administrativo do meu pai. Fico me perguntando se ele comprou esse terno feito à mão com o dinheiro que meu pai deu a ele depois que bati em Daniel e o que vai comprar com os subornos que vai receber depois desta reunião.

— A violência nunca é a melhor resposta — começa ele. — Uma sociedade civilizada começa e termina com um diálogo saudável, e não com socos.

— Eu achava que a frase era que uma sociedade armada é uma sociedade educada — interrompe meu pai secamente.

A mão de Ella voa até a boca para esconder o riso.

Beringer nos olha com raiva.

— Estou começando a entender por que os Royal têm tanta dificuldade para se entender com os colegas.

— Espere um minuto. — Ella se empertiga com indignação. — Nenhum Royal prendeu um aluno com fita adesiva na parede.

— Bom, não este ano — murmuro.

Meu pai bate de leve na parte de trás da minha cabeça enquanto Ella me lança um olhar torto.

— O quê? Você acha que esses babacas andam na linha só porque eu peço? — murmuro baixinho para ela.

— Senhor Royal, se eu puder ter sua atenção — pede Beringer antes que Ella possa responder.

Estico as pernas e coloco um braço no encosto da cadeira de Ella.

— Desculpe — respondo, sem arrependimento nenhum. — Eu estava explicando a Ella que a Astor não tolera coisas como prender calouras seminuas com fita adesiva na fachada da escola. Ela tem uma ideia bizarra de que as escolas públicas são melhores.

— Callum, você precisa controlar melhor seu filho — ordena Beringer.

Meu pai não vai engolir isso.

— Eu não precisaria estar aqui se a escola efetivamente aplicasse suas regras.

— Concordo. Você interrompeu uma negociação imobiliária de sete dígitos porque não é capaz de controlar essas crianças — diz a mãe de Rose para Beringer. — Pra que estamos pagando você?

Ella e eu trocamos um olhar divertido enquanto Beringer fica vermelho.

— Eles não são adolescentes. São animais selvagens. Vejam em quantas brigas Reed já se meteu.

— Não vou pedir desculpas por defender a minha família — digo com a voz entediada. — Faço o que for preciso para que minha família esteja em segurança.

Até Mark, o pai de Jordan, fica impaciente.

— Chamar a atenção não vai ajudar em nada. Está claro que os alunos tiveram um desentendimento e resolveram entre si.

— Um desentendimento? — questiona Ella, furiosa. — Isso não é um desentendimento! É…

— Isso se chama crescer, Ella — interrompe Jordan. — É algo que sugiro que você faça. E, por favor, nem tente me dizer que, se uma garota olhasse daquele jeito para o seu homem, você não acabaria com ela.

— Eu não a prenderia na parede com fita — retruca Ella.

— Mas enfiaria a cara dela no armário? Isso é melhor? — corta Jordan.

— Não tente nos comparar. Nós não somos *nada* parecidas.

— Nisso você está certa! Você pertence à sarjeta...

— Jordan! — explode Mark. — Já chega. — Ele olha com cautela para o meu pai, cujo rosto previamente vago foi substituído por uma testa franzida. Mark aperta as mãos nos ombros da filha, como se para segurá-la na cadeira ou lembrar a ela quem manda. — Nós lamentamos que tenha acontecido algo que não é condizente com o código de conduta da Astor Prep. Estamos dispostos a fazer tudo para consertar isso.

Beringer fala um monte de baboseiras sobre como todos nós devíamos ser punidos, mas, como ninguém se pronuncia, ele desiste.

— Estão todos dispensados.

— Finalmente — exclama a mãe de Rose. Ela sai correndo da sala sem nem olhar para a filha.

Depois de um silêncio curto, Ella anda até Rose e coloca a mão no ombro dela com delicadeza.

— Vem, Rose. Vou com você até seu armário.

Rose dá um sorriso fraco, mas aceita a companhia.

— Sua tutelada mudou você — diz Mark Carrington com rigidez.

Meu pai e eu trocamos um olhar mútuo de orgulho.

— Espero que sim — respondo, apesar de Carrington provavelmente ter falado com meu pai. Eu me levanto e dou de ombros para o pai de Jordan. — Ela é a melhor coisa que aconteceu aos Royal em muito tempo.

Capítulo 29

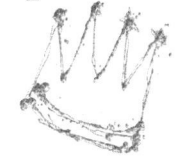

ELLA

— Esse lugar é muito chique — sussurro para Reed na noite de quinta-feira. Ele insistiu em me levar num encontro, mas quando falou em "jantar", eu não esperava um restaurante tão extravagante. Meu vestido preto é simples demais em comparação a todos os vestidos elegantes que estou vendo. — Não estou vestida adequadamente.

Ele aperta minha mão e praticamente me arrasta até a entrada.

— Você está linda — diz ele. Então, se vira para a recepcionista de preto. — Temos uma reserva. Royal, mesa para dois.

Ela nos guia entre mesas reservadas, que ficam entre vasos enormes de samambaias. Há um chafariz no meio do salão que forma arcos d'água e algo que parece ser uma cachoeira atrás do bar. É o restaurante mais chique em que já fui.

Reed puxa a cadeira para que eu me sente e depois se senta à minha frente. A mesa é aconchegante. Um garçom aparece com dois cardápios com capa de couro e uma carta de vinhos, que Reed dispensa.

— Só água, por favor — diz ele para o garçom, e me sinto agradecida, porque odeio vinho. O gosto é nojento.

Quando abro o cardápio, fico confusa por não haver preços. Droga. Isso nunca é bom sinal. Quer dizer que tudo aqui custa mais do que a mensalidade da faculdade de muita gente.

— Nós devíamos ter ido ao restaurante de frutos do mar no píer — murmuro para ele.

— No seu primeiro encontro? De jeito nenhum.

De repente, desejo não ter confessado que nunca tive um encontro. Eu devia ter imaginado que Reed exageraria. Ele nunca faz nada mais ou menos.

— Por que é tão importante pra você que a gente tenha um primeiro encontro? — pergunto com um suspiro.

— Porque você deve ter umas lembranças bem merdas de mim, e quero substituí-las por lembranças boas — diz ele com simplicidade, e eu me derreto como a cera que desliza pelas laterais das velas brancas e finas no centro da nossa mesa.

O garçom volta trazendo a água. Nós pulamos as entradas, pedimos o prato principal e ficamos olhando um para o outro por um momento. É meio surreal estar num encontro com Reed Royal. Quando contei pra Val sobre nossos planos para esta noite, ela me provocou dizendo que fiz tudo ao contrário. Parece que o primeiro encontro tem de ser antes da pegação, mas, bem, minha vida nunca foi tradicional, e por que começar agora?

— Você teve alguma notícia da Rose? — pergunta ele.

Balanço a cabeça. A pobre garota não voltou à escola desde que Jordan a torturou e humilhou.

— Não, ninguém mais falou comigo, fora Val. Acho que as pessoas estão com medo de mim.

— Se você perguntasse, qualquer um contaria os detalhes.

— Eu queria ligar pra ela, mas talvez ela só queira esquecer que a Astor existe.

— Eu acho que você devia ligar — encoraja Reed.

— Parece que estamos sempre lutando em uma batalha enorme — digo, aborrecida. — As pessoas pararam de agir como malucos na escola, mas tudo continua uma confusão.

A testa dele se franze.

— Nós não continuamos uma confusão.

— Você e eu, não — concordo. — Mas…

— Mas o quê?

Respiro fundo.

— Brooke e Dinah voltam na semana que vem.

A expressão dele se fecha.

— Você quer mesmo estragar nosso primeiro encontro falando sobre essas duas?

— Nós vamos ter que falar sobre elas em algum momento — observo. — O que vamos fazer? Dinah está chantageando Gideon. Brooke vai casar com seu pai e ter um bebê dele. — Eu mordo o lábio inferior, consternada. — Acho que elas nunca vão sumir da nossa vida, Reed.

— Nós vamos fazer com que elas sumam — diz ele com rispidez.

— Como?

— Eu… não faço ideia.

Enfio os dentes com mais força no lábio.

— Eu não tenho uma solução pro problema de Dinah, mas talvez tenha uma ideia em relação a Brooke.

Ele olha para mim com desconfiança.

— Que tipo de ideia?

— Você se lembra do dia em que você nos ouviu conversando na cozinha? Eu perguntei qual era o objetivo dela, o que ela realmente quer, e a resposta dela foi dinheiro. — Eu me inclino para a frente e me apoio nos cotovelos. — É só isso que ela quer. Dinheiro. Então, vamos dar a ela.

— Acredite, eu já tentei. Eu ofereci dinheiro. — Ele faz um som enojado e baixinho. — Ela quer tudo, Ella. A fortuna Royal inteira.

— E a fortuna O'Halloran?

Ele inspira fundo. Em seguida, aperta os olhos para mim.

— Nem pense nisso, gata.

— Por quê? — questiono. — Eu já falei que não quero o dinheiro de Steve. E não quero um quarto da Atlantic Aviation.

— E quer que *Brooke* fique com tudo isso? — pergunta ele sem acreditar. — Estamos falando de centenas de milhões de dólares.

Ele tem razão, é uma quantidade absurda de dinheiro. Mas a herança que Steve deixou para mim nunca me pareceu real. Toda a papelada ainda está sendo processada, e há um monte de obstáculos legais a superar, então, até alguém me dar um cheque com todos aqueles zeros, eu não me considero rica. Eu não *quero* ser rica. O que sempre quis foi ter uma vida normal, que não envolvesse tirar a roupa para estranhos.

— Se for o preço para tirá-la do nosso pé, não ligo que ela fique com o dinheiro.

— Bom, eu ligo. Steve deixou o dinheiro pra *você*, não para Brooke. — A expressão dura me diz para não discutir com ele. — Você não vai dar nem um centavo pra ela. Estou falando sério. Eu vou resolver as coisas, tá?

— Como?

Mais uma vez, ele parece frustrado.

— Eu vou dar um jeito. Até lá, não quero que você faça nada sem falar comigo, ok?

— Tudo bem — concordo.

Ele estica a mão por cima da mesa e entrelaça os dedos nos meus.

— Não vamos mais falar sobre isso — diz ele com firmeza. — Vamos terminar nosso jantar e fingir, pelo menos por uma noite, que Brooke Davidson não existe. Que tal?

Aperto a mão dele.

— Ótima ideia.

E é o que fazemos... por uns dez minutos. Antes que meu medo anterior de que estejamos sempre lutando em algum tipo de batalha se torne um presságio. Na hora em que o garçom chega, trazendo a torta mousse de chocolate que decidimos dividir, uma figura familiar passa por nossa mesa.

Reed está com a cabeça abaixada, enfiando o garfo na fatia de torta, mas levanta o rosto rapidamente quando sussurro:

— Daniel está aqui.

Nós nos viramos para a mesa para a qual Daniel Delacorte e sua acompanhante estão sendo levados. Não reconheço a garota que está com ele, mas ela parece nova. Caloura, talvez?

— Ele está pegando novinhas agora? — murmura Reed.

— Você conhece essa garota?

— É Cassidy Winston. Irmã mais nova de um dos caras do time. — Ele aperta os lábios. — Ela tem quinze anos.

Sou tomada pela preocupação. Ela só tem quinze anos... e está jantando com um canalha que gosta de drogar garotas.

Dou outra espiada pelo salão. Daniel e Cassidy se sentaram, e ela o olha como se ele fosse o máximo. As bochechas estão rosadas, e isso a faz parecer ainda mais nova do que é.

— Por que ele está saindo com garotas do nono ano? — Empurro o prato de sobremesa para Reed. Meu apetite desapareceu. O dele também, aparentemente, porque não come mais nada.

— Porque ninguém do nosso ano vai sair com ele — diz Reed com a voz sombria. — Todas as garotas mais velhas da Astor sabem o que ele fez com você. E, depois da festa dos Worthington, Savannah fez questão de falar pra todo mundo que ele fez a mesma coisa com a prima dela.

— Você acha que Cassidy sabe?

Reed balança a cabeça rapidamente.

— Ela não estaria aqui com ele se soubesse. E acho que ela não contou para a família com quem ia sair, porque, acredite, Chuck quebraria a cara de Delacorte se soubesse que esse canalha está atrás da irmã dele.

Desvio o olhar para a menina bonita, que está rindo de alguma coisa que Daniel disse. Ela estica a mão para o copo e toma um bom gole, e uma fagulha de medo cresce dentro de mim.

— E se ele colocou alguma coisa na bebida dela? — sussurro para Reed, sentindo minha pulsação acelerar.

— Eu acho que ele não é burro o bastante para drogar uma garota em um lugar assim — diz Reed para me tranquilizar.

— Não, ele não é burro... mas está desesperado. — Meu coração bate ainda mais rápido. — As garotas do segundo e do terceiro ano nem encostam nele, e agora ele está convidando garotas do *nono ano* pra sair. Ele deve estar mesmo desesperado. — Tiro o guardanapo do colo abruptamente e o largo na mesa. — Alguém precisa avisar a menina. Eu vou falar com ela.

— Não...

— Reed...

— Eu vou — termina ele.

Eu pisco, surpresa.

— Você vai mesmo lá?

Ele já está empurrando a cadeira.

— Claro. Não vou deixar que ele machuque mais ninguém, gata. — Ele se levanta. — Espere aqui. Eu vou cuidar disso.

Eu me levanto rapidamente.

— Rá, até parece. Eu vou com você. Sei como você *cuida* das coisas, e não vou deixar que faça uma cena em um restaurante tão chique.

— Quem disse que eu vou fazer uma cena? — protesta ele.

— Eu preciso lembrar a você o que aconteceu na escola na segunda?

— Eu preciso lembrar a você quem arrastou Jordan pelo cabelo?

Ele me pegou agora. Sorrimos um para o outro, mas nosso humor desaparece quando nós nos viramos ao mesmo tempo e andamos pelo salão.

As feições de Daniel se fecham assim que ele nos vê. Cassidy está de costas para nós, mas os olhos ferozes de Daniel despertam um murmúrio alarmado da parte dela.

— Boa noite — diz Reed.

— O que você quer, Royal? — resmunga Daniel.

— Só quero dar uma palavrinha com a sua acompanhante.

— Comigo? — pergunta Cassidy em um tom agudo, virando a cabeça morena para Reed.

— Cassidy, não é? — diz ele com tranquilidade. — Meu nome é Reed. Seu irmão e eu jogamos futebol americano juntos.

A garota parece prestes a desmaiar só por Reed saber o nome dela. Daniel também repara na expressão impressionada da garota, e seus lábios formam uma careta de desprezo.

— É — diz ela com a voz ofegante. — Eu sei quem você é. Eu vou a todos os jogos do Chuck.

Reed assente.

— Que bom. Agradeço pela torcida.

— Odeio ser grosseiro — diz Daniel friamente —, mas estamos no meio de um encontro.

— Odeio ser grosseiro — repete Reed, com os olhos azuis virados para Cassidy —, mas seu acompanhante é um estuprador, Cass.

Ela ofega.

— O q-quê?

— Royal! — rosna Daniel.

Reed o ignora.

— Eu sei que ele parece bonito nesse terno de mil dólares — continua ele para Cassidy —, mas esse cara é um canalha.

Duas manchas rosadas aparecem nas bochechas dela. Ela olha para Daniel, depois para mim e, então, para Reed.

— Não estou entendendo.

Eu falo com voz baixa:

— Ele me deu ecstasy numa festa. E teria me estuprado se meu namorado — digo com veemência, apontando para Reed — não tivesse aparecido a tempo de impedir.

Cassidy engole em seco repetidamente.

— Ah, meu Deus!

— Nós podemos levar você pra casa — sugere Reed gentilmente. — Quer vir com a gente?

Ela olha para Daniel outra vez. O rosto dele está vermelho que nem um tomate. Os punhos estão fechados na toalha de linho, e tenho certeza de que ele está a segundos de partir para cima de Reed.

— Você é uma garota boa demais para ele — digo para ela. — Por favor, deixa a gente levar você pra casa.

Cassidy fica em silêncio por um momento, parada ali, olhando para Daniel.

Outras pessoas também estão olhando para a mesa, com expressões curiosas viradas na nossa direção, apesar de nenhum de nós ter elevado a voz.

Finalmente, Cassidy empurra a cadeira para trás e se levanta.

— Eu aceito a carona pra casa — sussurra ela, ajeitando a parte de trás do vestido floral.

— Cassidy — sibila Daniel, claramente constrangido. — O que é isso?

Ela nem olha para ele. Aproxima-se silenciosamente de mim, e nós três saímos dali. Quando paramos para Reed entregar três notas de cem para a recepcionista, cometo o erro de olhar para trás, para Daniel.

Ele ainda está sentado, imóvel como uma estátua, a boca travada. Não parece constrangido, mas furioso. Nossos olhares só não se cruzam porque ele não está olhando para mim. Está olhando para Reed com uma fúria tão descarada que me dá um arrepio na espinha.

Engulo em seco, afasto o olhar e sigo Reed e Cassidy pela porta.

Capítulo 30

— Estou entediado. Me distraiam.

Reed e eu nos separamos, sem fôlego, quando Easton invade meu quarto sem bater. Que legal. Estou *tão* feliz de ter pedido a Callum para desabilitar o dispositivo na porta. Reed me convenceu de que não fazia sentido mantê-lo agora que estamos juntos de novo, me lembrando de que não poderia entrar escondido à noite. Mas acho que nós dois esquecemos que Easton não sabe bater.

— Sai — murmura Reed.

— Por quê? O que vocês estão fazendo? — Easton para quando repara nas nossas roupas amassadas, nas pernas ainda emaranhadas. Ele sorri. — Ops! Vocês estavam se pegando?

Eu olho para ele com raiva. Sim, *estávamos* nos pegando e estava incrível e agora estou puta da vida por ele ter interrompido.

— Foi mal. — Ele faz uma pequena pausa. — *Ménage*?

Reed joga um travesseiro nele, que Easton pega com facilidade.

— Nossa. Calma, mano. Eu estava brincando.

— Nós estamos ocupados — digo para Easton. — Vá embora.

— Pra fazer o quê? É sábado à noite e não tem festa nenhuma. Estou morrendo de *tédio* — insiste Easton com súplica na voz.

Reed revira os olhos.

— É quase meia-noite. Que tal você ir dormir?

— Ah, não. Isso não é divertido. — Ele tira o celular do bolso. — Deixa pra lá. Vou escrever pro Cunningham. Deve ter uma briga em algum lugar hoje.

Reed solta as pernas das minhas e se senta.

— Você não vai lá sozinho. Só acompanhado, lembra?

— Tudo bem, então vem comigo. Você gosta de brigar. Vamos brigar.

O brilho de empolgação nos olhos de Reed não passa despercebido, mas some assim que ele me vê. Com um suspiro, eu me sento também.

— Se você quer ir, então vá — digo para ele.

— Está vendo, Reed? — diz Easton. — Sua maninha barra namorada gostosa deixa você dar umas surras por aí. Vamos.

Reed não se mexe, observando meu rosto.

— Você não liga mesmo se eu for?

Eu hesito. As atividades extracurriculares dele não me empolgam, mas, na única vez em que segui os dois até o píer, não vi nada que pudesse ser considerado assustador ou perigoso. São só uns garotos de ensino médio e faculdade dando socos na cara uns dos outros por diversão e para fazer apostas. Além do mais, já vi Reed lutar. Ele é letal quando precisa ser.

— Pode ir e se acabe — respondo, com um sorriso irônico. — Ah, espera, acabe com os outros caras, não com você. Quero você aqui tão bonito quanto está agora.

Easton ri alto.

Reed só dá uma risadinha.

— Quer vir junto? Não deve demorar. Costuma acabar antes das duas.

Penso nessa possibilidade. Amanhã é domingo, então teoricamente podemos dormir até a hora que quisermos.

— Claro. Eu vou.

— Legal. Você pode guardar o dinheiro que a gente ganhar no sutiã. — Easton move as sobrancelhas para mim, o que faz com que ele leve outro travesseiro na cara por cortesia de Reed.

— Qualquer coisa que Ella use por baixo das roupas, incluindo o sutiã, não é da sua conta — diz Reed para o irmão.

Easton pisca com uma expressão inocente.

— Cara, você precisa que eu lembre a você quem beijou Ella primeiro?

Reed rosna, e seguro o braço dele antes que ele possa pular em cima de Easton.

— Guarde para o píer — digo, repreendendo-o.

— Tudo bem. — Ele balança o dedo no ar na frente de Easton. — Mas, se você fizer mais um comentário desses, vou arrastar você pro ringue.

— Não posso fazer promessas — diz Easton enquanto passamos pela porta.

O trajeto até o píer não demora, e, quando chegamos lá, já tem vários carros parados perto da cerca que protege o estaleiro. Reed e Easton pulam com facilidade enquanto eu preciso tentar duas vezes até conseguir passar por cima da cerca. Caio meio desajeitada nos braços de Reed, que aperta minha bunda antes de me botar de pé. Ele se vira para Easton.

— Mandou mensagem pro Cunningham?

— Mandei, do carro. Dodson está aqui.

Reed se anima.

— Legal. Ele tem uma esquerda surreal.

— É mesmo uma beleza — concorda Easton. — E ele nem dá sinais. Vem do nada. Você encarou as porradas dele com dignidade da última vez que brigou com ele.

— Doeu pra cacete — admite Reed, mas sorri quando fala.

Eu reviro os olhos. Eles estão praticamente pulando de euforia por causa desse tal Dodson e suas habilidades másculas.

Passamos por fileiras e fileiras de contêineres organizados no pátio deserto. Ouço gritos baixos ao longe, e o barulho fica cada vez mais alto conforme vamos chegando perto da ação. Os caras que vão a essas brigas nem tentam esconder sua presença ali. Não tenho ideia de como conseguem se safar da prática de uma atividade ilegal numa propriedade obviamente privada.

Faço essa pergunta a Reed, que dá de ombros e diz:

— Nós subornamos o supervisor.

Claro que sim. Estou aprendendo com os Royal que tudo é possível desde que você ofereça o valor certo.

Quando chegamos ao grupo de garotos, todos sem camisa e barulhentos, Reed e Easton não perdem tempo para tirar as camisetas. Como sempre, minha respiração acelera quando vejo o peito de Reed. Ele tem músculos em lugares que eu não sabia que era possível.

— East! — grita alguém. É um cara suado, de cabeça raspada, que se aproxima de nós. — Vai entrar?

— Claro que vou. — Easton entrega a ele uma pilha de notas novinhas de cem dólares.

É uma pilha grande o suficiente para me deixar curiosa.

— Quanto custam essas coisas? — pergunto a Reed com um sussurro.

— Cinco mil para brigar e todas as apostas paralelas.

Nossa. Não consigo acreditar que alguém possa gastar tanto só para dar porrada em outra pessoa. Mas talvez seja coisa de homem, porque todos os rostos masculinos que vejo estão iluminados com um tipo de empolgação primitiva.

Isso não impede Reed de sussurrar:

— Fique com um de nós o tempo todo, entendeu?

Ele não estava brincando. Por uma hora, ele ou Easton ficam do meu lado. Easton briga duas vezes; vence uma e perde a outra. Reed vence a única briga de que participa, mas não sem que seu oponente enorme, o tal Dodson, abra o lábio de Reed com um corte que me faz ofegar. Mas meu namorado apenas sorri quando se junta a mim, totalmente alheio ao sangue que escorre pelo seu queixo.

— Você é um animal — digo com acusação na voz.

— E você adora — responde ele, e me beija com vontade. É um beijo tão profundo e inebriante que nem ligo de sentir o gosto de seu sangue.

— Vamos? — Easton mostra a pilha de dinheiro que ganhou. Tem o dobro do tamanho da que ele entregou quando chegou. — Não sei se quero brincar com a sorte.

Reed levanta as sobrancelhas.

— Você vai parar quando está ganhando? — Ele finge estar totalmente surpreso. — Será que isso não é... *autocontrole?*

Easton dá de ombros.

— Ah, olha só, Ella, o maninho está crescendo!

Dou uma gargalhada quando Easton mostra o dedo do meio pra Reed.

— Vamos — digo para eles. — Estou ficando meio cansada.

Eles vestem as camisas, trocam cumprimentos com alguns amigos, e nós três voltamos por onde viemos, com Easton atrás de mim e de Reed. Enquanto andamos, Reed fala ao meu ouvido.

— Você não está cansada de verdade, né? Porque tenho planos pra quando chegarmos em casa.

Inclino a cabeça pra sorrir pra ele.

— Que tipo de planos?

— Bem pervertidos.

—- Eu ouvi isso — diz Easton atrás de nós.

Outra gargalhada sai da minha boca.

— Ninguém te ensinou que é grosseria ficar xeretan...

Antes que eu possa terminar a frase, uma pessoa usando um capuz pula de um espaço entre dois contêineres.

Reed vira a cabeça para o lado.

— Mas o quê...

Ele também não consegue terminar a frase.

Tudo acontece tão rápido que mal tenho tempo de absorver. O cara de capuz sussurra umas palavras que não entendo. Vejo um brilho prateado e um movimento. Em um segundo, Reed está de pé ao meu lado, e, no seguinte, está caído no chão frio, e só enxergo sangue.

Meu corpo fica paralisado. Meus pulmões ardem, precisando de ar. Ouço alguém gritando e acho que posso ser eu mesma. De repente, sou empurrada para o lado e passos soam no chão.

Easton. Ele está indo atrás do cara de capuz. E Reed... Reed está caído no chão, segurando o lado direito do corpo com as duas mãos.

— Ah, meu Deus! — grito, e me jogo até ele.

As mãos dele estão vermelhas e grudentas. Sinto vontade de vomitar quando percebo o sangue escorrendo entre os dedos. Afasto as mãos dele e instintivamente aplico pressão em cima do corte. Minha voz soa fraca e rouca quando grito por socorro. Ouço mais passos. Mais gritos. Mais agitação. Mas meu mundo só gira em torno de Reed.

O rosto dele está quase completamente branco, e as pálpebras tremem rapidamente.

— Reed — digo, engasgada. — Não feche os olhos, gato.

— Não sei por que dou essa ordem, mas a parte de mim que está apavorada e em pânico me diz que, se ele fechar os olhos, talvez não os abra mais. Grito outra ordem por cima do ombro: — Alguém chame uma ambulância, caramba!

Alguém para de repente ao nosso lado. É Easton, que cai de joelhos e coloca rapidamente as duas mãos sobre as minhas.

— Reed — diz ele com a voz sombria —, você está bem, mano?

— Porra, o que você acha, East? — resmunga Reed. A voz dele está ofegante o bastante para triplicar meu pânico. — Eu levei uma facada.

Eu me viro e vejo um cara de cabeça raspada ao nosso lado. Os olhos de Dodson estão tomados de preocupação.

Olho para Reed e me sinto enjoada de novo. Ele levou uma facada. Quem faria isso com ele?

— O filho da puta escapou — diz Easton. — Pulou a cerca antes que eu pudesse pegá-lo.

— Não importa — ofega Reed. — V-você ouviu o que ele disse, não ouviu?

Easton assente.

— O que ele disse? — pergunto, tentando não vomitar ao ver o sangue de Reed formar uma poça no chão.

Easton ergue o olhar para mim.

— *Daniel Delacorte manda lembranças.*

Capítulo 31

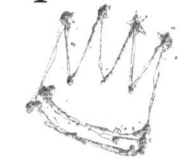

— Como está Reed Royal? — pergunto pela milésima vez.

Novamente, a enfermeira passa direto, como se não me ouvisse. Tenho vontade de gritar "Sei que você está me ouvindo, sua vaca!", mas acho que isso não me daria a resposta de que preciso.

Easton está sentado do outro lado do corredor, à minha frente, a cabeça quente como um vulcão e pronto para explodir. Está assim desde que deixou o cara que esfaqueou Reed escapar. Ele quer matar Daniel, e a única coisa que o está mantendo grudado na cadeira é o medo pela vida do irmão.

Isso e o fato de que a polícia apareceu mais rápido do que esperávamos. Implorei a Easton para não me deixar sozinha, porque eu estava tomada pelo medo. E se outra pessoa tivesse sido contratada para esfaquear Easton?

Eu não consigo *acreditar* que aquele maníaco pagou alguém para machucar Reed.

— O único motivo pra eu não estar transformando Daniel em um doador de órgãos nesse instante é que Reed me mataria se soubesse que deixei você sozinha.

Mordo a unha do polegar.

— Não sei, Easton. Daniel é maluco. Você pode acabar com ele em uma luta, mas e depois? Ele está fazendo umas coisas que a gente nem sonharia. Contratar alguém pra *dar uma facada* em Reed? E se a faca tiver chegado a um órgão vital? Será um milagre ele estar vivo.

— Aí a gente faz uma coisa pior com ele — diz Easton, e está falando sério.

— E aí você e Reed são presos por agressão?

Ele ri com deboche.

— Ninguém vai pra prisão. Isso fica entre nós.

— Você não pode simplesmente contar pra polícia o que ouviu?

— O agressor já está longe agora. — Easton balança a cabeça. — Além do mais, Reed vai querer cuidar disso. Deixar a polícia de fora.

Eu abro a boca para protestar, mas não tenho uma boa resposta. Não denunciei Daniel pelo que fez comigo, e as coisas acabaram chegando a esse ponto. Ele está atrás de outras garotas e contratando bandidos para machucar as pessoas que eu amo.

Callum chega, apressado, e interrompe meus pensamentos.

— O que vocês sabem? — pergunta a nós.

— Nada! Ninguém nos diz nada! — choramingo.

— Não dizem porra nenhuma, cara — concorda Easton.

Callum dá um aceno brusco.

— Fiquem aqui — ordena ele desnecessariamente.

Nunca fiquei tão feliz ao ver Callum. Embora a família dele seja caótica, as pessoas lhe obedecem. Ele sai da sala de espera para gritar com alguém importante e descobrir o que está acontecendo com Reed. Volta em menos de cinco minutos.

— Reed está na sala de cirurgia. A situação parece boa. Ele foi levado pra lá pra verem se algum órgão vital foi atingido, mas o corte é mais superficial do que pareceu. O ferimento foi pequeno. Houve algum dano aos tecidos e aos músculos, mas isso vai cicatrizar com o tempo. — Ele passa a mão pelo cabelo. — Um ferimento pequeno. O que eu estou dizendo? — Ele olha com severidade para Easton. — Não acredito que vocês levaram Ella pro píer se sabem que é perigoso assim.

Easton fica pálido.

— Nunca foi perigoso assim. São só uns garotos como eu querendo apostar e bater em outros caras. Nós conhecemos todo mundo ali. Ninguém usa armas. A facada aconteceu quando estávamos indo embora.

— Isso é verdade, Ella? — pergunta Callum.

Faço que sim freneticamente.

— É verdade. Não é perigoso no píer. Tinha uns garotos da Astor e de outras escolas. Não vi armas nem nada.

— Então vocês estão me dizendo que isso foi aleatório? — Está claro, pela descrença no rosto dele, que Callum não acha que tenha sido aleatório.

Easton passa a mão pela boca.

— Não, eu não estou dizendo isso.

— Ella?

— Foi Daniel — digo em voz baixa. — E é minha culpa.

— Como assim? Você estava segurando a faca?

Aperto os lábios entre os dentes para não chorar. Não quero desabar agora, apesar de sentir que estou chegando perto de um colapso emocional bem sério.

— Eu não denunciei Daniel naquela época. Devia ter denunciado, mas não quis enfrentar a confusão que isso criaria. Meu passado não é bonito, e ter de testemunhar, ter de ouvir a falação na escola... Já ouço muita coisa na Astor. — E eu achava que era mais forte, mas parece que não sou. Abaixo a cabeça com vergonha.

— Ah, querida... — Callum coloca o braço nos meus ombros. — Não é culpa sua. Mesmo que você tivesse denunciado Daniel, ele ainda estaria livre. Ninguém vai pra cadeia só porque alguém fez um boletim de ocorrência. Tem um julgamento antes.

Sem me convencer, eu me afasto do gesto de consolo dele. Easton limpa a garganta.

— Não é culpa sua, Ella. Eu devia ter dado uma lição nele.

Callum balança a cabeça.

— Não tenho nada contra um soco na cara quando isso ajuda, mas não acho que uma surra nesse garoto vai resolver esse problema. Contratar uma pessoa pra dar uma facada no meu filho é muito mais sério que uma briga comum. Mais alguns centímetros para a esquerda e... — Ele não continua, mas minha mente preenche as lacunas.

Mais alguns centímetros para a esquerda e estaríamos planejando o enterro. E talvez Callum esteja certo ao dizer que a facada teria acontecido mesmo se eu tivesse denunciado Daniel, mas ficar em silêncio não me parece mais a opção correta.

Não posso arrastar Daniel pela escola e humilhá-lo na frente de todos os alunos para que ele pare. Já tentei isso. E Reed já bateu nele. Daniel não vai parar.

Alguém tem de impedi-lo.

— E se eu denunciasse o que aconteceu? — pergunto.

— O que aconteceu hoje? — pergunta Callum.

Easton franze a testa, mas eu o ignoro.

— Não, na outra vez. Quando ele me drogou. É tarde demais pra fazer os exames, mas tinha mais gente na mesma sala. Um cara chamado Hugh. Duas garotas de outra escola. Eles sabem que Daniel me drogou.

Callum recua para olhar no meu rosto. Ele tem uma expressão preocupada.

— Não vou mentir pra você, querida. Esse tipo de denúncia é ruim para as vítimas, e você foi drogada há algum tempo. Não dá pra tirarmos amostras do seu sangue. Se as outras pessoas não testemunharem, se elas não quiserem, vai ser a sua palavra contra a dele.

Eu sei, e foi por isso que nunca o denunciei. Denunciar envolve uma trabalheira que nunca parece dar bons resultados, principalmente para a pessoa prejudicada. Mas quais são as alternativas? Ficar quieta e deixar Daniel continuar atrás de outras vítimas?

— Pode ser. Mas não fui a única a quem ele fez mal. Talvez, se eu me prontificar, outras pessoas façam o mesmo.

— Tudo bem. Se quer fazer isso, vamos estar ao seu lado, claro. — Ele fala com segurança, como se não houvesse nenhuma outra possibilidade. É o que minha mãe faria se estivesse viva. — Nós temos recursos. Vamos contratar uma equipe de relações públicas e os melhores advogados. Eles vão revirar o passado de Daniel até todos os podres dos ancestrais dos Delacorte aparecerem.

Ele está prestes a dizer mais alguma coisa, mas um médico passa pela porta da sala de espera. Não tem sangue na roupa dele, e ele não parece triste.

Suspiro, aliviada. Não sei por quê. Acho que se o visse coberto de sangue concluiria que a cirurgia foi terrível e que só sobrou de Reed o sangue na roupa de algodão.

— Senhor Royal? — diz ele ao se aproximar. — Sou o doutor Singh. Seu filho está bem. A faca não acertou nenhum órgão vital. Foi um corte superficial. Ele chegou a segurar a lâmina com as mãos e tem ferimentos nelas, mas isso deve cicatrizar nos próximos dez a quinze dias. Ele tem que evitar qualquer atividade vigorosa.

Easton ri com deboche ao meu lado, e Callum olha imediatamente para ele. Minhas bochechas ficam vermelhas.

— Mas, se os Riders continuarem vencendo — acrescenta o médico —, ele deve poder jogar no campeonato estadual.

— Você não pode estar falando sério! Quer que ele jogue futebol americano? — pergunto, chocada.

Desta vez, todo mundo franze a testa para mim. O doutor Singh tira os óculos e os limpa na camisa.

— Claro que estou falando sério. Reed é um dos nossos melhores jogadores defensivos. Ele não pode ficar fora do campeonato.

O doutor Singh olha para mim como se a maluca fosse eu. Por fim, levanto as mãos e me afasto enquanto Callum e o médico conversam sobre as chances dos Riders no primeiro jogo das eliminatórias.

— Easton, você não vai deixar seu irmão jogar, né? — sussurro.

— O médico disse que não tem problema. Além do mais, você acha que eu tenho algum controle sobre o que Reed faz?

— Vocês são loucos! Reed tem de ficar em casa, parado, na cama!

Ele revira os olhos.

— Você ouviu o que o médico disse. Ferimento superficial. Ele vai estar bem em duas semanas.

— Eu desisto. Isso é ridículo.

Callum se aproxima de nós.

— Prontos pra ir pra casa?

— Não posso esperar o Reed? — protesto.

— Não. Ele está em um quarto particular, mas não tem uma cama pra você. Nem pra você — diz ele a Easton. — Vocês vão comigo pra casa, onde posso ficar de olho em vocês. Reed está dormindo e não quero que se preocupe com vocês dois.

— Mas…

— Não. — Callum não vai ceder. — E você, Easton, não vai fazer nada com Delacorte.

— Tá bom — diz ele, de cara emburrada.

— Eu quero ir à delegacia denunciar Daniel — anuncio. Preciso fazer isso hoje, antes que perca a coragem, e ter Callum ao meu lado seria ótimo, já que não posso ter Reed.

— Podemos passar na delegacia primeiro — concorda Callum enquanto seguimos para o sedã, que está esperando por nós. — Vai ficar tudo bem. Durand.

Durand acena rapidamente e entra no banco do motorista.

Quando o carro já está em movimento, Callum digita um número no celular e depois o apoia no joelho, com a tela para cima e o viva-voz ligado.

Uma voz sonolenta atende a ligação depois do terceiro toque.

— Callum Royal? É uma hora da manhã!

— Juiz Delacorte. Como vai? — pergunta ele, educadamente.

— Aconteceu alguma coisa? Está bem tarde. — A voz do pai de Daniel está baixa, como se ele ainda estivesse na cama.

— Eu sei que está tarde. Só quero fazer a cortesia de avisá-lo com antecedência que estou indo para a delegacia com minha tutelada e meu filho. Seu filho, Daniel, é…

Como posso dizer isso? Ele é um babaca criminoso e filho da puta, e vamos garantir que ele pague pelo que fez.

Há um silêncio chocado do outro lado da ligação. Easton sufoca uma gargalhada com a mão.

— Não sei do que você está falando — diz Delacorte depois de um tempo.

— É possível que não saiba mesmo — reconhece Callum. — Às vezes, os pais não ficam de olho nos filhos. Eu mesmo já não fiquei. A boa notícia é que tenho uma equipe de excelentes investigadores particulares. Como você sabe, considerando o tipo de trabalho que fazemos para o governo, precisamos tomar muito cuidado com quem contratamos. Minha equipe é especialmente boa em descobrir segredos que podem influenciar na capacidade de uma pessoa de ser honesta. Tenho certeza de que, se Daniel não tiver feito nada errado... — Ele faz uma pausa dramática, e dá certo, porque os pelos da minha nuca se levantam, e a ameaçada nem sou eu. — Nem você, então não terão nada com que se preocupar. Tenha uma boa noite, Excelência.

— Espere, espere, não desligue. — Há um ruído de movimento. — Só um minuto. — Uma porta é fechada, e a voz dele soa mais alta e alerta. — O que você propõe?

Callum fica em silêncio.

Delacorte não gosta disso. Em pânico, implora:

— Você deve estar aberto a algum acordo, senão não teria ligado. Me diga quais são suas exigências.

Callum não responde.

Quando volta a falar, Delacorte está quase ofegante.

— Vou mandar Daniel pra longe daqui. Ele foi convidado para estudar na Knightsbridge School for Gentlemen, em Londres. Eu o encorajei a ir, mas ele está relutante em abandonar os amigos.

Ah, que ótimo. Então ele vai simplesmente estuprar garotas e esfaquear garotos em Londres? Eu abro a boca, mas Callum levanta a mão e balança a cabeça, dizendo que não. Eu me encosto e procuro ter paciência.

— Tente de novo — diz ele.

— O que você quer?

— Quero que Daniel reconheça que errou e corrija esse comportamento. Eu não acredito necessariamente que a prisão trará essa mudança, mas, em umas cinco horas, dois oficiais da Marinha vão bater na sua porta. Você vai assinar uma permissão para que levem seu filho de dezessete anos com eles. Daniel terá de frequentar uma academia militar para corrigir o comportamento de jovens perturbados como ele. Se ele for aprovado, vai voltar para você. Se não for, vamos jogá-lo numa turbina da fábrica. — Callum ri e desliga, mas não sei se ele está brincando ou não.

Sei que meus olhos estão enormes de tão arregalados e que não consigo deixar de perguntar:

— Hã, você vai mesmo matar Daniel?

— Caramba, pai, isso foi foda!

— Obrigado, filho. — Callum dá um sorrisinho. — Ainda tenho minhas bolas, apesar do que vocês pensam. E, Ella, não, eu não vou matar Daniel. O serviço militar pode salvar adolescentes, mas também pode deixar garotos ruins ainda piores. Se meus amigos acharem que ele não tem salvação, há outras opções. Mas não vou discutir isso com vocês.

Tudo bem, então.

Quando chegamos em casa, Easton sobe a escada correndo para contar tudo aos gêmeos, e Callum desaparece em seu escritório para ligar para Gideon e contar o que aconteceu. Eu fico no saguão de entrada da casa, lembrando-me da primeira noite que entrei ali. Estava tarde, quase como hoje.

Os garotos estavam enfileirados no corrimão no alto da escada, com cara de infelizes e contrariados. Eu fiquei com medo deles. Mas e agora? Estou com medo *por* eles.

Callum está mudando. As atitudes dele hoje e nas últimas semanas mostram muito mais envolvimento na vida dos filhos do que quando cheguei aqui. Mas ele vai desfazer todo esse bem se casando com Brooke. Os filhos não vão confiar nele enquanto estiver com aquela mulher horrível. Por que ele não consegue ver isso?

Se Callum fosse inteligente, mandaria Brooke junto com Daniel para essa academia militar especial. Mas, por algum motivo, ele fica cego quando o assunto é Brooke.

Eu mordo o lábio. E se Callum soubesse a verdade? Se soubesse sobre Reed e Brooke... Ele ainda se casaria com ela?

Só tem um jeito de descobrir...

Se Reed estivesse aqui, ele não ia querer que eu contasse para Callum, mas estou tomando uma decisão executiva. Sei que ele vai ficar furioso quando descobrir o que fiz, mas alguém precisa falar com o pai dele, e, infelizmente, acho que esse alguém vai ter que ser eu.

Bato de leve na porta.

— Callum, é Ella.

— Entre — responde ele com a voz rouca.

Entro no escritório. É um lugar muito masculino, com painéis de cerejeira escura nas paredes, poltronas de couro vinho e cortinas verde-musgo.

Callum, claro, está com uma bebida na mão. Eu deixo passar. Se já houve uma noite que lhe desse motivos para beber, é esta noite.

— Obrigada por cuidar do problema com Daniel — digo.

— Quando te trouxe para cá, eu prometi que faria qualquer coisa por você. Isso inclui protegê-la de gente como Delacorte. Eu devia ter dado um jeito nele tempos atrás.

— Eu agradeço muito. — Ando em frente junto às fileiras de livros. No centro das estantes há outra foto grande de Maria. — Ela era linda. — Hesito antes de acrescentar: — Os garotos sentem muita falta dela.

Ele gira o líquido no copo algumas vezes antes de responder.

— Nós não somos os mesmos desde que ela nos deixou.

Respiro fundo, sabendo que estou prestes a ir longe demais, a ultrapassar muitos limites.

— Callum… sobre Brooke… — Expiro, apressada. — Estamos no século XXI. Você não precisa se casar com uma mulher só porque ela está grávida.

Ele deixa escapar uma gargalhada rouca.

— Preciso, sim. Veja…

— Veja o quê? — Estou tão frustrada. Tenho vontade de pular e derrubar aquele copo da mão dele. — O que você não está me contando?

Ele olha para mim por cima da borda do copo.

— Que droga, Callum. Você pode falar comigo?

Quase um minuto se passa até ele dar um suspiro longo e profundo.

— Sente-se, Ella.

Minhas pernas ficam bambas o bastante para eu não discutir. Sento-me na poltrona em frente à dele e espero que ele compartilhe alguma coisa sobre essa compulsão horrenda que sente por Brooke.

— Brooke apareceu no momento perfeito da minha vida — admite ele. — Eu estava afundado em sofrimento e usei o corpo dela para esquecer o que estava sentindo. E depois…

foi mais simples continuar usando. — Há arrependimento em cada palavra dele. — Ela não ligava se eu dormia com outras. Na verdade, até encorajava. Nós saíamos, e ela me mostrava mulheres das quais achava que eu gostaria. Não exigiu nenhum investimento emocional, e eu gostei disso. Mas, em determinado ponto, ela começou a querer mais do que eu podia dar. Eu nunca vou encontrar outra Maria. Brooke não inspira nada em mim além de desejo.

Olho para ele sem acreditar.

— Então termine com ela. Você ainda pode ser um pai pro bebê. — Porra, tenho certeza de que Brooke venderia o bebê se estivessem dispostos a pagar o preço certo.

Callum continua como se eu nem estivesse presente.

— Talvez eu possa controlá-la quando for minha esposa. Eu posso limitá-la com promessas contratuais. Ela não quer morar em Bayview. Quer algo mais grandioso. Uma vida em Paris, Milão, Los Angeles, em algum lugar em que possa encontrar atores, modelos, atletas. Se eu conseguir afastá-la dos meus filhos, esse casamento vai valer a pena.

— Você não está afastando Brooke dos seus filhos. Está enfiando ela goela abaixo deles! — Por que esse homem não consegue ver as coisas com clareza?

— Nós vamos viver na costa oeste. Ou no exterior. Os garotos vão ficar bem sozinhos até terminarem o ensino médio. Vou fazer todos os esforços para deixá-la longe dos meus filhos. Principalmente de Reed.

Eu franzo a testa.

— O que você quer dizer?

As palavras seguintes gelam meu sangue.

— O bebê provavelmente é dele, Ella.

Que bom que estou sentada. Se não estivesse, teria caído.

Eu entrei ali para contar a ele tudo sobre Reed e Brooke, mas Callum, o homem que achei que era alheio a tudo, já sabe que o filho transou com a namorada dele?

Devo estar revelando algo na minha expressão, porque os olhos azuis dele se apertam.

— Você sabia — diz ele, pensativo.

Faço que sim com movimentos trêmulos. Demoro um momento para conseguir falar.

— *Você* sabia?

Uma risada sem humor escapa dos lábios dele.

— Quando Brooke me procurou com a notícia de que estava grávida, eu disse a ela a mesma coisa que você acabou de sugerir. Que ela podia ter o bebê e que eu a sustentaria. Aí, ela me contou que dormiu com Reed e que o bebê podia ser dele.

A náusea sobe pela minha garganta.

— Q-quando? Ela e Reed...?

Reed jurou que não tocava em Brooke desde que tinha me beijado, mas nunca foi específico sobre quando transou com ela pela última vez. E não tive coragem suficiente para perguntar ou fui burra demais para insistir por detalhes.

Callum toma o resto da bebida e se levanta para pegar mais.

— Antes de você chegar aqui, eu imagino. Eu conheço Reed. Ele não teria colocado a mão em você se ainda estivesse com Brooke.

Boto a mão em meu pescoço.

— Você sabe sobre nós?

— Eu não sou cego, Ella, e vocês não são muito cuidadosos. Eu achei... que poderia ser algo bom pra vocês. Reed estaria com alguém da idade dele, e você teria alguém especial na sua vida. Eu não sabia antes de você fugir... — admite ele. — Mas descobri depois.

— Por que você não percebeu o que Brooke estava tramando? Por que não protegeu seu filho?

Meu tom acusatório desperta raiva nos olhos dele.

— Eu estou protegendo Reed agora! Você acha que quero ver meu filho amarrado a ela pelo resto da vida? É melhor eu criar esse bebê como meu e deixar que ele tenha a vida que merece.

— Não tem como o filho ser dele, Callum. Ele dormiu com ela pela última vez seis meses atrás, e ela *não está* com mais de seis meses de gravidez.

A não ser que Reed tenha mentido sobre o que aconteceu no quarto dele no mês passado.

Mas não. *Não.* Eu me recuso a acreditar. Eu dei outra chance a ele porque confio nele. Se ele disse que não tocou nela naquela noite, então não tocou.

Callum olha para mim como se eu fosse uma criança, uma criança tola e burra.

— Tem que ser dele, Ella.

— Como você sabe que não é seu? — desafio.

Ele dá um sorriso triste.

— Eu fiz uma vasectomia quinze anos atrás.

Engulo em seco.

— Ah.

— Maria queria desesperadamente ter uma menina — confessa Callum. — Nós tentamos, mas, depois que ela teve os gêmeos, o médico pediu que parássemos de tentar. Disse que outra gravidez poderia matá-la. Ela se recusou a aceitar, então... eu fiz uma vasectomia e nunca contei pra ela. — Ele balança a cabeça com tristeza. — Eu não posso ser o pai do bebê de Brooke, mas vou assumir a responsabilidade pela criança. Se Reed for arrastado pra isso, haverá um laço entre ele e Brooke para sempre, um laço feito de culpa, dor e responsabilidade. Não vou deixar que isso aconteça. Meu filho pode me odiar o suficiente para dar em cima da minha namorada, mas eu o amo o suficiente para poupá-lo de uma vida inteira de infelicidade.

— De quanto tempo ela está? — pergunto.

— Três meses e meio.

Eu fecho os punhos, frustrada, querendo botar na cabeça de Callum que as suposições que ele fez estão erradas.

— Eu acredito em Reed quando ele diz que não toca nela há seis meses.

Callum só me olha.

— Eu acredito nele — insisto. — E queria que você também acreditasse. Não é porque você não traía Maria, e Reed não me trai, que Brooke é do mesmo jeito.

— Brooke quer tanto ser uma Royal que não se arriscaria assim. Eu a peguei sabotando a própria pílula uma vez.

Esfrego o rosto com as mãos porque está claro que ele já tomou uma decisão.

— Você pode acreditar nela, mas acho que está enganado. — Eu me levanto da poltrona com os ombros murchos de derrota. Na porta, paro e faço uma última tentativa. — Reed quer que você peça um exame de paternidade. Ele obrigaria Brooke, se pudesse.

Callum leva um susto.

— Ele faria o exame? Correria o risco de ser dado oficialmente como pai?

— Não, ele faria o exame pra verdade ser revelada. — Eu o encaro. — Ela está mentindo pra você, Callum. O filho não é de Reed, e, se você confiasse ainda que só um pouco no seu filho, forçaria a barra para botar um fim nessa situação absurda.

Começo a sair da sala, mas Callum levanta a mão.

— Espere.

Franzo a testa e o vejo pegar o telefone. A pessoa para quem liga atende na mesma hora.

— Dottie — diz ele. — Assim que você chegar ao escritório, marque uma consulta para a senhorita Davidson na Clínica Obstétrica e Ginecológica de Bayview, para a sexta, nove da manhã em ponto. E mande um carro buscá-la.

Um sorriso se abre no meu rosto. Talvez eu tenha conseguido mexer com ele.

Callum desliga e olha para mim com preocupação. Em seguida, suspira e diz:

— Só espero que você esteja certa, Ella.

Capítulo 32

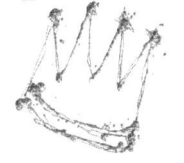

REED

Ella se recusa a sair de perto de mim desde que voltei do hospital. Isso é completamente desnecessário. Os analgésicos estão fazendo o trabalho razoavelmente bem. Desde que eu não me mexa, o pior desconforto é a coceira no local dos pontos. Os médicos me mandaram não coçar para não correr o risco de abrir o corte, então estou tentando me distrair vendo Sawyer e Sebastian jogarem Lauren de um lado para outro na piscina como se ela fosse uma bola inflável.

A noite não está quente o suficiente para um mergulho, mas nossa piscina é aquecida, e Lauren tem os gêmeos para a manterem ainda mais quente. Ela e eu estamos encolhidos em um sofá, enquanto Easton manda mensagens pelo celular sentado na poltrona ao nosso lado.

— Wade quer saber se você vai ficar com uma cicatriz foda — diz East, distraído.

Ella resmunga alto.

— Mande Wade parar com essas idiotices e ficar agradecido pelo melhor amigo dele estar vivo.

Dou uma risadinha.

— Vou citar suas palavras, mana. — East digita alguma coisa, espera e começa a rir. — Wade quer saber se você grita com Reed assim quando estão na cama.

— Tem um emoji de dedo do meio? — pergunta ela, docemente. — Se tiver, pode mandar.

Passo os dedos pelo cabelo macio dela, apreciando a sensação de ter seu corpo ao meu lado. Ela nunca vai saber como fiquei apavorado ontem à noite; não pela minha segurança, mas pela dela. Quando aquele cara encapuzado saiu das sombras, meu primeiro pensamento foi protegê-la. Eu nem me lembro da faca cortando minha barriga. Só me lembro de ter empurrado Ella pro lado e me jogado em sua frente.

Jesus. E se em vez de mandar alguém atrás de mim, Daniel mandasse alguém para machucar Ella? E se ela tivesse ficado seriamente ferida?

— Reed — murmura ela com preocupação.

— Hum?

— Você ficou tenso de repente. Está se sentindo bem? — Ela se senta. — Quer outro analgésico?

— Estou bem. Eu só estava pensando em Delacorte e em como ele é louco.

— Verdade — diz East com a voz sombria. — Espero que leve muita porrada naquela prisão militar.

Ella suspira.

— Não é uma prisão, East. É uma academia para jovens problemáticos.

— Jovens problemáticos? — East ri com deboche. — Aquele babaca é mais do que problemático. Ele contratou um *assassino* pra esfaquear meu irmão.

— Você acha mesmo que o cara queria matar Reed? E se ele voltar e tentar de novo? — Ella parece bem chateada agora, e lanço um olhar duro pra Easton.

— Ele não tentou me matar — garanto a ela. — Senão ele teria acertado meu pescoço.

Um tremor percorre o corpo de Ella.

— Ah, meu Deus, Reed! Por que você disse isso?

— Desculpe. Isso foi estúpido. — Eu a puxo para perto de mim. — Não vamos falar mais disso. Daniel não está mais aqui. E deu o nome do encapuzado pra polícia, então vão encontrar esse cara logo, logo, tá?

— Tá — diz ela, mas não parece convencida.

Um grito agudo nos faz olhar para o lado raso da piscina, onde Seb está tentando desamarrar o biquíni de Lauren.

— Sebastian Royal! Não ouse! — grita ela, soltando uma gargalhada enquanto tenta nadar para longe do meu irmão.

Sawyer aparece por trás e a levanta nos braços, e os arremessos de Lauren pra lá e pra cá recomeçam.

East se inclina para nós e baixa a voz.

— Como vocês acham que funciona?

Ella aperta os olhos.

— O que você quer dizer?

— Lauren e os gêmeos. Será que são os dois ao mesmo tempo ou um de cada vez?

— Eu realmente não quero saber — diz ela com sinceridade.

Nem eu. Eu nunca perguntei a Seb e Sawyer sobre os relacionamentos deles. Oficialmente, Lauren é a namorada de Sawyer, mas não tenho ideia do que acontece quando estão sozinhos.

Passos soam atrás de nós, e fico tenso de novo quando meu pai aparece.

— Reed. Como você está?

— Tudo bem — respondo sem olhar para ele.

Um silêncio desconfortável se espalha no deque. Eu não consigo olhar na cara do meu pai desde que Ella me contou sobre a conversa que teve com ele. Ela estava nervosa e com vergonha quando foi ao hospital pela manhã e confessou enquanto eu lutava contra doses iguais de culpa e perplexidade.

Meu pai sabe sobre Brooke. E sobre mim. De acordo com Ella, sabe há semanas... e não falou nem uma palavra comigo sobre o assunto. Mas acho que é o jeito dos Royal. Evitar tudo o que é difícil. Não falar sobre sentimentos. E parte de mim está agradecida por isso. Não sei como vou reagir se meu pai tocar no assunto comigo. Ele ainda não fez isso, mas Ella me contou sobre o exame de paternidade que ele marcou, então, mais cedo ou mais tarde, ele vai ter de dizer alguma coisa, certo?

Vai ser uma conversa constrangedora. Fico feliz por poder adiá-la pelo máximo de tempo possível.

Meu pai limpa a garganta.

— Vocês já estão terminando aí? — Ele olha para a piscina e para as espreguiçadeiras. — Achei que podíamos jantar juntos. O jatinho está pronto.

— O jatinho? — pergunta Lauren, assustada, com os olhos maiores do que dois pires. — Aonde nós vamos?

Callum sorri para ela.

— Washington. Achei que vocês iam gostar do passeio. — Ele se vira pra Ella. — Você já foi a Washington?

Ela balança a cabeça. Da piscina, ouço Lauren sussurrar para os gêmeos:

— Quem pega um avião e vai a outro estado para *jantar*?

— Os Royal — murmura Sawyer.

— Acho que não estou a fim — admito. Meu tom é ressentido porque odeio parecer fraco, mas o efeito dos analgésicos está mesmo passando. A ideia de pegar um avião para algum lugar não me atrai. — Mas vocês podem ir. Não me importo de ficar.

— Eu também vou ficar — diz Ella.

Toco no joelho dela e não deixo de perceber o jeito como o olhar do meu pai acompanha o movimento da minha mão.

— Não, vá com eles — digo com a voz rouca. — Você está do meu lado desde as sete horas da manhã. Precisa de uma mudança de cenário.

Ela não parece contente.

— Não vou deixar você sozinho.

— Ah, ele vai ficar bem — diz East. Ele já está pulando da cadeira, o que não me surpreende. Reparei que ele passou o dia inquieto. Easton não nasceu para ficar parado.

— Vá — digo para ela. — Você vai amar Washington. Tenho certeza.

— Vamos, maninha. Dá pra ver o Monumento de Washington de cima — diz Easton para convencê-la. — Parece um pau enorme.

— Easton! — repreende Callum.

Acabamos conseguindo convencê-la, e todo mundo entra em casa para se trocar para o jantar. Vou para o sofá da sala de jogos, onde Ella me encontra vinte minutos depois.

— Tem certeza de que você vai ficar bem sozinho? — Ela morde o lábio com consternação.

Levanto o controle remoto.

— Eu estou bem, gata. Vou ver um jogo e tirar um cochilo ou qualquer coisa assim.

Ela se aproxima e me dá um beijo suave nos lábios.

— Promete que vai me ligar se precisar de alguma coisa? Eu obrigo Callum a voltar correndo!

— Prometo — respondo, mais para agradar-lhe.

Depois de outro beijo, ela vai embora. Ouço passos e vozes no saguão antes que a casa fique silenciosa como uma tumba.

Eu me estico no sofá e me concentro na tela, vendo Carolina marcar *touchdown* atrás de *touchdown* na defesa fraca do New Orleans. Por mais que eu goste de ver meu time ganhar, isso só me lembra de que vou perder pelo menos dois jogos com os Riders, o que me chateia.

Suspirando, desligo a TV e decido dormir um pouco, mas meu celular toca antes que eu feche os olhos.

É Brooke.

Merda.

Como sei que ela vai mandar uma avalanche de mensagens se eu não atender, aperto o botão e murmuro:

— O que você quer?

— Acabei de voltar de Paris. Podemos conversar?

Ela parece estranhamente inibida, o que me faz levantar a guarda.

— Achei que você só ia voltar na semana que vem.

— Eu voltei antes. Pode me processar, se quiser.

É, ela está abalada. Eu me sento com cuidado.

— Não estou interessado em ouvir nada que você tenha a dizer. Vá incomodar outra pessoa.

— Espere! Não desligue. — A respiração trêmula ecoa pela linha. — Quero fazer um acordo.

Meus ombros se enrijecem.

— O que isso quer dizer?

— Venha aqui. Podemos conversar — implora Brooke. — Você e eu, Reed. Não traga Ella nem nenhum dos seus irmãos.

Dou uma risadinha.

— Se esse é seu jeito de tentar me seduzir…

— Eu não quero seduzir você, seu babaquinha! — Ela respira fundo, como se estivesse tentando se acalmar. — Quero fazer um acordo. Então, a não ser que você tenha mudado de ideia sobre me querer longe da sua casa, sugiro que venha aqui.

Minha desconfiança só aumenta. Ela está tramando alguma coisa, fazendo outro jogo do qual não quero participar.

Mas… e se houver a menor chance de ela estar falando a verdade? Eu posso mesmo ignorar isso?

Hesito por vários segundos, mas respondo:

— Estarei aí em vinte minutos.

Capítulo 33

ELLA

O jantar em Washington é divertido, mas fico feliz e aliviada quando o avião desce na pista particular. Senti falta de Reed e não gosto de saber que ele passou a noite sozinho e com dor.

— Quer ver um filme comigo e com Reed? — pergunto a Easton quando saímos do carro.

Ele parece prestes a aceitar quando o celular apita. Uma olhada na tela, e ele balança a cabeça em negativa.

— Wade está me convidando pra ir até lá. Ele tem uma amiga que precisa de plateia.

Callum anda mais rápido para não ouvir os planos do filho. Já eu não tenho escolha.

— Tome cuidado — digo para Easton. Nas pontas dos pés, dou um beijo na bochecha dele.

Ele desarruma meu cabelo.

— Sempre. Eu sempre deixo tudo encapado. — Então, ele grita para o pai: — Como me ensinaram.

Não consigo ter certeza na pouca luz, mas acho que Callum levanta o dedo do meio sem se virar.

— Tome cuidado você também — provoca Easton. — Nunca sabemos se Reed não vai querer ter um bebê só para prender você. — Eu faço uma careta, e ele também. — Desculpe, que imbecil.

— Deixa, está tudo bem. Além do mais, ela vai fazer aquele exame de paternidade, e aí vamos saber quem é o pai do filhote de demônio em alguns dias, certo? Ou uma semana, no máximo.

Easton hesita.

— Você tem certeza de que não é de Reed?

— Ele jura que não é.

— Então é do meu pai?

É minha vez de hesitar. Eu queria não guardar tantos segredos. Não sei por que Callum não conta para os filhos sobre a vasectomia.

— Não, eu acho que também não é dele.

Easton expira com força.

— Que bom. Só temos espaço pra mais um Royal nesta casa, e é você. — Ele me dá um beijo doce na testa e corre para a picape.

Dentro de casa, não vejo os gêmeos. A luz do escritório de Callum está acesa. O corredor do andar de cima, que leva aos quartos, está iluminado por uma luz suave, e a subida silenciosa pela escada é terrivelmente parecida com a da noite em que encontrei Brooke e Reed juntos. No alto, olho para o longo corredor, e meu coração bate um pouco mais rápido.

Lembro a mim mesma que as coisas não eram o que pensei que fossem na última vez e que não há motivo para ter alguém com Reed. Mesmo assim, meu coração está batendo rápido, e as palmas das minhas mãos estão úmidas de suor quando chego à porta do quarto dele.

— Reed — chamo.

— No banheiro — soa a voz dele, abafada.

Suspiro, aliviada, e giro a maçaneta. O quarto está vazio, mas a luz do banheiro escapa pela porta entreaberta. Coloco a cabeça para dentro e ofego quando o vejo.

O curativo foi retirado e vejo quadrados de gaze cheios de sangue espalhados na pia.

— Ah, meu Deus! O que aconteceu?!

— Arrebentei alguns pontos. Só estou trocando o curativo. — Ele joga outra gaze manchada no cesto de lixo e encosta novos quadrados de gaze sobre o ferimento. — Pode me ajudar a botar o esparadrapo?

Estou ao lado dele em um piscar de olhos, com o rosto franzido, e pego o rolo de esparadrapo na pia.

— Como isso aconteceu? Você ficou se mexendo por aí?

— Na verdade, não.

Eu o perfuro com um olhar apertado. Isso não foi uma resposta, e sim uma tentativa de fugir da pergunta.

— Mentiroso.

— Eu me mexi um pouco — admite ele. — Não é nada sério.

Seus olhos escuros estão sombrios. Será que ele estava no subsolo da casa, socando o saco de areia? Ainda se torturando por causa da Brooke? Quando corto um pedaço do esparadrapo, espio os dedos dele, mas não parecem machucados.

— Eu sabia que devia ter ficado — resmungo. — Você precisava de mim. O que fez quando eu estava fora? Levantou peso?

Em vez de responder, ele se inclina e me beija com força. Ao se afastar, diz:

— Juro que não foi nada. Eu me estiquei para pegar uma coisa, senti um puxão nos pontos e aqui estou.

Eu olho para ele com uma expressão desconfiada.

— Você não está me contando alguma coisa. Achei que tínhamos uma regra sobre não guardar segredos.

— Não vamos brigar, gata. — Ele segura meu pulso e me puxa com ele até a cama. — Não foi nada mesmo. Tomei outro analgésico e agora estou me sentindo ótimo e meio chapado.

Ele me dá um sorriso tonto que não chega aos olhos, mas pelo menos está olhando para mim. Observo o olhar dele em busca de respostas e reparo em uma tensão em volta da boca, que atribuo à dor. O que aconteceu hoje pode esperar até amanhã. Ele precisa ir pra cama.

— Não gosto de ver você com dor — admito quando nos acomodamos na cama dele.

— Eu sei, mas juro que não está doendo tanto assim.

— Você tinha que descansar. — Bato no esparadrapo sobre a pele dele, quase sem me importar quando ele faz uma careta. — Está vendo? Você está com dor.

— É claro, gata. Eu levei uma facada, lembra? — Ele segura minha mão e me puxa com força para perto.

O peito dele sobe e desce em um ritmo regular. Tudo pode ser tirado de mim, os carros, os aviões, os jantares em restaurantes chiques, mas não posso suportar a ideia de perder Reed. A ansiedade ferve no meu estômago quando o verdadeiro motivo de eu estar tão chateada vem à tona.

— Foi culpa minha.

Ele curva os lábios para baixo.

— Não, não foi. Nem diga isso.

— É verdade. Daniel não teria ido atrás de você se não fosse por mim. — Distraidamente, acaricio o peitoral duro e desço pelo vale entre as costelas, agradecida pelo dano não ter sido pior.

— Não é verdade. Fui eu que dei uma surra nele e disse à acompanhante dele que ela estava jantando com um estuprador. O problema dele era comigo.

— Pode ser. — Não acredito nisso, mas sei que não vou vencer a discussão. — Só estou feliz por ele estar longe daqui.

— Meu pai cuidou dele. Não se preocupe. — Reed passa as mãos pelas minhas costas. — Como foi o jantar?

— Bom. Chique. O cardápio era cheio de coisas que eu não conseguia pronunciar. — *Foie gras.* Lagostim. *Nori.*

Ele sorri.

— O que você pediu?

— Lagosta. Estava bom. — O lagostim, que aprendi que é uma lagosta menor, também. Não quis o *foie gras* nem o *nori*, porque os dois pareceram nojentos quando me explicaram que eram patê de fígado de ganso e uma alga.

— Estou feliz por você ter se divertido. — As mãos dele se movem mais devagar, e as carícias tranquilizadoras viram algo mais... excitante.

Eu me mexo, tentando me afastar, constrangida com a facilidade com que ele me excita. Não posso querer alguma coisa dele quando está nesse estado. Não com ele machucado.

— Eu senti saudade — confesso.

Ele me dá outro beijinho rápido.

— Eu também senti saudade.

— Na próxima vez, você vai com a gente. Obviamente, não dá pra deixar você sozinho.

Ele inspira fundo e me puxa para perto.

— Combinado. Na próxima vez que meu pai sair no jatinho pra jantar, nós vamos juntos.

— Você sabe quanto isso soa louco, né?

— Que parte?

— A parte do jato. — Dou um beijo no ombro dele. — A parte de irmos juntos é boa.

— Muito boa?

A única luz no quarto vem da porta do banheiro parcialmente aberta e lança sombras interessantes no corpo de Reed. Passo o nariz pelo pescoço dele e sinto cheiro de sabonete e xampu.

— Muito boa.

— Gata... — Ele limpa a garganta. — Você tem de parar de fazer isso.

— De fazer o quê?

Ele olha para mim, e eu para ele, sem entender.

— De tocar assim no meu peito. De me *cheirar* — diz ele com a voz rouca. — Você está me fazendo ter pensamentos ruins.

Os cantos da minha boca se curvam para cima.

— Pensamentos ruins?

— Pensamentos sujos — conserta ele.

Meu sorriso aumenta. Não sei se ele está falando isso por ser verdade ou para me distrair ou as duas coisas, mas funciona. Eu me inclino, deixo que meu cabelo forme uma cortina em volta do nosso rosto e aperto os lábios nos dele. Ele desliza a língua pelo meu lábio inferior, pedindo permissão silenciosa para entrar. Eu abro os lábios, e ele aproveita para aumentar a intensidade do beijo.

— Nós não devíamos continuar — murmuro ainda com a boca na dele. — Você está machucado.

Ele recua com um sorriso.

— Então me faça melhorar.

— Isso é um desafio?

Ele está rindo quando levo os lábios para perto dos dele. Desta vez, é a *minha* língua que *o* tortura, devorando os lábios dele até ele esquecer como se respira. E minha mão está em movimento, descendo pelo peito até a calça. Enfio a mão na cueca e encontro a prova de que ele está se sentindo melhor: quente, duro e grosso.

Quando ele arqueia as costas com um grunhido, levanto o rosto na mesma hora.

— Você está bem?

Ele geme.

— Não ouse parar.

— Que parte está doendo? — pergunto com malícia. Adoro ver Reed assim, totalmente à minha mercê.

— Todas as partes. É sério, eu estou todo machucado. Principalmente aqui. — Ele dá um tapinha na virilha. — Preciso que você dê um beijinho pra sarar.

— Você quer que eu beije *isso*? — pergunto com ultraje fingido.

— Ah, quero. Quero que você dê um beijo intenso, de boca aberta e de língua, bem *aqui*... a não ser que você não queira. — As últimas palavras dele soam carregadas de incerteza.

Escondo um sorriso e desço mais um pouco até estar ajoelhada entre as pernas dele.

As mãos ansiosas dele empurram logo toda a roupa até ele estar totalmente exposto. Reed coloca uma das mãos em volta do membro e olha para mim com uma expressão de expectativa e ansiedade.

— Pobrezinho — murmuro, passando a ponta do dedo pelas costas da mão dele.

Eu baixo a cabeça, e ele na mesma hora tira o cabelo do meu rosto. Assim que fecho a boca nele, ele sibila de prazer.

— Ah, porra, isso. — O tom dele é de sofrimento, e, seja qual for a dor que está sentindo, quem está provocando sou eu. É um sentimento delicioso de poder.

As mãos trêmulas entram no meu cabelo novamente.

— Gata... Ella... — diz ele, sufocado, e depois não há mais palavras, só ruídos, gemidos roucos, suspiros entrecortados e súplicas abafadas. Ele puxa meu cabelo com tanta vontade que o solto para olhar para o rosto contorcido de desejo… e talvez até de amor.

Desço novamente e coloco o máximo que consigo na boca. Ele é grande e pesado, mas o peso dele na minha língua e nos meus lábios me dá uma excitação maior do que eu achava que seria possível. Consigo sentir o desespero e o desejo dentro de mim. Uma sensação embriagante de poder toma conta de mim. Se eu parasse agora, acho que Reed me prometeria qualquer coisa só para eu continuar.

Mas não quero nada. Só ele. E saber quanto ele me quer de volta me deixa muito excitada. Usando as mãos, a língua e os lábios, eu o levo ao limite.

— Pare… eu vou gozar — geme ele, puxando meu cabelo já sem força.

Eu colo os lábios em volta dele. Quero que ele goze. Quero que ele perca o controle. Com esforços redobrados, chupo e lambo até ele se contrair e explodir.

Quando os músculos finalmente relaxam, ele me puxa para que eu deite ao lado dele.

— Reed — sussurro.

— O quê? — A voz dele está completamente rouca.

— Eu, ahn, te amo.

— Eu… também te amo. — Ele esconde o rosto no meu pescoço. — Você não faz ideia do quanto. Eu… — Ele fala um palavrão baixinho. — Você sabe que eu faria qualquer coisa por você, não sabe? Qualquer coisa pra proteger você.

Um calor se espalha pelo meu corpo.

— Faria?

— Qualquer coisa — repete ele com a voz rouca, e me beija até estarmos novamente sem ar.

Capítulo 34

A tela do meu celular me diz que são duas horas da manhã, mas não foi o alarme que me acordou. Nenhum alarme está tocando, ao menos no quarto. Mas há um som incessante vindo de alguma parte da casa. Levanto o rosto para Reed, mas ele está dormindo sobre dois terços do colchão, morto para o mundo.

Cubro a cabeça com o travesseiro e fecho os olhos de novo, mas o barulho não para. Não só isso, mas agora ouço passos no corredor, seguidos de batidas altas em uma porta.

Reed se senta, sonolento, com o cabelo escuro desgrenhado e uma expressão grogue.

— Mas que porra é...

Uma voz furiosa pode ser ouvida no saguão.

— Que merda! Só um minuto! — Parece Callum, mas é difícil entender o que ele está dizendo. — Eu falei que vou chamá-lo.

Ah, merda. Reed e eu pulamos da cama. Uma coisa é Callum saber sobre nós, outra é ficar contente em nos ver dormindo na mesma cama. Minha calça jeans está na metade das pernas e Reed está colocando a camiseta quando o barulho para na frente da minha porta.

Nós dois paramos quando ouvimos o grito furioso de Callum.

— Esse é o quarto da minha tutelada. Ela tem dezessete anos, e você não vai entrar aí enquanto ela não estiver vestida de forma decente!

Você não vai entrar?

— Quem está lá fora? — sussurro para Reed.

Ele me olha confuso, com os olhos arregalados.

— Ella! — grita Callum. — Preciso que você se vista e desça assim que for possível.

Limpo a garganta.

— Tá, tudo bem. Já vou descer. — Faço uma careta quando me dou conta de que minha voz está saindo do quarto de Reed.

Callum hesita, mas diz:

— Acorde Reed e mande ele descer também.

Que vergonha. Puxo a calça rapidamente e pego um suéter na cômoda. Reed se veste com calma.

— Gata, vai ficar tudo bem. Você ainda é virgem. Vou dizer isso pro meu pai.

Eu voo e levo a mão aos lábios dele.

— Ah, meu Deus! Você não vai fazer isso! Nós não vamos falar sobre isso com Callum. Nunca.

Reed revira os olhos enquanto tira minha mão do rosto dele.

— Não se preocupe. Ele só vai gritar com a gente.

— Por que ele está acordando a gente no meio da noite pra falar sobre isso? — pergunto.

— É mais dramático assim. Ele vai poder falar de forma mais enfática sobre quanto precisamos tomar cuidado e outras merdas assim. — Ele faz uma careta quando o puxo para a porta.

Solto a mão dele na mesma hora.

— Sua barriga está doendo?

Ele mexe o braço devagar e testa o ferimento.

— Só está dolorida. Vou ficar bem em poucos dias. Não se preocupe.

Agora, é minha vez de olhar pra ele com repulsa.

— Ai, Reed, eu nem estava pensando nisso. Você fez alguma coisa quando estávamos no jantar, não fez?

Ele dá de ombros de leve.

— Nada de importante. Já falei que abri alguns pontos, mas não foi nada sério.

Callum nos recebe perto da escada, onde a ala dele encontra com a nossa. Ele está usando uma calça e uma camisa abotoada errado.

— Pai — diz Reed, com cautela. — O que foi?

Os olhos enlouquecidos do pai dele vão de um para o outro.

— Aonde você foi? — A respiração dele está irregular. — Não, não me diga. Quanto menos eu souber agora, melhor.

Reed dá um passo à frente.

— O que está acontecendo?

Callum passa as duas mãos pelo cabelo.

— A polícia está aqui. Querem saber onde você esteve esta noite. Não diga nada até Grier chegar.

Reconheço esse nome. Eu o vi escrito em letras douradas na porta do escritório de advocacia onde o testamento de Steve foi lido.

— Isso tem a ver com Daniel? Pegaram o cara encapuzado? — pergunto.

Silêncio. O maior silêncio imaginável, me deixando tempo suficiente para conjurar os cenários mais assustadores e horrendos. Mas nenhum deles chega perto do pânico que escuto nas palavras de Callum.

— Brooke está morta.

O quê?

— E Reed é suspeito do assassinato dela — diz ele. Os olhos estão grudados no rosto de Reed, que fica completamente pálido.

Ah, meu Deus.

Instintivamente, baixo o olhar para a lateral do corpo de Reed, onde o curativo deve estar ficando vermelho enquanto falamos. Em seguida, olho novamente para Callum. Minha boca abre e fecha, abre e fecha.

Como isso aconteceu?

Eu me mexi um pouco... Não é nada *sério.*

Assim que o pensamento surge, quero dar um tapa em mim mesma. Não. De jeito nenhum. Não importa quanto ele a odiava, Reed nunca... Ele nunca...

Ele faria isso?

Você sabe que eu faria qualquer coisa por você... Qualquer coisa pra proteger você.

— Senhor Royal — chama uma voz no pé da escada. Um homem cansado, num terno amassado, coloca uma das mãos no corrimão e pisa no primeiro degrau. — O mandato foi assinado. Seu filho tem que vir conosco.

— Quem assinou essa merda? — exige Callum enquanto desce apressadamente pela escada.

O homem mostra um pedaço de papel.

— O juiz Delacorte.

Assim que Callum pega o papel, o homem sobe a escada, seguido por dois policiais em quem eu não tinha reparado antes. Um deles segura Reed, que se mantém em silêncio, e o vira, empurrando-o contra o corrimão.

— Não há necessidade de fazer isso — reclama Callum, subindo a escada correndo. — Ele vai voluntariamente.

— Desculpe, senhor Royal, mas é o procedimento padrão — explica o homem, parecendo um tanto arrogante em sua resposta.

— Não diga uma palavra — instrui Callum ao filho. — Nada.

Os olhos de Reed ardem quando ele olha para mim.

Eu te amo.

Eu também te amo.

Eu faria qualquer coisa.

Nós temos que encontrar um jeito de nos livrar dela.

Quero apagar Brooke da nossa vida.

Eu te amo.

— Eu te amo — sussurro enquanto o policial o arrasta para longe.

Um olhar intenso surge no rosto dele, mas ele não diz nada. Não sei se é porque tem medo ou porque quer obedecer às ordens do pai.

Meu corpo todo começa a tremer. Callum coloca o braço nos meus ombros.

— Suba, calce os sapatos e vamos para a delegacia.

— Os garotos — digo com a voz fraca. — Nós temos de chamar os outros. — Consigo ver que ele está quase dizendo não, mas seria a decisão errada. — Nós precisamos mostrar pro Reed que estamos ao lado dele. Eles vão querer ir junto.

Callum finalmente assente.

— Pode chamá-los.

Eu me viro e saio correndo, batendo na porta de Easton e dos gêmeos.

— Acordem! — grito. — Acordem!

A campainha toca de novo. Volto correndo até a porta, pensando que pode ser Reed e que ele vai me contar que isso é só uma piada de mau gosto. Uma surpresa idiota. Uma pegadinha de primeiro de abril antecipada.

Callum chega à porta primeiro e a abre rapidamente, dando já um passo à frente. Um segundo depois, ele fica paralisado. Para tão de repente que dou um encontrão nas costas rígidas dele.

— Ah, Jesus do céu... — sussurra ele.

Não faço ideia de por que ele parou assim. Não consigo ver o que está atrás dos ombros largos.

Enquanto Callum fica parado ali como uma estátua, espio por trás de seu corpo grande e pisco, alarmada.

Um homem está parado nos degraus de pedra calcária. O cabelo louro e oleoso cai até os ombros. Uma barba cheia cobre quase todo o rosto. A calça cáqui e a camisa polo parecem penduradas no corpo magro, como se fossem grandes demais para ele.

O homem me parece estranhamente familiar, mas tenho certeza de que nunca o vi.

Eu encaro seus olhos. São azul-claros, emoldurados por cílios louro-escuros.

Meu coração acelera quando começo a duvidar de mim mesma. Eu acho que o conheço, *sim*. Acho que ele é...

— *Steve?* — diz Callum.

CONTINUA...

Sobre a autora

Erin Watt é cria de duas autoras campeãs de venda, reunidas pelo amor por grandes livros e pelo vício em escrever. Elas compartilham uma imaginação criativa. Seu maior amor? (Depois das famílias e dos bichos de estimação, claro.) Criar ideias divertidas e, às vezes, malucas. O maior medo? Romper. Você pode fazer contato com elas pela conta de e-mail compartilhada: authorerinwatt@gmail.com.

**Acreditamos
nos livros**

Este livro foi composto em Fairfield LH 45
e impresso pela Geográfica para a Editora
Planeta do Brasil em maio de 2021.